THIBAULT VERMOT

LA COURSE DANS LES NUAGES

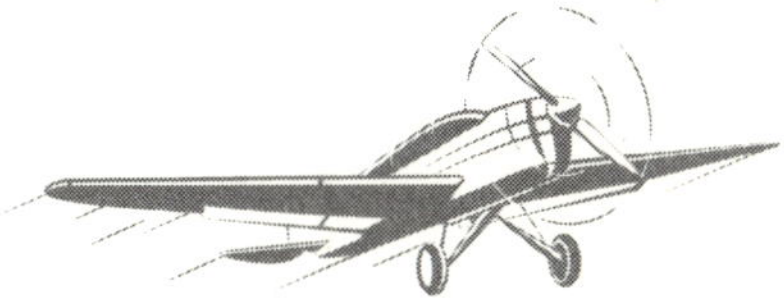

ÉDITIONS
SARBACANE
Depuis 2003

Pour l'écriture de cet ouvrage, l'auteur a bénéficié d'une aide du CNL.

Pour Salomé.

BANDE-SON

- NOBUO UEMATSU, *The Phantom Forest*, tiré de la bande originale de *Final Fantasy VI*
- SIR EDWARD ELGAR, *Pomp and Circumstance*
- THE ANDREW SISTERS, *Bei Mir Bist Du Schein*
- CAB CALLOWAY, *Minnie the Moocher*
- GLENN MILLER, *In the Mood*
- THE DAVE BRUBECK QUARTET & CARMEN MCRAE, *Take Five*
- TCHAÏKOVSKY, *L'Arbre de Noël*, tiré de *Casse-Noisette*
- THE OFFSPRING, *Have You Ever*
- J. J. CALE, *Lady Luck*
- DUKE ELLINGTON, *Peckin'*
- NEIL YOUNG, *I'm the Ocean*
- FRANK SINATRA, *The Coffe Song*
- TCHAÏKOVSKY, *Pas de deux*, tiré de *Casse-Noisette*
- PETER GABRIEL, *Here Comes the Flood*
- E. B. THE YOUNGER, *Hope Arrives*
- NOBUO UEMATSU, *The Forested Temple*, tiré de la bande originale de *Final Fantasy VII*
- HANS ZIMMER, *S.T.A.Y*, tiré de la bande originale de *Interstellar*
- NOBUO UEMATSU, *Judgement Day*, tiré de la bande originale de *Final Fantasy VII*
- BLOSSOM DEARIE, *Now At Last*
- BOB DYLAN, *Love Minus Zero*

Les grandes personnes aiment les chiffres. Quand vous leur parlez d'un nouvel ami, elles ne vous questionnent jamais sur l'essentiel. Elles ne vous disent jamais : « Quel est le son de sa voix ? Quels sont les jeux qu'il préfère ? Est-ce qu'il collectionne les papillons ? »
Elles vous demandent : « Quel âge a-t-il ? Combien a-t-il de frères ? Combien pèse-t-il ? Combien gagne son père ? »
Alors seulement elles croient le connaître.

Antoine de Saint-Exupéry

En vérité, ne ferait-on pas, pour moins que cela, le Tour du Monde ?

Jules Verne

0

Le meeting

Non loin de Paris, 1918.

La cloche tintait tous les matins.

Comment dire ? D'abord, Salomé oubliait que ses parents étaient « partis », et il n'y avait que l'excitation de jouer avec Nour, Alberte, Alice, Marie, Mona, qui dormaient dans la même chambre.

Puis elle s'amusait à faire danser les prénoms dans son demi-rêve, jusqu'à ce qu'ils reprennent leur place magique.

Mona, Alice, Marie, Alberte et Nour.

Si on prend les premières lettres, murmurait une voix douce dans la tête de Salomé, *ça fait « Maman »*.

Aussitôt elle se souvenait de tout, et ça lui faisait comme une ronce qui serre le cœur. Elle perdait toute envie d'ouvrir les yeux. Toute envie de se lever. Il fallait pour ça le froissement de draps, Mona qui se glissait à côté d'elle sur l'oreiller, comme un chaton, et qui se mettait à la chatouiller. Alors elle rigolait et elle ouvrait les yeux.

Mona souriait. Salomé lui rendait son sourire.

Ils étaient « partis » quand elle avait 3 ans, juste à l'âge où l'on commence à avoir des souvenirs. Et donc, du haut de ses 5 ans, elle s'en souvenait *un peu*. Les rideaux fermés de la chambre, le défilé de gens en noir.

Avec Mona et les autres, elle ne parlait pas de la mort ; au lieu de ça, elles s'amusaient à collectionner toutes les expressions rigolotes reliées de près ou de loin à cette idée macabre.

–Je commence, disait Alice.

–Non, moi ! disait Nour.

–Ils se sont envolés, chuchotait Mona.

Elle leur avait grillé la politesse. Elles poursuivirent comme on se lance un ballon :

–Ils sont de l'autre côté de la barrière !

–Au pays des anges !

–Boulevard des Allongés !

–Ils ont tiré la révérence !

–Fait le grand voyage !

–Soufflé la veilleuse !

–Rendu les clefs de la boutique !

–Arrêtez de raconter n'importe quoi, râlait Lisavéta (Lisavéta était l'intendante du Manoir), en entrant dans la chambre. C'est l'heure du petit déjeuner !

C'est ainsi que, peu à peu, Salomé s'était construit un paysage avec toutes ces images, un recoin de boulevard : pendant que la foule passait sur les trottoirs, les uns plongés dans le journal, les autres riant et s'interpellant d'un bord à l'autre, on se frayait un chemin jusqu'à une petite boutique où brûlait une lampe sourde, avec une bougie. Au fond, derrière un rideau, un chemin courait jusqu'au ciel, un chemin qui longeait des arbres exposés au soleil. Il fallait encore enjamber une barrière, puis un guichet d'anges vous remettait des ailes, et on était emporté par le vent et le ciel bleu… On volait.

Au pays des anges.

Longtemps, tandis que Lisavéta les emmenait trotter sur les boulevards de Paris, jusqu'au Louvre ou au pied de « cette affreuse tour Eiffel », Salomé chercha la petite boutique au rideau. Elle crut l'avoir trouvée plusieurs fois, mais non.

Ça faisait un moment que Salomé avait compris qu'ils ne reviendraient pas.

***

Ce matin-là, Lisavéta ouvrit la porte, et comme d'habitude elle se pencha sur chaque petite fille pour lui donner un baiser.

– On est quel jour ? demanda Alberte d'une voix endormie.

– Mercredi, répondit Lisavéta.

– C'est le jour de la sortie ! dit Alice en se redressant d'un coup au milieu des draps.

– En effet, leur sourit Lisavéta.

– On va où ? On va où ? dirent les petites.

– C'est une surprise !

L'intendante disposa les vêtements sur chaque montant. La chambre, une vaste pièce, formait un rond parfait, et les lits y étaient disposés en pétales de fleur. Au centre, il y avait un tapis oriental, une longue table basse, des piles de livres d'images, le matériel de dessin de Nour.

– Comment tu fais pour avoir les cheveux si blonds ? demanda Salomé à Lisavéta.

– Elle les coiffe avec un peigne de soleil, dit Nour.

– N'importe quoi, grogna Alice. Toi, tu passes tes journées au soleil, et tes cheveux sont noirs comme un corbeau !

Lisavéta mit fin à la dispute naissante d'un simple froncement de sourcils. Puis elle se tourna vers Salomé.

– Dans mon pays, toutes les petites filles naissent avec les cheveux comme ça, dit-elle.

– C'est où, ton pays ? demanda Marie.

– Réveille-toi, répliqua Salomé. Elle nous l'a déjà dit : c'est la Russie.

– C'est où, la Russie ? demanda Nour.

– Très loin à l'est, expliqua Lisavéta. Mais ce n'est pas seulement à l'est ; c'est de l'autre côté de l'Histoire.

Cette fois, ce fut Salomé qui fronça les sourcils.

– Qu'est-ce que ça veut dire, « de l'autre côté de l'Histoire » ?

– Ce n'est pas important, sourit Lisavéta. Ce qui est important, c'est –

– Le petit déjeuner ! lança Alice en sautant à bas de son lit.

Les autres filles poussèrent des exclamations et se ruèrent sur leurs vêtements. En quelques instants, elles furent habillées.

Par la fenêtre de la salle à manger, alors qu'elles buvaient leur chocolat chaud, elles virent s'avancer Paluchon, attelé à la grande charrette.

– Ouais ! lança Alberte, on va pique-niquer à Versailles !

Les fillettes se hâtèrent de débarrasser et grimpèrent dans la charrette. Lisavéta avait préparé de grands paniers remplis de fruits, de fromages et de morceaux de poulet froid, qu'elle avait amassés à l'arrière.

Elle fit claquer le fouet. Paluchon s'ébroua, franchit la grille et remonta les allées qui s'enfonçaient dans la forêt des Fausses-Reposes.

– C'est pas la bonne direction ! dit Salomé à Lisavéta.

– Où tu nous emmènes ? renchérit Mona.

– Voir un spectacle, dit Lisavéta.

Nour bondit de sa place et gagna l'avant de la charrette.

– Un spectacle de quoi ?

Mais soudain, un vrombissement emplit l'air, frôlant les feuillages. Paluchon hennit, Lisavéta serra les rênes ; les fillettes levèrent la tête.

Le biplan, à 2 mètres de la cime, crachait toute la puissance de ses moteurs. Il fila dans une longue traînée noire, se retourna en tonneau juste au-dessus des fillettes et se rétablit pour disparaître par-delà la forêt.

– C'était quoi ? C'était quoi ? s'écrièrent les fillettes.
– C'est là où on va, répondit Lisavéta dans un sourire.

À la sortie de la forêt, il y avait le terrain d'aviation. Comme on était en guerre, il servait aux entraînements. Mais ce matin-là, les pilotes avaient décidé de faire de la voltige afin de collecter des dons. Il y avait des gens venus exprès de Paris pour voir ça, des dames avec de beaux chapeaux et des messieurs à costumes sérieux et à portefeuilles bien garnis. Nour battait des mains, pointait du doigt dans la foule les jeunes hommes bien habillés.

– Regarde celui-là, dit-elle à Salomé, n'est-ce pas qu'il est joli avec ses beaux yeux ? Et celui-ci avec son canotier ? Berk, celui-là a une grosse barbe, ça doit gratter quand il fait des bisous !

Les autres filles rigolaient, excitées au possible par l'ambiance de fête et cette foule au grand air. Marie, elle, ouvrit la bouche sans pousser un cri et dressa le bras pour suivre du doigt un avion qui décollait à toute vitesse de la piste, juste à côté d'elles.

– Restez ensemble, leur dit Lisavéta. Profitez du spectacle, *kotyata** ! On se retrouve dans une heure.

***

Comment Salomé était arrivée seule dans ce hangar, en bordure de terrain, elle n'aurait pas su dire. Toujours est-il que lorsqu'elle se retourna, elle aurait été bien incapable de retrouver le chemin vers les autres fillettes. Elle se gratta la tête, bien embêtée. Puis elle décida tout de même d'explorer les environs. Devant elle, il y avait un avion au sol devant la grande porte ouverte sur les champs.

* « Chatons », en russe.

Elle frissonna à cause de la brise – elle avait prêté sa veste à Alice. On percevait dans l'air quelque chose comme un fredonnement ; les hélices de l'avion étaient en train de chauffer. Quand elle vit un homme sortir du cockpit et sauter au sol, elle sursauta.

Il vint vers elle en relevant ses lunettes sur son front et se mit à genoux.

– Tu as quel âge, toi ?

Il avait une fine moustache. Des yeux doux, bleus. Salomé n'avait pas peur.

– 5 ans.

– Et qu'est-ce qu'une enfant de 5 ans fait ici ?

– Lisavéta nous a emmenées pour voir les avions.

– Tu aimes voir les avions ?

– C'est la première fois d'aussi près ! Oui, j'aime ça.

L'homme eut un rire clair et caressa la pointe de ses moustaches.

– Ça te dirait que je t'emmène faire un tour ?

Elle prit le temps de réfléchir.

– Voler dans un avion, ça fait comme si on avait des ailes ?

– Oui, dit l'homme aux yeux bleus. Comme si on avait des ailes. Des ailes de toile cirée, mais là-haut, c'est joli. Tu viens d'où ?

– J'habite au Manoir des Fausses-Reposes.

– Tiens, c'est un drôle de nom, ça.

– Il y a aussi Mona, Alice, Marie, Alberte et Nour.

– Ce sont tes sœurs ?

Salomé réfléchit à nouveau en fronçant les sourcils.

– Oui, décida-t-elle.

– Tu en as de la chance ! Et quel âge ont-elles ?

– Le même âge que moi.

Ce fut au tour de l'homme de froncer les sourcils, mais ça ne dura pas plus qu'un nuage devant un soleil.

– Comment vous vous appelez ? lui demanda Salomé.

L'homme gonfla la poitrine.

– Prosper De Juin, mam'zelle ! Je suis pilote. C'est mon métier.

Il frisa sa moustache, l'air satisfait.

– « De Juin », c'est joli, c'est comme l'été. Mais « Prosper » alors, c'est un drôle de nom !

Le pilote se mit à rire.

– Et toi, tu es une drôle de petite bonne femme. Bon, tu crois que Lisavéta serait d'accord pour que je t'emmène faire un tour ?

Salomé savait que Lisavéta dirait non. Mais la blondinette sourit de toutes ses dents.

– Oui, elle serait d'accord. On va au pays des anges ?

L'homme se redressa et tendit la main à Salomé.

– On va au pays des anges.

Ils s'éloignèrent en direction de l'avion. L'homme hissa Salomé dans le cockpit et, d'un geste souple, il prit place à son tour. Il mit Salomé sur ses genoux et lui dit qu'elle avait le droit de tenir le volant, que ce serait elle qui piloterait. Salomé sentit une boule chaude naître dans son ventre.

L'hélice démarra, le biplan commença à rouler sous le hangar et sortit par la porte. Quand Salomé tira sur le volant, la machine décolla dans une nappe de poussière. Ensuite, jouant à saute-mouton avec la forêt, ils prirent la route du ciel.

AVANT LE VOL

1

Si bien l'un contre l'autre

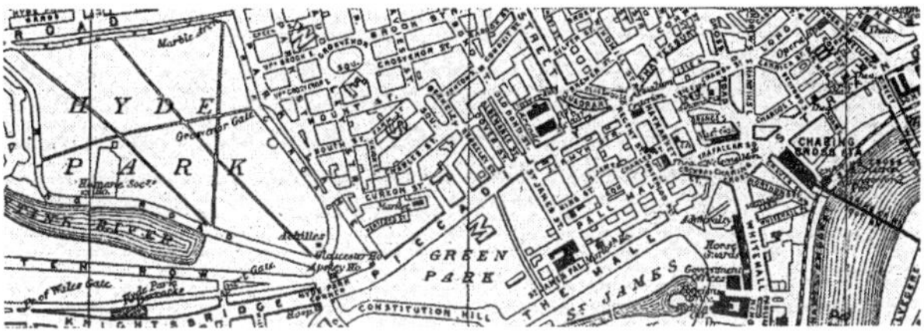

Londres, 30 septembre 1938.

– Vous savez qu'Orville Blake est une légende vivante ?

– Décidément, Edgar, vous tenez absolument à m'apprendre quelque chose, aujourd'hui ! Tout le monde le sait.

Salomé desserra le col de son trench-coat et se renfonça dans sa banquette, les doigts tapotant sur l'accoudoir en rythme avec l'air qui grésillait sur l'autoradio, *Bei Mir Bist Du Schein*. Elle enroula une mèche blonde autour de son index puis jeta un coup d'œil à son interlocuteur, un homme vêtu d'un costume jaune. De temps à autre, à petits gestes de dandy, il lissait le rebord de sa veste – sans s'apercevoir qu'il ressemblait à un portier d'hôtel. *Tu as quel âge, freluquet ?* se disait-elle. *18 ans ?* Elle en avait huit de plus – et toute une vie derrière elle. Le visage du jeune type se tourna vers elle, mais elle ne voyait pas ses yeux. Il portait des lunettes rondes et l'éclat du soleil d'avril rendait les verres opaques. *Edgar Loiseau, Envoyé spécial.* Sans rire... !

Ils abordèrent une route de pavés qui fit rebondir le taxi. Dans l'œil de Salomé se refléta le ciel instable – puis elle revint au plan cartographique qu'elle tenait ouvert devant elle, par habitude de navigation.

Ensuite, le taxi traversa Trafalgar Square, longeant la Gallery sous l'œil songeur des quatre lions de pierre.

Ils n'étaient plus très loin, maintenant.

Le taxi ralentit et bifurqua vers Hyde Park. Une foule de gens se pressait sur les trottoirs. Le conducteur sifflotait sur le refrain ; soudain Edgar ouvrit le bec et couvrit chauffeur et refrain, clamant :

– 38 heures et 28 minutes !

On aurait dit un bateleur de foire, un vendeur de trucs frits. Salomé cessa de regarder par la fenêtre et tourna la tête lentement vers lui, pour bien lui montrer qu'il la dérangeait dans de plus utiles pensées.

– Pardon ?

– Orville Blake. C'est son record de traversée de l'Atlantique. Paris/New York en 38 heures et 28 minutes.

– Je suis au courant. Soit 3 heures de plus que Charles Lindbergh, répondit Salomé d'un air distrait.

Le jeune homme sursauta.

– Mais vous savez très bien que dans ce sens-là, on met plus de temps à traverser !

– Oui, oui, je sais : les vents contraires et ce genre de balivernes.

– *De balivernes* ?! s'étrangla Edgar. Enfin ! Le vol de Blake est un record en son genre, et vous le savez très bien !

Coupant court à l'envol du freluquet, Salomé leva l'index.

– Dites donc, Messire Loiseau ! Premièrement, les records sont faits pour être battus, et celui-ci commence sérieusement à dater – Blake est peut-être une légende, mais c'est une vieille légende. Deuxièmement, je n'ai pas demandé à ce que votre journal me balance un gamin dans les pattes, mais maintenant que vous y êtes, il s'agirait d'apprendre à vous tenir. C'est Blake que vous êtes supposé couvrir, ou c'est moi ?

Edgar soutint le regard d'acier de Salomé. *Si étrange*, se dit-il. *Elle a la bouche d'une fillette, on ne s'attend pas à ce regard méchant*. Face à elle, tout ce qu'il lui disait prenait l'allure d'un faux pas.

– C'est toujours instructif de connaître son ennemi, non ? grommela-t-il finalement. Vous avez lu ce qu'il raconte ? Qu'il a échappé à un orage en rasant la mer ; son avion *touchait* les vagues ! Qu'il a failli s'écraser sur un building à New York à cause de la fatigue. Qu'il s'est injecté de la cocaïne pour lutter contre le sommeil.

– Non, je n'ai pas lu ce qu'il raconte. Je sais simplement que dans une semaine, je serai la première.

Le journaliste ouvrit la bouche pour répondre, mais Salomé lui fit signe de ne pas s'y risquer.

– Maintenant, Edgar Loiseau, arrêtez de me bassiner. Votre journal vous paie pour m'accompagner, pas pour me faire la conversation. Alors ouvrez votre satané carnet, écrivez que j'ai un sale caractère, que je suis une « femme irascible » ou je ne sais lequel de vos clichés ; moi, je dois me concentrer, merci.

Le rouge monta aux joues du jeune homme ; il se rabattit sur la banquette. *Petite pimbêche*, se dit-il. *Petite pimbêche orgueilleuse*. Toutefois, comme on lui avait fait miroiter une prime de 10 000 francs pour couvrir la petite pimbêche, il se tut. Cachant une grimace, il écrivit sur son carnet *femme irascible !*, et souligna deux fois.

Le chauffeur se tourna vers le jeune homme.

– Nous sommes arrivés, Sir.

Edgar se redressa, toutes oreilles dehors.

– *Royal Geographic Society*, reprit le taxi en lui montrant l'imposant fronton du bâtiment. *Now you must pay for the drive, Sir.*

– Allez, mon vieux, donnez-lui le prix de sa course ! jeta Salomé à Edgar.

Et sans lui laisser le temps de protester, elle descendit de voiture. Cramoisi à l'idée d'être traité comme un valet, Edgar fouilla dans ses poches et tendit un billet au taxi.

Ils marchèrent sur le trottoir, puis franchirent bientôt une grille de fer qui donnait sur un édifice de brique rouge. Salomé se tourna vers le reporter à ce moment-là et étouffa un rire.

– Mais dites donc ! Votre visage a presque la même couleur que le mur !

Edgar manqua s'étrangler en voulant répliquer, mais Salomé avait déjà monté les marches du perron. Elle sonna, il la rejoignit en trottant. Au-dessus d'eux, le soleil menaçait d'être chassé par une grande course de nuages.

Un homme en manteau noir, brandebourgs à boutons d'or, ouvrit la porte et les dévisagea.

– Vous désirez ?

– Je suis Salomé Declercq. J'ai rendez-vous avec Orville Blake.

– *Sir* Orville Blake, vous voulez dire ?

– C'est cela même.

Le majordome pinça les lèvres.

– Voilà qui est ennuyeux, madame.

– Et pourquoi donc ?

– L'entrée du Club est interdite aux femmes. À la rigueur, monsieur pourrait entrer.

Salomé jeta un regard mauvais à Edgar, qui étouffa un ricanement.

– Voilà qui est ennuyeux, monsieur, répliqua-t-elle ; car c'est bien moi qui suis attendue à l'intérieur.

– Je regrette, madame, mais c'est la règle – et ce, depuis la fondation de la *Society*.

Salomé plia et déplia sa main droite. Elle sentait venir une bonne claque. Elle prit cependant sa voix la plus douce.

– J'entends. Mais dites-moi, « Jeeves », les règles ne sont-elles pas faites pour être bousculées ?

À ses côtés, Edgar fouillait dans une sacoche ; il en tira un exemplaire du *News of the World* qu'il colla sous le nez du portier.

– Et ça, mon gros, ça te dit quelque chose… ?

Le portier parcourut rapidement les gros titres, comparant plusieurs fois le portrait du journal avec la tête de la jeune femme devant lui. Puis il cligna d'un œil protubérant.

– Alors c'est vous qui… ? dit-il à Salomé.

– C'est moi, répondit-elle avec un fin sourire.

– Bien, dit le portier. Je vais voir ce que je peux faire. Attendez ici, ajouta-t-il en lançant un regard inquiet à Salomé.

Il referma la porte et disparut.

– Il ne nous a pas laissés entrer, nota Edgar.

– Finement observé, Rouletabille. Mais il est hors de question que je reste plantée là.

Rouvrant la porte, elle s'avança d'un pas souple vers le comptoir où se trouvait le portier, en grande conversation avec un guichetier. Edgar la suivit, empêtré dans la sacoche de son appareil photo. Le portier leur jeta un regard affolé, le guichetier haussa un sourcil et décrocha un téléphone.

– *Yes, Sir. The french goose is here.*

– Je comprends parfaitement l'anglais, lui dit Salomé d'un ton égal. Et la greluche te dit bien des choses.

Le guichetier raccrocha.

– Sir Blake va vous recevoir. Toutefois, vous comprendrez qu'on ne vous laisse pas plus d'une demi-heure pour régler votre affaire ici.

– Comme c'est un peu court, je me passerai de politesses, susurra Salomé. Où se trouve ce Sir Blake ?

– Dans le salon d'Amérique. Si vous voulez bien me suivre, Miss Declercq ?

Le guichetier extirpa son gros ventre de derrière le guichet et le fit rebondir jusqu'à un couloir qui débouchait sur une large pièce.

– C'est ici.

– Prenez des notes, murmura Salomé à Edgar. Ça promet d'être grandiose.

Le guichetier attendait un *Merci* ; Salomé ne lui accorda pas un regard en entrant dans le salon.

– Il y a combien de hauteur sous plafond, à votre avis ? demanda Edgar, incrédule.

– Vous autres journalistes, vous ne pensez qu'aux chiffres, se contenta de répondre Salomé.

Un plafond de verre laissait pleuvoir un filtre de lumière. Edgar émit un sifflement prolongé en remarquant la toile immense qui couvrait tout le mur du fond, une chute d'eau entourée de conifères. À travers la lumière tombée d'en haut, on aurait cru voir l'eau onduler ; et le bruit des voitures passant dans la rue, au loin, donnait l'impression d'entendre le grondement d'une cataracte.

Salomé Declercq demeura un moment les mains sur les hanches, le regard attiré par la verrière, tout là-haut. Edgar prit quelques notes fébriles ; *Plante le décor, coco !*

Redescendus au sol, ils découvrirent des fauteuils de cuir disposés en cercles autour de tables basses où traînaient des journaux. Edgar examina les murs couverts de vitrines et tableaux. Des portraits d'Américains célèbres, dont un chef indien. À la tapisserie était accroché un olifant : « *Don de R.S.S. Baden-Powell. Corne de grand koudou.* » Au centre de la pièce trônait un globe énorme, que Salomé fit tourner d'un doigt jusqu'à ce qu'apparaisse l'Amérique du Sud. Elle tapota du doigt une ville sur la côte chilienne, sous le regard enfiévré d'Edgar, qui griffonnait des trucs en sténo.

– Puerto Montt ? murmura-t-il.

Salomé hocha la tête.

Un froissement se fit entendre à l'autre bout de la pièce ; Salomé et Edgar tournèrent la tête, et virent quelqu'un abaisser son journal en pliant les doigts.

Derrière le journal, un visage était barré d'une grosse moustache à l'allemande.

L'homme était assis sous la cascade. Du guéridon à côté de son fauteuil, un filet de fumée montait droit vers le ciel.

– C'est lui, murmura Salomé. Venez.

Ils prirent la direction du fauteuil, Salomé chuchotant à Edgar :

– Vous avez remarqué ?

– Non, quoi ? fit Edgar.

– Il n'y a aucune plante dans ce lieu. Pas une feuille, pas de verdure. On est dans le temple de la civilisation. L'homme a triomphé de la nature.

Au loin on entendit un train mugir et souffler. Edgar se demandait encore ce qu'elle avait voulu dire par là quand ils parvinrent au fond de la pièce, sous la chute d'eau.

2

Subduction

– C'est donc vous, Salomé Declercq ? murmura l'homme d'une voix tranquille. Je vous imaginais moins gamine.

Il recracha sa fumée avec lenteur.

Salomé ne répondit rien, se contentant de dévisager son interlocuteur. Il devait avoir 40 ans, ses cheveux étaient coupés à la brosse, et une cicatrice traversait son visage du menton jusqu'au coin gauche de la tempe. Il esquissa un sourire.

– Par chance, l'arcade a protégé mon œil. J'aurais pu le perdre.

– Blessure de guerre ? demanda Salomé.

– Un atterrissage forcé près d'Abbeville, sous les mortiers allemands. L'enfer, miss Declercq. *In Stahlgewittern**. Ma tête a cogné la carlingue, et de *là* (il fit passer un doigt le long de la cicatrice) à *là*, la peau a éclaté. Je suis sorti comme j'ai pu, la moitié du visage sur le point de tomber, et je me suis caché dans un trou de boue.

Edgar, tout en prenant des notes, esquissa une grimace. Un voile rieur passa devant la prunelle de Blake.

– Mais je ne vous ai même pas proposé de vous asseoir. Je vous en prie !

* « Dans l'orage d'acier », en allemand.

Il n'y avait pas d'autre fauteuil près de l'aviateur. Salomé regarda Edgar ; celui-ci écrivait toujours, suçotant son crayon entre deux rafales de mots. Elle envoya une petite claque dans son carnet.

– Remuez-vous, mon vieux, et rapportez-nous deux fauteuils !

Edgar rougit et trotta jusqu'à deux chesterfield, qu'il tracta jusqu'à la table de Blake.

– J'espère qu'ils n'auront pas fait trop de difficultés pour vous laisser entrer ? susurra celui-ci.

– Rien d'insurmontable, rétorqua Salomé d'un ton sec.

– Parfait, conclut Blake avec un sourire. Ces vieilles institutions sont parfois un peu rigides. J'aurais pu vous donner rendez-vous dans un autre endroit, mais j'y ai mes habitudes… – enfin. Vous êtes ici. Commençons.

À nouveau, des picotements envahirent les doigts de Salomé. Elle serra le poing.

Les trois fauteuils formèrent un cercle. À peine assis, Edgar se mit à lorgner le whisky de Blake, qui fit mine de ne rien remarquer.

– Bien, dit Sir Orville Blake. Faisons le point sur la situation.

Il joignit les mains, se pencha légèrement vers les deux Français, jeta un regard à sa montre.

– Nous sommes le 30 septembre. Le 14, il y a quinze jours, nous apprenons avec stupeur qu'un séisme a détruit une partie de la ville de Puerto Montt, au sud du Chili. Routes détruites ; lignes téléphoniques hors-service. Un groupe d'habitants réussit à gagner Valdivia, plus au nord, par la mer, et la nouvelle de la catastrophe se répand.

Salomé haussa les épaules.

– Je sais déjà tout ça, Sir Blake, sinon je ne serais pas ici. En réalité, le séisme a eu lieu il y a plus de deux semaines, mais le temps que la nouvelle nous parvienne… Bref. Cent mille êtres humains risquent de périr si personne ne leur apporte d'aide.

– Exactement. Mais si vous le voulez bien, je vais laisser Mr Holmes nous apporter son éclairage.

Edgar redressa la tête, intrigué.

– *Sherlock* Holmes ?

– Mais non, dit Blake d'un air consterné. *Arthur* Holmes. Holmes… ?

Derrière Blake, dans l'ombre de la pièce, il y eut un grincement de chaise. Salomé vit quelqu'un se lever d'une vaste table d'étude. Ce quelqu'un, un homme sans barbe, bien coiffé, grandes oreilles, bouche fermée dans un pincement et regard illuminé, se posta à côté de Blake et adressa à tous un bref signe de tête.

– Je vous présente, dit Blake, Mr Arthur Holmes, professeur à l'université de Durham. Que pouvez-vous nous dire sur le tremblement de terre au Chili, Holmes ?

– Eh bien, déclara Holmes d'une voix glaciale, c'est une théorie réfutée par 95 % de mes collègues, mais je suis tout à fait convaincu que la Terre est formée de plaques qui bougent et s'entrechoquent. Qui bougent lentement, certes, *mais* qui bougent et, par conséquent, peuvent finir par s'entrechoquer. Et quand cela se produit, la Terre se met à trembler.

Il parlait en remuant uniquement les lèvres, le reste de son visage parfaitement immobile. Sa main droite était posée sur le dossier de Blake, l'autre pendant le long de son corps. Edgar grattait en sténo à toute vitesse. Salomé lui murmura :

– N'en perdez pas une miette, monsieur le journaliste. C'est votre moment Jules Verne.

Holmes émit un toussotement, puis reprit :

– Nous avons pu observer un tel phénomène au début de l'année, en Belgique. Il y a 3 ans, Charles Richter, un Américain, a publié des travaux de recherche sur la magnitude des chocs, et établi une échelle. Cette échelle nous permet de les mesurer avec une précision inégalée. D'après nos sismographes, le tremblement de terre survenu en Belgique a atteint une magnitude 5 sur l'échelle de Richter.

–C'était un gros tremblement de terre ? lui demanda Salomé.

–Assez puissant pour faire tomber 18 000 cheminées. C'est une autre façon de mesurer la puissance d'un choc sismique, mais elle est éloquente. La cause de ce tremblement de terre est probablement une rupture de la plaque du Brabant, sur laquelle reposent tous les pays borduriers de la mer du Nord.

–Quand vous parlez de rupture... ? reprit Salomé.

–Je parle d'un effondrement souterrain. Ou quelque chose d'approchant. Mais venons-en au Chili.

Holmes observa une nouvelle pause. Une carafe de cristal était posée sur un guéridon non loin ; il alla se servir un verre d'eau. Orville Blake profita de ce silence, où seule s'entendait la déglutition de Holmes, pour claquer des doigts. De derrière un pilier apparut un jeune homme portant moustache, qui s'approcha avec des rouleaux de papier.

–Vous pouvez dérouler les cartes, Emma, murmura Blake.

Salomé et Edgar se regardèrent. Avaient-ils bien entendu ?

À cet instant, « Emma » ôta sa moustache et adressa un sourire à Blake ; le jeune homme devint une jeune femme ; elle n'avait pas plus de 20 ans.

–Je vous présente Emma, ma... Eh bien, ma secrétaire, fit Blake. Vous avez pu constater à quel point ces messieurs de l'Institut royal sont regardants sur la moustache. Emma a trouvé un moyen simple de les rouler dans la farine.

Blake lissa sa propre moustache, l'air satisfait.

–Demandez-lui si la sienne aussi est postiche ! chuchota Edgar à Salomé.

Elle se mordit la lèvre et tourna le visage vers la jeune femme.

Emma, ayant déroulé les cartes, refixa la moustache sur son visage, salua du chef et redisparut derrière son pilier. Sans bouger de son fauteuil, Blake posa le doigt sur la carte et décrivit une courbe.

– Poursuivez, Holmes.

– Ce que vient de vous montrer Mr Blake est la dorsale du Chili.

Salomé et Edgar se penchèrent sur la carte.

– Je ne vois que du bleu, dit Edgar. Qu'appellez-vous « dorsale » ?

– C'est un ensemble montagneux sous-marin, répondit Holmes. Cette dorsale, quasi invisible, abrite en réalité un considérable danger potentiel. Un danger dont le commun des mortels ne mesure pas la gravité. Elle est la jonction entre deux plaques terrestres… Or, ces deux plaques ne se sont pas contentées de se heurter, voyez-vous.

– Précisez, dit Salomé.

– J'y viens, mademoiselle. Suite à ce qui s'est produit là, l'une des plaques est en train de *passer au-dessous de l'autre*… et à présent, elle s'enfonce jusqu'au cœur de la Terre. Ces plaques sont épaisses de 10 à 100 kilomètres. Pardonnez ces chiffres, mais c'est pour que vous vous rendiez compte de la puissance de ce qui se passe en ce moment même sous nos pieds. Bien sûr, ce phénomène se déroule sur une échelle de temps qui n'est pas la nôtre. Cela se mesure en dizaines de millions d'années. Mais le résultat, nous le voyons : tremblements de terre, éruptions volcaniques. Le séisme de Puerto Montt a été mesuré à 9,3 sur l'échelle de Richter ; pour vous donner une idée claire de ce que cela représente, dites-vous qu'un séisme de magnitude 9,3 détruit 1 895 400 cheminées. Et possiblement, les gens qui se trouvent dessous. Je vous laisse imaginer l'état de Puerto Montt et de ses alentours. Mais ça n'est pas encore assez, car un séisme est suivi de répliques. Il faut donc craindre d'autres secousses – cela peut être une question de mois, de semaines ou même de jours – … et peut-être l'explosion d'un volcan. À tous points de vue, c'est une catastrophe.

– Vous voulez dire, intervint Edgar, que Puerto Montt est sans doute entièrement détruite ?

Holmes hocha la tête, articulant :

– Pire.

– Je vous remercie, Holmes, déclara Blake d'une voix douce. Comme toujours, votre aide est précieuse.

Holmes s'inclina, les lèvres pincées, et s'en fut à reculons dans l'ombre de son étude, au fond de la pièce immense.

– Maintenant, la suite ! dit Blake, se penchant au-dessus de la carte, mais l'œil fixé sur Salomé.

Sa moustache frétillait. Il tira une bouffée sur son cigare, et la laissa éclore entre ses lèvres arrondies.

3

La règle du jeu

Edgar toussa. La fumée s'enroula sur elle-même et s'éleva vers la cascade.

Blake reprit, caressant sa moustache :

– Le Chili a bien sûr tenté de secourir ses propres citoyens, mais la suite a montré que décidément, ils n'étaient bons qu'à produire des bananes. De Valparaiso, ils envoient des navires de nourriture ; seulement, le séisme a modifié les fonds marins, et le convoi de trente bateaux a fait naufrage sur les nouveaux récifs. Impossible de passer par la mer ! Ils perdent du temps en essayant de secourir les secours… Pendant ce temps, Puerto Montt meurt de faim…

– Malgré les bananes ? finassa Edgar.

Blake l'ignora, concluant :

– Des survivants sortis de la ville ont trouvé refuge dans les villages au nord, à plus de 100 kilomètres. Les épidémies, disent-ils, ravagent la ville quartier après quartier.

– Sans compter le volcan local, intervint Salomé.

– La Bouche chaude, coupa Blake. Le *Calbuco.*

– Qui risque d'exploser à tout moment, poursuivit Salomé. La géologie est devenue instable, je l'ai bien compris.

Blake applaudit du bout des doigts en fronçant de la moustache et susurra :

–J'espère que vous donnerez un billet à Holmes pour la leçon, Miss. Donc, le temps passe, les gens meurent et tout le monde en Europe s'en fout. On a d'autres chats à fouetter – l'Allemagne inquiète les gouvernements... Enfin, vous savez ça. Seulement, moi, je pense qu'il faut faire quelque chose. *Je* dois faire quelque chose.

–Et je le pense également. Les gens meurent. Les enfants.

Blake agita la main comme on chasse des moucherons.

–Oui, voilà. Les gens, les enfants. Il faut agir, quoi.

Salomé attrapa le journal dans la poche d'Edgar et le déplia.

–Ainsi donc, fort de cette conviction, vous déclarez à *News of the World* que vous préparez une expédition pour Puerto Montt. Que dans moins d'une semaine, vous parachuterez sur la ville des milliers de vaccins et de médicaments. Tel un héros venu des airs !

–Ainsi donc, dès le lendemain, vous déclarez à *Paris-Soir* que vous serez sur place avant moi.

–Précisément.

–Pourquoi ? susurra Blake. Marcher sur mes plates-bandes... Vous n'avez pas été fichue de trouver une meilleure idée pour vous mettre en avant ? Pourquoi vous êtes-vous mis cette étrange lubie en tête ?

–« Étrange lubie » est un pléonasme, intervint Edgar en dressant l'index.

Salomé lui fit sèchement signe de se taire et avisa Blake :

–Parce que je suis meilleure pilote. Et que j'arriverai la première.

Blake ricana. Les poils de sa moustache se dressèrent.

–Eh bien, j'ai de mauvaises nouvelles pour vous, Miss Declercq.

–Ah oui ?

–Oui. Cela n'arrivera pas.

Blake se renfonça dans son fauteuil, fronçant le nez à petits coups. Sa moustache tressauta. Salomé se pencha vers lui et murmura :

–Moi aussi, j'ai de mauvaises nouvelles pour vous, Sir Blake.

–Vraiment ?

–Je serai bel et bien la première à Puerto Montt.

–Et qu'est-ce qui vous rend si sûre de cela ?

Salomé prit le temps de fouiller dans la poche de sa veste pour en tirer un porte-cigarettes. Elle attrapa la boîte d'allumettes sur la table basse ; craquement, flamme, fumée. Elle haussa les épaules et secoua la tête avec un sourire.

–Je connais l'Amérique du Sud. Tandis que, de votre côté, je ne crois pas que vous ayez jamais passé l'Équateur… ?

–Ah, oui, oui, murmura Blake, roulant un doigt autour de sa moustache. L'Aéropostale… Mais c'est de l'histoire ancienne !

–Vos records aussi sont de l'histoire ancienne, Sir Blake, répliqua Salomé. En vérité, avouez-le : cette petite expédition financée par *News of the World* tombe à pic pour relancer vos affaires. Et redorer votre blason.

L'homme frémit de la moustache.

–Oh, le croyez-vous ? Je suis pilote d'essai. Je donne des conférences dans le monde entier. Quant à vous, Miss Declercq, depuis la disparition de l'Aéropostale, vous êtes au chômage, n'est-ce pas ? J'ai entendu parler de la petite bande de gogos que vous avez réunie autour de vous… Vous aussi, vous comptez tirer profit de ce concours.

Il marqua une courte pause.

–Je vais vous le dire comme je le pense : vous êtes un pirate, Declercq. Un parasite. J'ai compris également que *Paris-Soir* avait mis les petits plats dans les grands pour faire votre publicité. Des parasites, eux aussi. Que d'argent perdu !

Salomé tira une bouffée de sa cigarette et souffla par le nez.

– Rendez-vous dans deux semaines, lança-t-elle. Je serai à Puerto Montt pour vous serrer la main quand vous atterrirez.

– Vous parlez beaucoup, Miss Declercq, dit Blake dans un rire, nous verrons comment vous pilotez. Oh, j'y pense : puisque vous avez fait le déplacement à Londres, ne devrions-nous pas en profiter pour établir quelques règles ? Après tout, il n'y a pas de jeu sans règle… !

Salomé s'était reculée dans son fauteuil, les deux bras sur les accoudoirs. Elle énonça d'une voix claire :

– Vous voulez des règles ? Très bien. La première : pas d'espionnage industriel.

– Comme vous y allez ! fit Blake. Soit ! Pas de sabotage non plus.

– Évidemment. Ensuite… Vous avez votre secrétaire, j'ai mon journaliste ; pas d'autre équipage.

Edgar griffonnait sur son carnet ; il sursauta et se tourna précipitamment vers Salomé Declercq.

– Oh, *really* ? grinça Blake. Pas d'autre équipage. Vous pensez réussir à… ?

– *Really*.

– Bigre. Vous avez déjà une idée de l'avion que vous piloterez ? Pas vos affreux Breguet, quand même, ou vos Latécoère ?

– J'ai déjà une idée de l'avion, dit Salomé, laconique.

– C'est un secret ?

– Où serait le jeu si nous nous disions tout ?

– Bien entendu. Quoi d'autre… Ah ! Pas d'aide extérieure, hormis lors des escales. Et d'ailleurs, pas plus de trois escales ! Qu'en pensez-vous ?

Salomé tressaillit. Blake parlait comme rôde un tigre : souple, prêt à vous bondir dessus. Elle jeta un coup d'œil à la carte étalée devant eux.

– D'accord. Pas plus de trois escales. Et pas de sosie, Blake !

– Comment ça, pas de sosie ?

– Mais oui. J'imagine quelque chose comme un faux Orville Blake tapi à Rio de Janeiro pendant que vous prenez le départ à Londres, et qui décollerait de façon à arriver 2 heures avant moi au but.

– Quelle merveilleuse idée, Miss Declercq, gloussa Blake. Quelle imagination !

– Une chose encore : nos plans de vol seront tenus secrets.

– C'est une évidence, sourit Blake.

– Parfait, alors.

– Parfait. Il nous reste cependant un dernier détail à régler : le jour et l'heure de départ. Où en sont vos préparatifs ?

– Ils vont bon train. Et les vôtres ?

– Je n'ai pas à me plaindre. Voyons voir…

Orville Blake dégagea la manche de son poignet et en détacha sa montre. Salomé fit de même.

– Dans dix jours, nous décollerons à 8 heures du matin. Je partirai de Londres, qui est située approximativement sur le méridien de Greenwich. Débrouillez-vous pour décoller de la même longitude ! Ma montre indique la demie pile.

– La mienne aussi. Dans dix jours, soit le 10 octobre, 8 heures. Je décollerai du Bourget, à Paris.

Edgar notait frénétiquement ces détails.

– N'espérez pas me flouer, Miss Declercq, reprit Blake. Vous savez bien qu'il y a une heure de décalage entre votre pays et le mien. Quand il sera 8 heures en Angleterre, il sera 9 heures en France. Je décollerai à 8 heures ; vous décollerez à 9.

– C'est juste, convint Salomé.

Ils s'examinèrent en silence durant quelques secondes ; Edgar entendit un déclic venu du fond de la pièce. Blake se leva de son fauteuil.

– Bien. Faisons quelques photos, puis vous me ferez le plaisir de nous quitter. J'ai d'importantes affaires à régler. Serrons-nous la main, voulez-vous ?

Hochant la tête, Salomé se tourna vers Edgar, qui prépara son Rolleiflex. Blake claqua à nouveau des doigts. Emma sortit de derrière son pilier ; elle tenait à la main un Leica compact. Blake, solennel, se leva ; Salomé suivit.

– Prenez place devant le tableau, leur dit Edgar.

– *We'd need more light*, leur dit Emma.

Blake frappa des mains ; un valet survint et, sur les ordres de l'aviateur, il alluma les hauts plafonniers. Salomé Declercq se planta à côté de Sir Orville Blake, qui la dépassait d'une tête ; ils se serrèrent la main, chacun regardant l'autre d'un œil d'acier pendant que les flashes inondaient la pièce de leurs éclairs de magnésium.

***

Dans le taxi qui les emmenait à l'aéroport de Croydon, Edgar relisait ses notes à mi-voix. Il se mit soudain à pouffer de rire ; Salomé sursauta.

– Qu'est-ce qu'il y a de si drôle ?

– J'ai dessiné les expressions de la moustache de notre ami Blake. C'est un monde en soi !

Il montra son carnet à Salomé. La moustache était si énorme qu'elle occupait tout le visage d'Orville Blake ; en fait, on aurait dit que c'était la moustache qui avait des sourcils, des yeux, une bouche ; et tour à tour elle prenait des airs surpris, rusés, outragés ou ricanants. Salomé éclata de rire.

– Vos lecteurs vont se poiler ! Vous êtes moins crétin que vous ne paraissez…

Edgar prit l'air outré de la Moustache.

– J'imagine que je dois prendre ça comme un compliment ?

– Prenez-le comme vous voudrez, monsieur Edgar Loiseau. (Elle lui arracha le carnet des mains et parcourut quelques pages.) Mais dites donc, c'est du bon travail !

Edgar se pencha vers elle, stylo sur l'oreille.

– J'ai intérêt à faire du bon travail, mademoiselle Declercq, et vous aussi. Cette histoire de duel pour Puerto Montt passionne les foules, autant que le Paris-Saïgon de Saint-Ex et son naufrage dans le désert ! Croyez-moi, les gens en ont marre des tristesses de la politique. Ce duel, ça les fait rêver. C'est encore mieux que la boxe.

– Intéressante comparaison. Développez.

– Orville Blake, c'est un champion poids lourd. Vous êtes le challenger. Tout le monde veut vous voir gagner, mais chacun sait que le combat sera difficile. À ce propos…

Edgar feuilletait ses notes.

– Oui ?

– Quelque chose dans ce que vous avez dit à Blake m'intrigue. Qu'entendiez-vous au juste par « j'ai mon journaliste » ?

Il brandit le carnet, la phrase était soulignée. Salomé le regarda d'un œil rieur.

– Nous avons le droit d'embarquer une personne à bord. Blake a sa secrétaire. Moi, j'ai mon journaliste.

– Bon, mais quel journaliste… ?

– Ne faites pas l'idiot, Edgar. Vous.

Edgar pointa un doigt sur sa propre poitrine.

– Moi !?

– Si l'idée vous déplaît, on trouvera quelqu'un d'autre.

– Je… Je n'ai pas dit que l'idée me déplaisait, mais…

– Mais ?

– Mais je vais faire quoi, moi, dans ce cockpit ? Je ne sais pas piloter !

– Vous apprendrez.

– C'est une plaisanterie !

Salomé sourit franchement.

– Bien sûr que c'est une plaisanterie. Personne à part moi ne touchera au manche de cet appareil. Par contre, vous me serez utile pour les instruments.

–De musique… ? Ah, pour éviter de dormir ! Je vous préviens, je n'ai appris à jouer que de l'accordéon, et fort mal ; c'est mon père qui m'a obligé, et –

–De navigation, Edgar. Les instruments de navigation. Cartes et compas.

–Je ne sais pas lire ça, moi !

–Il va falloir vous y mettre, mon vieux. Le décollage a lieu dans dix jours !

Cette fois, Edgar ne souriait plus du tout. Un silence passa, durant lequel le taxi s'engouffra dans la campagne qui ceinturait Londres avant Croydon. Il serpenta le long d'une route bordée de hautes haies. De temps à autre, les branchages frottaient la capote du taxi, pendant que des embardées faisaient tressauter la clientèle. Edgar se frotta le crâne avec une grimace et reprit :

–Pourquoi me choisir moi ? À l'évidence, vous me prenez pour un blanc-bec…

–C'est vrai, mais un blanc-bec plutôt débrouillard.

–Mettons. Mais vous auriez pu choisir quelqu'un avec plus d'expérience, et…

–Certes : s'il ne s'était pas mis en tête de remonter le Nil avec un vieux triplan, j'aurais demandé à Saint-Ex de m'accompagner. Mais voilà, il n'est pas disponible. Vous ferez bien l'affaire.

Edgar desserra sa cravate d'un cran.

–Mademoiselle Declercq, je serai à la hauteur. Il faut quand même que je demande au journal s'ils peuvent m'avancer certains sous, liés aux bagages que j'aurai à emporter, parce que, vous comprenez, *Paris-Soir* est un peu chiche sur les frais de mission, et…

Salomé ne répondit rien ; elle avait détourné le regard et ses pensées. Un moment passa, durant lequel on n'entendit que le ronronnement du taxi et les marmonnements d'Edgar qui se lançait dans des comptes de paires de chaussettes à embarquer. Salomé nota que les nuages avaient disparu. Le ciel était clair.

– Dites-moi, fit-elle brusquement, Blake et cette jeune femme, Emma…

– Quoi donc ? demanda-t-il, tout à la relecture de ses notes.

– Vous croyez qu'ils couchent ensemble ?

– Si je crois quoi… ?

Edgar rougit, bouche bée. Puis il éclata de rire.

– Alors vous… !

Le taxi franchit l'arche métallique où le Croydon Airport s'annonçait en lettres de fer. Salomé dit quelques mots au chauffeur, qui hocha la tête et passa au large des vols internationaux. Edgar s'agita, suivant des yeux les hangars qui s'éloignaient.

– Que fait-il ? Dites-lui de faire demi-tour ! Notre vol est programmé pour dans une heure !

– Pas aujourd'hui.

– Que voulez-vous dire ?

– Nous allons gagner du temps, monsieur Edgar. Ne tirez pas cette tête. Et à partir de cette seconde, appelez-moi « lieutenant Declercq ». Aujourd'hui, c'est moi qui pilote.

4

Le Papillon-tigre

Sous un hangar en bout de piste dormait une file d'avions de petite taille. Des gars en blouse bleue s'affairaient sous les carlingues dans un boucan de clefs et de marteaux, redressant des tôles, vérifiant les roues et huilant les hélices. Salomé repéra un mécano qui se frottait les mains dans un torchon noirci.

– J'ai réservé un vol sur De Havilland DH-82. Vous avez ma tenue ?

– Votre… ? C'est vous qui… ?

Pour toute réponse, Salomé fronça les sourcils ; aussitôt, le mécano bafouilla qu'il faudrait vérifier le plan de vol et si la radio fonctionnait, et que c'était par là. Ils le suivirent jusqu'à l'un des avions, un biplan peint en jaune.

– Vous avez déjà volé sur ce genre de coucou… ? demanda Edgar d'une voix étranglée.

– Jamais, répondit Salomé. Ils n'avaient plus que ça à disposition. Ça vous pose un problème ?

– Aucun ! Sauf celui de savoir si je vais rentrer vivant chez moi ce soir.

Le mécano venait d'apporter deux combinaisons. Salomé enfila ses gants de cuir.

– Nous verrons bien, fit-elle en enfilant sa combinaison largement trop grande. Ça ne devrait pas être sorcier. Vous avez une écharpe ? Non ? Vous avez tort, il fait glacial là-haut. Ces crétins ne s'attendaient pas à ce qu'une femme pilote, on dirait ! (Retroussant ses manches, elle se tourna brusquement vers le journaliste.) Et vous ? Votre journal vous envoie, mais après tout, je ne sais pas ce que vous en pensez, vous !

Edgar tripota le revers de sa veste.

– Moi, vous savez...

– Bon, coupa Salomé. Épargnez-moi vos tergiversations et faites votre métier. Où est votre appareil photo ?

Edgar claqua des doigts.

– Au fait, oui ! Devant l'avion, ça fera un cliché fantastique !

Salomé leva les yeux au ciel pendant que le jeune homme préparait son Rolleiflex.

– Faites semblant de regarder vers le lointain, oui, comme ça... Attendez... ! (Salomé fronça les sourcils.) Ce crétin de mécano vient de rentrer dans le champ... Ça y est, il est sorti, attention... Voilà !

Sous l'œil perplexe du mécano, Salomé fit le tour de l'appareil. Cependant, comprenant peu à peu qu'elle connaissait son affaire, il devint plus loquace.

– Première fois sur ce De Havilland ?

– Oui, répondit Salomé. Que faut-il savoir ?

– Le rayon d'action est court, 280 miles maximum. Soit 450 kilomètres. Donc vous allez à Paris ?

– J'atterris au Bourget.

– Ça ira. L'hélice a été modifiée sur celui-là, vous pouvez atteindre 200 kilomètres/heure en conditions normales de vol, comme aujourd'hui. Vous savez comment on surnomme ce modèle ?

–Non.

–« Tiger Moth ».

–« Tiger » ? Tout un programme !

–Oui, mais surtout « Moth » : je vous garantis que ce coucou tient plus du papillon que du tigre. Faut pas faire n'importe quoi avec. Pas d'acrobatie ou ce genre de clowneries, même si c'est un gros papillon, hu-hu ! C'est compris ?

Salomé se contenta d'attraper le casque qu'il tenait entre ses mains, d'en abaisser les lunettes sur les yeux et de boucler la sangle sous son menton.

–Une dernière chose, dit le mécano d'une voix plus sourde. Le type qui vous accompagne, là… Qu'est-ce qu'il prenait en photo ?

–Il travaille pour un journal français et couvre un de mes vols. Ça vous pose un problème ?

–Ben, c'est-à-dire que vu la situation avec les Allemands, ces temps-ci, on fait plutôt attention à qui prend des photos. Nous avons des ordres.

Salomé désigna Edgar du pouce, rigolarde.

–Franchement, vous trouvez que ce jeune homme tout frais sorti de l'œuf a une tête d'espion ?

–C'est pas la question, Miss. Mais vaut mieux pas prendre de photos sous ce hangar.

–Je vous enverrai le journal ! ricana Salomé.

–Qu'est-ce qu'il vous disait ? s'enquit Edgar, les rejoignant.

–Rien, dit Salomé avec un sourire. Attrapez-moi ça.

Elle lui lança un gros paquet qu'il reçut en plein plexus avec un « Ouf ! ».

–Qu'est-ce donc ? demanda Edgar, examinant le paquet à bretelles.

–Votre parachute.

–Mon parachute ? À quoi ça pourrait bien… ? Il n'y a pourtant aucun danger à voler avec vous !

–Du danger, il y en a toujours. Bon, mon vieux, on y va ?

Tout était en ordre pour le décollage ; un tracteur mena le biplan jusqu'à l'entrée de la piste. Ils se hissèrent dans le cockpit ; Edgar prit place derrière Salomé. Leurs deux têtes dépassaient du fuselage sans rien pour les protéger de l'air libre.

Salomé leva le pouce en direction du mécano et, ayant vérifié les niveaux d'essence et d'huile, elle démarra le moteur. Aussitôt, l'hélice se mit à tourner. Le fuselage vibra. D'un geste souple, Salomé actionna la manette des gaz : il y eut une explosion qui fit sursauter Edgar, dont la tête pivotait sans cesse à gauche et à droite. Il essayait de piger comment ça marchait. Sous la pression des pistons, le sifflement des machines devint très vite assourdissant ; sans les casques, comprit Edgar, leurs tympans auraient sans doute sauté. L'huile brûlante coula ensuite dans toutes les artères de la mécanique, et l'hélice put tourner à bloc. Une odeur d'essence envahit l'atmosphère ; Edgar se mit à tousser comme un pesteux. Alors seulement, Salomé desserra le frein. L'avion roula nerveusement, oscillant un peu à mesure que les ailes fendaient l'air, puis il prit de la vitesse.

– Un avion comme celui-là devrait décoller en moins de 200 mètres ! cria-t-elle à l'attention d'Edgar.

– Hein ? cria celui-ci en réponse.

Sous eux, la piste de gazon défila à plus de 100 kilomètres/heure, brouillée par les vapeurs d'essence. Salomé sentit que le kérosène lui brûlait l'intérieur des narines ; elle serra les dents, souffla par le nez et tira le manche : il y eut une embardée, et elle vit dans le miroir la tête effarée d'Edgar qui constatait que l'avion venait de s'élever juste au-dessus de la clôture de la piste. Son front était couvert de sueur ; ils volaient.

Salomé fila à faible altitude au-dessus du champ d'aviation ; puis, l'avion ayant pris suffisamment de vitesse, elle rejoignit sa ligne de vol et tint le cap vers la France.

Paris était à 344 kilomètres. Pas de quoi s'accorder un petit détour touristique par le Surrey, le Devon, ou je ne sais quel pittoresque *shire* anglais.

Le ciel était au beau ; dans peu de temps, on apercevrait la mer. Pour l'heure, ils volaient au-dessus de la campagne anglaise : champs, collines, moutons, clochers, marchés de villages. Le soleil se reflétait sur le fuselage de l'avion, aveuglant sa pilote par intermittences. Il tardait à Salomé de survoler la Manche ; elle réservait une petite surprise à son hôte…

Malgré l'air froid qui le giflait de toutes parts, celui-ci commençait à se détendre et regardait d'un air curieux le *countryside*. Près d'une église à tour carrée, une noce entière leur fit signe ; Edgar, charmé, sortit la main de la poche de son manteau pour leur répondre. L'air était glacé ; il la rentra prestement, cherchant des moufles qu'il ne put jamais trouver. Puis il fouina à ses pieds et extirpa son Rolleiflex. Il prit d'abord une photo de Salomé Declercq aux manettes (vue de dos), puis s'amusa à capter les détails du sol à travers son objectif. Une embardée de vent faillit lui arracher l'appareil des mains ; il jura et jugea plus sage de le ranger. Il l'avait payé de sa poche.

Les falaises apparurent ; bientôt, ils se trouvèrent au-dessus de la mer. Salomé, ayant capté un sifflement admiratif venu de l'arrière, brancha la radio interne et parla dans son microphone.

–*J'espère que vous appréciez le spectacle ?*

Un crachotement lui répondit au bout d'un moment – il avait trouvé comment fonctionnait le micro.

–Oui, dites donc ! C'est splendide. Je n'ai jamais vu la mer comme ça. Oh, vous avez vu ? Des bateaux de pêche !

–*Si vous voulez, on peut les saluer de plus près.*

–Vous croyez ? Ça n'est pas dangereux ? Je ne sais pas si…

Brusquement, Salomé coupa la radio et vira sur l'aile. Dans un vrombissement, l'avion décrivit un arc de cercle, puis, ayant diminué son altitude, il fonça vers les bateaux. Salomé sentit des coups dans son fauteuil ; Edgar essayait de communiquer. Elle jubilait. Après lui avoir fait un petit coucou de la main, elle continua son piqué vers les bateaux.

Lorsqu'ils passèrent au-dessus des mâts, ils virent les pêcheurs tendre le poing, la face rouge barrée d'injures. Les coups dans le fauteuil se firent plus insistants ; Salomé tira sur le manche et l'avion reprit de la hauteur ; puis, après une volte serrée, elle décida de piquer à nouveau sur l'eau. En contrebas, les coques des bateaux tanguaient rapidement. Dans le microphone, Edgar poussa un couinement désespéré – mais Salomé avait coupé son récepteur, et se ruait maintenant entre deux des navires de pêche, où les marins brandissaient des bâtons fourchus ; quand elle passa au milieu, une immense gerbe d'eau inonda les flancs de l'avion – les roues raclaient la surface de la mer.

Dans le miroir, Salomé vit les yeux hagards d'Edgar rouler dans ses grosses lunettes ; le gamin était trempé de flotte. Elle tira le manche, mais l'eau faisait résistance ; et alors qu'elle était à mi-roues dans la mer, elle sentit la pression tirer la carlingue vers le bas et faire pencher les ailes sur la gauche.

Oh, oh ! On va plonger ! hurla-t-elle en silence. *Remonte, saloperie… !*

Elle mit les gaz et tira à fond. Dans un soubresaut, l'avion s'arracha aux vaguelettes et s'éleva de nouveau. Ils avaient eu chaud – cela s'était joué à deux secondes près.

Tu parles d'une blague ! souffla la pilote, haletante mais riant malgré elle. Elle leva la tête, rassurée de voir encore les nuages au-dessus des ailes, et c'est à ce moment qu'elle nota un trou dans le toilage juste au-dessus d'eux – l'un de ces ploucs de pêcheurs de mérous leur avait probablement tiré dessus. Autre coup d'œil dans le miroir ; Edgar essayait de trouver un moyen d'essorer sa cravate par-dessus la carlingue ; un coup de vent s'en chargea, et la cravate lui échappa des mains.

Avait-il conscience qu'ils avaient failli y passer… ? *Pour un baptême de l'air tu es servi, mon coco !* gloussa Salomé.

Restait à savoir si Edgar avait apprécié la plaisanterie à sa juste valeur. Elle alluma son micro.

–*… êtes complètement cinglée ?!* fulminait Edgar.

Bon, il n'avait pas l'air si furieux que ça. Juste un peu affolé.

–Je suis désolée pour votre cravate, répondit Salomé. On a frôlé la mer comme Blake lors de sa traversée de l'Atlantique. Franchement, vous devriez être ravi d'expérimenter la légende, vous aussi !

–*Je n'ai plus un poil de sec !*

–Ne vous en faites pas pour vos poils. Nous arrivons dans 2 heures et demie, vous aurez bien le temps de sécher dans la brise légère.

Le vent transversal qui fendait la Manche de Brest à Esbjerg était glacial.

–*… crever d'une pneumonie, oui !* perçut Salomé avant de couper son récepteur.

Elle aurait bien voulu essuyer la sueur qui lui coulait sous le casque. *Cinglée ou stupide, Declercq… ? Maintenant, tu tiens sagement le manche de cette coque de noix jusqu'à Paris et tu bouges plus, compris ?*

Les ailes chargées d'humidité et de sel vrombissaient dans l'air. Vu d'en bas, le De Havilland devait ressembler à un gros frelon.

5

À bon port

À travers un dégagement de nuages, Paris surgit au-dessous d'eux. Dans son écouteur – qu'elle avait branché pour rentrer en contact avec les contrôles du Bourget –, Salomé entendit Edgar pousser des cris de ravissement.

–Vous avez vu ça ? Cette sacrée tour Eiffel… ! Et c'est drôle comme la Seine a l'air bleue, vue d'ici ! Dire que du quai Panhard, ça ressemble à un filet de merde… !

Elle leva les yeux au ciel – mais quelque chose d'incontrôlable lui fit esquisser un sourire. À travers les vibrations du moteur lui parvinrent un souffle, puis le crachotement de la radio.

–**Crkr* Contrôle à DH-82, bonjour à vous, veuillez vous identifier ! Control to DH-82, can you…*

–**Crrk** DH-82 à Contrôle, laissez tomber mon vieux, je suis française. Quelles sont les conditions météo ? **Ckrr**

–**Crrk* Salomé, c'est vous ?*

–C'est **Crkr** moi ! Je reviens de Londres.

*–Et alors, cette rencontre avec Sir Or*Crrk* Blake ? On signale un vent arrière sur la piste 2, mais *Crrk* ça ne devrait pas vous poser de problème.*

–**Cr** Reçu, Contrôle. Quant à Blake, le vieux caniche peut encore mordre, nous aurons fort à faire. Je me dirige piste 2.

–Reçu, DH-82. À tout de suite sur le plancher des vaches ! *Crr*

L'avion perça une traîne de nuages ; au-dessous se déploya Le Bourget avec sa file de hangars. Le temps était gris, et un coup de vent fit trembler la carlingue. Salomé régla la puissance du moteur, perdit de l'altitude. Son écharpe serrée lui évitait les sales échardes du froid, mais à vrai dire elle rêvait d'un bain brûlant.

Pas fâchée d'arriver à bon port. Elle s'était levée à 5 heures du matin pour étudier pour la millième fois les cartes de vol qui s'amoncelaient dans sa chambre de l'Aviator's Club et rectifier des trajectoires au millimètre ; ensuite elle avait pris son vol pour Londres, fait connaissance avec son journaliste, rencontré Blake, failli prendre le thé avec les poissons de la Manche. Elle était vannée.

Le De Havilland décrivit une volte au-dessus de l'aéroport du Bourget et stabilisa son erre en face de la piste 2, où des gars agitant des signaux verts lui donnaient l'autorisation d'atterrir. Dans son écouteur, Salomé perçut un soupir de soulagement venu de l'arrière.

– Soufflez pas encore, fit-elle. L'atterrissage, c'est le pire moment.

Elle abaissa la manette des gaz, coupa l'hélice ; les roues rebondirent un coup contre le gazon, Salomé serra les dents, puis le De Havilland atterrit résolument et roula à toute vitesse sur la piste. Elle ouvrit les volets ; l'appareil freina, chassant à droite et à gauche ; elle rectifia d'une main souple la trajectoire – et enfin, une fois parvenus non loin des hangars, ils se stabilisèrent dans un ralentissement.

Alors, fumant et crachant une dernière vapeur d'essence, le De Havilland s'arrêta ; Salomé se détendit et s'adossa contre son siège. Alors la fatigue monta dans tout son intérieur comme une marée. Elle demeura un instant la main posée sur le rebord de la carlingue et se décida à ôter ses lunettes. De grandes déchirures violettes hantaient le ciel. Le crépuscule installait lentement son règne.

Une voiture, qui venait de fendre la file de hangars, traversait la piste dans leur direction. Le type assis à côté du conducteur fit un geste de la main par la vitre ouverte. Salomé s'extirpa du cockpit. Edgar suivit, tant bien que mal.

Une fois au sol, il essora sa veste à grand bruit de flotte. Salomé eut un sourire devant la face bleue du freluquet, qui à l'évidence crevait de froid.

– Ça vous forgera le caractère, mon vieux ! s'exclama-t-elle.

– Vache ! répondit Edgar, louchant sur la berline. Une Maybach Zeppelin… !

La voiture s'arrêta à proximité. Le chauffeur descendit pour ouvrir la porte à un homme qui portait un chapeau melon.

– Alors… ? lança ce dernier, serrant la main de Salomé.

Elle montra l'étendue de gazon devant eux d'un coup de menton.

– Alors, qu'est-ce qui s'est passé ici… ? Un troupeau d'éléphants a traversé la piste ?

– Daladier a atterri en provenance de Munich tout à l'heure. Il y avait foule ! Eh bien, et votre affaire ?

Le Chapeau, nota Edgar, parlait avec un fort accent anglais.

– Je vous présente Edmond Mac Nabb, dit Salomé à Edgar. Et voici Eugène, notre chauffeur du Club.

« Eugène » ne daigna pas tourner la tête pour saluer Edgar. Mac Nabb fut un peu plus poli.

– Qui est ce zigoto ?

Salomé eut un petit rire et confia à Edgar :

– Mac Nabb est écossais, mais il adore les mots comme « zigoto », « nana » ou « emmerdement ».

– Miss, vous ne répondez pas à mes questions, nota Mac Nabb d'une voix tendue.

Salomé fronça légèrement les sourcils.

– *The game is on*, comme ils disent là-bas. Tout doit être prêt d'ici dix jours.

Le chauffeur devait avoir l'habitude des gens qui prennent leur temps et se mettent à papoter au bord d'un terrain vague, boueux. Il alluma une cigarette dont la fumée fila droit vers le ciel, rejoignant en arrière-plan le *charcoal* des cheminées d'usine. L'Écossais tapota l'épaule de Salomé d'une main paterne, le front plissé.

– Il va falloir mettre les bouchées doubles, *my dear*. On a installé le DC-X à Chalais-Meudon pour les derniers réglages. Il y a encore tout un tas de tests à, *well*, tester.

– Ah, malheur ! pesta Salomé.

– Un problème ? s'enquit Edgar.

– Je voulais vous montrer le DC-X, mais ils l'ont trimballé à l'autre bout de Paris. (Elle se tourna vers Mac Nabb.) Vous savez que ça n'est pas bien prudent, ce que vous faites ?

– Pardon ? fit l'Écossais en se dressant sur les orteils.

– Un appareil de cette taille traversant tout Paris ! Nos espions ont dû se régaler.

– Mademoiselle Declercq, ne me prenez pas pour un amateur, jeta Mac Nabb avec une moue. Nous avons démonté les ailes et calfeutré le tout dans des containers, puis nous avons chargé par le train jusqu'à Meudon. Tout ce que les gens ont vu, c'est un transport de fret, rien de plus. Vos *espions*, comme vous dites, ont dû casser leurs jumelles sur une file de wagons à 5 heures du matin.

Il alluma lui aussi une cigarette ; son visage clignota en jaune.

– Et puis, vos espions, vos espions… Ils ont autre chose à trafiquer, avec ce qui se passe en ce moment à Berlin… Vous voyez bien qu'il n'y a que vous et moi ici.

– D'*important*, vous voulez dire, souligna Salomé avec malice.

Un coup de vent traversa le terrain désert et fit vaciller la braise au bout du clope du chauffeur.

– Dites, lança Edgar à la cantonade, vous auriez pas une couverture ?

– Oui, au fait rebondit Salomé : donnez de quoi se réchauffer au gamin. Il va se transformer en cornet glacé !

Mac Nabb claqua des doigts ; Eugène jeta son mégot d'une pichenette et tira de la voiture une serviette qu'il tendit à Edgar. De gros nuages roulaient dans le ciel, qui devenait plus sombre de minute en minute.

– Montez là-dedans, nous bavarderons sur le trajet, proposa l'Écossais.

Le moteur démarra. Edgar grelottait.

– Où-où v-va-t-on ?

– À l'Aéro-Club de France, murmura Salomé. Et détachez ce truc, bon sang !

Edgar donna une claque machinale sur son ventre. Il portait encore le parachute, qu'il désangla avec des gestes de gamin pris en faute.

– Montez ! leur cria Mac Nabb, qui avait pris place à l'avant.

Salomé et Edgar obtempérèrent.

– Eugène, la radio ! lança ensuite l'Écossais au conducteur, qui brancha la TSF.

L'auto traversa les champs de fonderies de La Courneuve, au milieu de la fumée et des flammes venues des cheminées ; une forêt de hautes tubulures. Au milieu du crachotement, les mots envahirent l'habitacle : « *Je reviens d'Allemagne… conviction profonde que l'accord que nous avons conclu… au maintien de la paix en Europe…* »

Mac Nabb avait gardé son chapeau melon ; il se tourna vers la banquette arrière et tira une grosse montre de gousset de sous sa veste.

– À l'heure qu'il est, Miss Declercq, les mécanos procèdent aux derniers tests de soufflerie. On est en train de régler la dérive de votre machine. Alors. Que vous a raconté Blake, à Londres ?

– Nous avons établi les règles du jeu.

– Règles du jeu ? ricana Mac Nabb. Méfiez-vous de ce coco, Declercq. Il cache pas mal de cartes dans sa manche.

– Vous avez de nouvelles informations ?

– Oui. Nous devons en parler ce soir.

Salomé se renfonça dans son siège, pensive, jusqu'au moment où le coude d'Edgar s'enfonça dans ses côtes ; il lui montra discrètement une page de son carnet sur laquelle se trouvaient les mots :

« DC-X ?
Chalais-Meudon ??
Des espions ???
Dérive… ?
Soufflerie ? »

Salomé lui lança un bref regard et articula silencieusement : *Plus tard !*

Maussade, Edgar se rencogna dans son siège, la serviette sur le cou, et se remit à grelotter.

Ils traversèrent Aubervilliers et Saint-Ouen sans un mot. Autour d'eux, la banlieue déroulait une alternance de champs de patates et d'usines. La Maybach noire fendait le crépuscule ; la nuit tomba sur les friches. Ils entrèrent et sortirent de Neuilly.

– Dites donc, chuchota Edgar, pour aller à l'Aéro-Club, faut pas prendre par les Champs-Élysées ?

– C'est la voie royale, ça, mon vieux, répliqua Salomé. Pour ce soir, on joue la discrétion. On va passer par les bois. Hein, Eugène ?

– Tout à fait, mademoiselle, articula le chauffeur.

Les phares balayèrent bientôt les allées du bois de Boulogne. Puis l'auto bifurqua sur la gauche et pénétra en ville, sous le pinceau des réverbères. À présent, un couvercle noir semblait planer sur le labyrinthe des rues.

6

City Girl

Ils se trouvèrent bientôt devant l'Aéro-Club. Deux colonnes entouraient l'entrée. La Maybach longea le trottoir à basse vitesse et s'arrêta, ronronnant à petit bruit tandis qu'ils descendaient.

– Attendez-moi au bar, dit Salomé à Edgar. Commandez-moi un bourbon, prenez ce que vous voudrez, et mettez ça sur la note de votre feuille de chou. Je n'en ai pas pour longtemps.

Elle se tourna vers le chauffeur.

– Merci, Eugène. Quant à nous, nous nous retrouvons dans 2 heures ! lança-t-elle à Mac Nabb.

Edgar, grelottant encore de tous ses os, regarda la Maybach filer vers le coin des rues sombres, où elle trouverait à se garer. Derrière eux, deux globes de lumière faisaient un halo blanc, filtrant la brume du soir. La rue était déserte, on n'y voyait pas à 20 mètres. Il se retourna vers Salomé ; elle avait déjà franchi les portes du Club et l'avait planté là. Il s'ébroua, grommelant et se donnant de petites tapes sur le front. S'il voulait suivre le mouvement, il avait tout intérêt à se bouger les fesses ! Il monta les marches du perron et franchit les portes à son tour.

Il se trouva dans une sorte d'entrée à guichet, dont les murs étaient tapissés de photographies encadrées ; des aéronautes et leurs machines. Cette entrée donnait sur une pièce plus vaste, disposée comme un restaurant.

Quelques exclamations en sortaient sur un fond de musique.

Tout au fond de la perspective, il aperçut un mur où étaient accrochées des cartes de vol ; il fit un pas, et la perspective fut immédiatement bouchée par un gorille, émergeant d'on ne sait où, et dont l'apparition lui fit salement claquer les nerfs. Le type grogna quelque chose que le cerveau d'Edgar transcrivit par « *Tékitoi* ? », lui posa la main sur l'épaule et entreprit de le faire pivoter vers la sortie. Edgar sentit une bouffée de panique l'envahir.

– F-faut dire le mot de p-passe pour entrer, c-c'est ça… ? bégaya-t-il. Voyons : *Excelsior* ! ?

– Hein… ? grogna le gorille. Quel mot de passe ?

– Je suis avec Salomé Declercq ! grimaça Edgar.

Le gorille était en train de lui malaxer le muscle. Il pencha sa grosse mâchoire prognathe et ses deux yeux en fente d'huître au-dessus de son visage.

– C'est toi Freluquet ?

– Pardon ? Freluquet ?

– Je pourrais te soulever d'une main. T'en penses quoi ?

Ce disant, le gorille contracta son biceps et commença à pelleter Edgar à quelques centimètres du sol. Edgar brailla :

– Je vous crois ! Je vous crois !

Le gorille éclata de rire ; ça ressemblait au grincement d'une brouette descendant une pente folle. Mais l'essentiel pour Edgar était qu'il le dépose au sol ; justement, il relâcha son étreinte.

Edgar se frotta l'épaule.

– Blague à part, lui fit le gorille, c'est comme ça qu'elle t'appelle. *Freluquet*. J'ai un conseil à te donner. Ça te dit ?

Ce brutal personnage aux mains en racloir à plâtre a tout de l'ancien boxeur, se dit Edgar. Il valait mieux être d'accord avec ce gars-là.

– J'écoute, dit-il. C'est la qualité première d'un journaliste.

–Ah oui ? Tu m'en apprends une bonne, je croyais que c'était de raconter un tas de salades. Bon, voilà mon conseil : quand tu entres dans ce genre d'endroit, achète-toi une paire d'années et une carrure. C'est une antre à bonhommes, ici. De rudes lapins.

–On dit *un* antre, susurra Edgar qui tâchait de défroisser sa veste. Je vous aurai appris deux choses ce soir. (Le gorille ouvrit sa grosse mâchoire et plissa davantage les yeux.) De mon côté, je retiens le conseil. Et Salomé Declercq, vous lui avez donné le même ?

–C'est pas un bonhomme. C'est une bonne femme, grogna le gorille. Une sacrée bonne femme. Tu l'accompagnes pour le concours ?

–Pardon ?

–La course. La course dans les airs contre Blake.

–Oui, se rengorgea Edgar. Je couvre le vol.

–Dégonfle-moi ce poitrail, on dirait un poulet ! fit Gorille avec un sourire qui le fit brièvement ressembler à une charrue.

Edgar prit l'air penaud, tenta :

–Ce que je voulais dire, c'est que j'espère bien qu'elle va l'emporter !

–Et moi donc ! T'avise pas de te mettre dans ses pattes, moutard, ou tu trouveras à qui parler !

–Je n'oserais, répondit Edgar. Je dois la retrouver au bar.

–Le bar, c'est sur la droite. J'vais te montrer. Eh, dis voir, Freluquet, pisque t'es journaliste, t'aurais pas un tuyau ?

–Un tuyau ?

Ils venaient d'entrer dans la grande pièce. Le plafond en forme d'arche renversée, aux poutrelles de bois et de fer, était interminable. Edgar s'arrêta, les yeux agrandis. Un bourdonnement de conversations flottait calmement dans l'air, et il embrassa du regard le nuage opaque qui s'élevait au plafond, relié à chaque fumeur par un filament de fumée. À travers la brume émergeaient des plafonniers de cristal, fragiles nefs qui voguaient dans le smog puant. Mais ce n'était pas tout ; au plafond pendait un avion grandeur nature, réplique du coucou des frères Wright, retenu par de grosses chaînes aux poutrelles ! Flânant entre les lustres, il semblait fendre le brouillard.

– Y a Château-Landon, dimanche, aux courses. Sur qui je dois miser pour le pactole ?

Edgar frémit, tiré du spectacle par la voix rauque de Gorille.

– Château-Landon ? bredouilla-t-il. Les courses... ?

Puis il réfléchit. Ses collègues connaissaient leur turf sur le bout des doigts, et se faire un ami de Gorille semblait une bonne idée.

– Je serais vous, je mettrais un billet sur Sacripant De La Mare.

– Oh-oh, les De La Mare ! Sacrée lignée de canassons. Ça va. Je note, Freluquet. T'as intérêt que le tuyau est pas percé. Le bar, c'est là-bas.

Edgar lui fit un petit signe et se dirigea vers le bar, qui occupait tout le pan droit de la pièce. Ils faisaient les choses en grand, ici : le mur de bouteilles grimpait jusqu'au plafond.

Il ruminait.

Freluquet ! Pfff. Il en rougissait jusqu'aux oreilles ; ça l'aurait fait pleurer.

Mais tu es un grand garçon, Edgar. Tu en verras d'autres.

À l'extrémité gauche de la salle jouaient quatre musiciens noirs, à moins que ce ne fussent des Blancs passés au cirage – d'ici, on ne pouvait pas voir. Ce tintouin swinguait agréablement.

La section du bar était séparée du reste de la grande salle par un muret qui vous arrivait à la taille ; il s'y arrêta. Sur ce muret étaient disposées des maquettes d'avion ; les mains dans le dos et faisant mine d'oublier que son costume humide lui poissait tout le corps, Edgar examina la collection.

Irrésistiblement, il se retourna pour regarder la réplique Wright au plafond. *En plein Paris, une charpente pareille ! Qui l'aurait soupçonné ? On ne devinerait pas, juste à voir les façades.* Ça lui rappelait les toitures de hangars que réparait son père ; il fallait que ça fût bien solide pour supporter une telle charge… Il régla son Rolleiflex, le posa sur le muret, priant pour que la lumière ne soit pas trop mauvaise, cadra et déclencha deux coups. Il avait arrêté de respirer pendant trente secondes.

Il se releva, puis il entra enfin dans la section du bar, contournant des fauteuils bas disposés en cercles intimistes autour de tables rondes à hauteur de genoux. Il parvint au long buffet d'ébène recouvert de marbre noir qui servait de comptoir et se fraya une place entre deux hommes au teint hâlé ; il commanda deux doubles bourbons, un pour lui et un pour Salomé. Les deux types ressemblaient à des colonels : la face longue, un peu fin de race, de gros yeux en billes, pâles. Edgar déglutit. Ça faisait pas mal d'émotions, dont il fallait se remettre. L'entrevue avec Blake. Le vol au-dessus de la Manche. Le Gorille, et ce Club dans la brume.

Et ça n'est pas fini, mon bonhomme ! se dit-il. Il y avait là de quoi écrire un tas de brèves et quatre ou cinq articles, peut-être même un petit bouquin si on fouillait les psychologies.

– Voilà, monsieur, fit le barman, et dans un toussotement Edgard crut entendre « Freluquet ».

Il releva la tête vivement, mais le gaillard frottait ses verres en sifflotant en rythme avec la trompette qui s'égosillait de l'autre côté. Il but une première gorgée ; le breuvage fleurait le gros fût de chêne, et il sentit bientôt ses idées se remettre en place.

–Dites donc ? s'exclama-t-il, pris d'une inspiration.

Le barman releva la tête.

–Monsieur ?

–Pourriez-vous transmettre ceci rapidement à la rédaction de *Paris-Soir* ?

Il tenait entre le pouce et l'index la pellicule photo qu'il venait d'extirper du Rolleiflex.

–C'est urgent, précisa-t-il.

–Un garçon coursier peut s'en charger, monsieur.

–Envoyez chercher ce garçon. (Le barman hocha la tête, tira un cordon derrière le bar.) J'aurais également besoin de passer un coup de fil.

–Par ici, monsieur.

Le barman lui indiqua une porte un peu en retrait. Edgar prit son verre, se dirigea vers la porte, qui donnait sur une cabine, modèle confortable : fauteuil en rotonde tapissé de vert, guéridon, papier et stylos à disposition. Il s'assit sur la rotonde, caressa distraitement la feuille d'une plante grasse qui poussait jusqu'au plafond, décrocha le téléphone.

–Je voudrais Ménilmontant 12-22, s'il vous plaît.

L'opératrice transféra l'appel. Son premier coup de fil était pour *Paris-Soir* ; il obtint qu'on lui passe une sténo, à laquelle il dicta un long article. Pour le second coup de fil, il chuchota presque ; si jamais le barman l'écoutait à travers la porte, il en serait pour ses frais.

Il ressortit de la cabine le verre à la main, et prit à nouveau place devant le bar ; personne n'avait touché au bourbon de Salomé Declercq.

Il fit tourner son whisky, puis il sortit un papier de sa poche et prit quelques notes. *Quand il y a matière*, se dit-il, *mieux vaut ne pas laisser passer*.

Comment vole un avion ?

Le pékin moyen a l'impression qu'on appuie sur un bouton, que les hélices se mettent à tourner et qu'il n'y a plus qu'à tirer le manche à balai vers soi pour que ça décolle et virevolte. C'est ce qu'on voit dans les films d'Howard Hughes, mais votre serviteur Edgar Loiseau a assisté à la chose de près, et il peut vous garantir que les aviateurs sont des danseuses d'élite, toujours sur le bord du rasoir. Chaque tour de poignet, chaque coup de manette, chaque regard – chaque mouvement – semble calculé au millimètre ; sans quoi, tout saute, ou l'avion tombe comme une pierre.

Le moteur à explosion n'a jamais si bien porté son nom.

Maintenant, le duel. Blake a pour lui l'expérience, ses records ; Declercq le caractère, la fougue. Elle peut remporter le challenge, mais elle aura affaire à forte partie. De la trempe des Nellie Bly, David-Néel, A. Earhart.

Salomé Declercq en un mot ? Je dirais : une exploratrice. *Pas née de la dernière pluie cependant, rappeler l'Aéropostale.*

Inquiétante théorie du bonhomme nommé Holmes. La cause du séisme : des plaques de terre qui se heurtent et se chevauchent ? Ce n'est qu'une théorie.

Faire rêver le lecteur. Moi-même, depuis ce matin, j'ai l'impression de rêver.

Parfois, c'est désagréable – mon petit orgueil a pris de jolies raclées, aujourd'hui. D'autres fois, j'ai volé à 1 000 mètres au-dessus des gens gris et du triste quotidien. Comment faire passer cette idée sans insulter le lecteur ?

Dire un mot des boxeurs reconvertis en portiers de Clubs d'élite.

J'avais tout juste 12 ans quand le grand Albert Londres est mort. Suivant son héritage, je vais aller voir là où les choses se passent. Il n'y a que comme ça qu'on fait du vrai bon boulot de journaliste. Qu'on fait sauter le couvercle.

Copier son style… ?

Le « voyage dans un fauteuil » ? La blague ! Ça n'existe pas.

Ne pas oublier, Puerto Montt n'est pas seulement une course héroïque. Puerto Montt est aussi une tragédie humaine. Il paraît que la ville est presque rayée de la carte.

Mais ça, nota Edgar en marge, *tout le monde s'en fout, et c'est sans doute comme ça que marchent les choses quand elles se trouvent à des milliers de kilomètres.*

Quelqu'un s'accouda à côté de lui et s'empara du second verre de bourbon ; Edgar releva le nez de ses papiers, faillit s'insurger, reconnut Salomé Declercq in extremis. C'était la première fois qu'il la voyait les cheveux blonds dégagés. Elle lui adressa un petit sourire, les lèvres rosies. Elle s'était rafraîchie et changée : elle portait une robe sous le genou. Edgar ne put s'empêcher de remarquer ses seins sous la robe, deux pommes rondes. Salomé Declercq était une jolie jeune femme.

– Vous avez eu le temps de vous changer ?

– Vous avez lu le *Club des célibataires* de Melville ?

– Ça vous arrive souvent de répondre aux questions par une autre question ?

– Vous avez lu ce bouquin, oui ou non ?

– Non.

– Vous ne ratez pas grand-chose. Et pourtant, l'idée était bonne. Eh bien, ici, c'est comme le *Club des célibataires* ; l'Aéro laisse à la disposition des membres une chambrette avec tout le nécessaire en cas de besoin. Draps propres et serviettes chaudes. On peut débouler sans prévenir et y passer quelques nuits, personne ne vous pose de question désagréable. Ils servent un petit déjeuner…

Salomé tira d'un petit porte-cigarette un cigarillo, qu'elle fit rouler entre ses doigts avec un sourire.

– Vous êtes mariée ?

– Quelle idée ! Je n'ai pas le temps pour ces sottises. Et vous ?

– Eh bien, euh, non, mais…

– Vous avez une bonne amie ?

Edgar rougit affreusement.

– Laissez tomber, mon vieux, ricana Salomé ; mais vous feriez mieux de la prévenir que dans dix jours, vous ne pourrez plus assurer les sorties du dimanche.

– Au fait, murmura Edgar, vous avez raison ; je vais prendre mes dispositions.

– Vous écriviez quoi de méchant sur moi ? reprit Salomé en désignant d'un petit coup de menton le papier noirci.

– Ce ne sont que des notes. Je ne les ai pas encore mises au pro…

– Faites voir ces torchons ! « *Gningningnin, quand je fus alpagué par un grand flandrin à l'entrée du Club* » – ah ! vous avez fait la rencontre de ce cher Octave ! Il ne vous a pas trop aplati… ? « *… Nous rasâmes les flots sous le feu des marins, manquant piquer une tête dans le Channel ; au-dessus de ma tête, la toile des ailes était déchiquetée en deux endroits, deux étoiles gagnées au courage du pilote.* » « Rasâmes » ! C'est tapé, ça, mon cher Edgar, et tartiné de métaphores ! Mais vous êtes sûr que les péquenots comprendront ce que vous racontez ? Vous eussiez pu tout aussi bien écrire : « *Les matelots font feu sur notre avion, on s'en tire avec deux trous dans la toile* ». Non ?

Edgar but une gorgée et se balança quelques secondes sur sa chaise de bar. Puis il se décida :

– Je vous la fais courte. Faut que ça sonne épique, mamzelle Declercq. Le lecteur, calé au coin de la cheminée, doit avoir l'impression d'y être. Et, euh, je suis payé à la ligne.

– L'impression d'y être ? Alors passez tout au présent, et virez-nous cet affreux passé simple ! Comme on dit, *The simpler, the better !*

Edgar eut l'air troublé, puis pensif.

– Pourquoi pas. Je vais y réfléchir.

Salomé fit une moue, elle pianotait sur le comptoir du bout des ongles.

– C'est bien, l'épique, c'est très bien. Mais de mon point de vue, quand vous êtes en plein dedans, le pilotage est d'abord une histoire d'injection, de force, de vitesse, de patience, d'impulsions – on parle de passer de 0 à 100 en une seconde – et d'encaisser les coups durs. L'épique vient après. Avec les mots.

Elle but une gorgée de bourbon, l'œil scintillant.

– Les mots, ça vient après tout le reste.

– Je vais retenir ça. C'est intéressant. Tout comme le surnom dont vous m'avez affublé.

Salomé rougit à son tour, mais elle souriait.

– Oh, ça. C'était avant de vous rencontrer. Avant notre entrevue avec Sir Orville Blake. Vous avez l'air d'un nigaud, Edgar (Edgar sursauta), mais pour un nigaud, vous êtes plutôt futé.

– Le mot est venu avant, cette fois.

– Comment ça ?

Edgar se tourna vers la salle et la désigna d'un geste ample.

– *Freluquet*. Avant de me rencontrer. Avant de me voir à l'œuvre.

– *À l'œuvre* ? Ne soyez pas grandiloquent, mon petit, riposta Salomé avec un rire. Je vous ai jugé par avance, je l'avoue. Mais avouez, un vol de cette envergure, et *Paris-Soir* qui vous colle entre les pattes un gamin de 18 ans ? C'est…

– … insultant, comprit Edgar.

– Oui. Nous verrons bien, de toute manière. Il vous reste dix jours pour vous mettre à niveau.

– Comment ça ?

–Vous comptez vous tourner les pouces d'ici le départ ?

–Non, non, bien sûr… J'ai mes articles à écrire, ma valise à préparer…

Salomé réfléchit, allumant son cigarillo. Elle en tira une première bouffée.

–Le tout devrait vous prendre, mettons… 3 ou 4 heures ? (Edgar ouvrit la bouche.) Et pour le reste ?

–Je n'ai pas tout en tête, mais il me reste sûrement des choses à faire.

–Bien sûr qu'il vous reste des choses à faire ! Prendre des cours de navigation. De tir. De pilotage. Vous savez faire un nœud de chaise… ? Vous avez déjà sauté en parachute ? Bien sûr, en dix jours on ne fera pas de miracle, mais ça vous sortira de votre petit confort bourgeois.

–Bourgeois ? Je n'ai même pas l'eau courante chez moi ! s'étrangla Edgar.

–Croyez-le ou non, c'est votre meilleur atout, fit Salomé, sifflant la dernière gorgée de son bourbon. Nous serons mieux là-bas pour discuter, vous ne croyez pas ?

Elle désigna un cercle de fauteuils bas. Edgar cligna des yeux. La tête lui tournait. Le whisky ? Les idées trop neuves ?

–Discuter ? Vous n'avez pas sommeil ?

–Il nous reste pas mal de choses à examiner avant de penser seulement à dormir, mon cher Edgar. Ce soir, nous avons réunion.

Elle l'entraîna vers les fauteuils. Edgar s'affala dans un chesterfield à gros boutons. *Réunion… ? Réunion de qui ?* Une vague nausée lui prenait maintenant la gorge. Un serveur apporta une grande carafe d'eau de Seltz et des verres. Sous la table basse se trouvait un plateau circulaire, où Edgar remarqua des tubes de carton.

Le serveur finissait de disposer son attirail ; Salomé attendit qu'il tourne les talons pour parler.

–Quelques amis devraient se joindre à nous vers (elle jeta un œil à sa montre) 11 heures. Vous l'avez entendu comme moi : il paraît que Mac a du nouveau du côté de Londres.

–J'avais prévu de rentrer pour 10 heures, objecta timidement Edgar.

–Absurde, trancha Salomé. Prévenez que vous n'y serez pas. D'ailleurs, ce soir vous dormez au Club. Je vous ai fait préparer une chambre.

–Mais…

–Il y a l'eau courante, fit-elle avec un rire léger.

Edgar se pencha dans la position du *Penseur* et se frotta le front. Il lui semblait que les musiciens jouaient plus fort, maintenant. Il y avait trop de cymbales.

–Bien. Dans ce cas, autant ne pas perdre de temps. Qu'est-ce que le DC-X ?

Salomé se pencha à son tour vers lui, murmurant :

–*D.*, c'est moi. *C.*, le nom de code de l'avion que je dois conduire à Puerto Montt. Quant à *X.*, eh bien, j'imagine qu'un de ces gros malins a cru bon rajouter cette lettre pour faire mystérieux.

–C'est réussi ! Mais *C.*, qu'est-ce que ça veut bien dire ?

–Top secret, mon bon ami. Personne ne doit savoir quel bahut je piloterai.

–Bahut ?

–C'est un gros-porteur. Imaginez : un coucou dans le genre de celui-là (Salomé désigna la réplique Wright qui flottait au-dessus de la salle) prendrait un demi-wagon ; le mien devait en occuper cinq. Tout un convoi ferroviaire pour le transporter en morceaux ! (Edgar cligna fiévreusement des yeux.) Forcément ! Vous ne comptez pas ravitailler une ville entière avec un De Havilland ? Nous aurions l'air de guignols venus faire un meeting au-dessus des pesteux ! Mais ma parole, poursuivit Salomé en se penchant – Edgar, vous puez la chèvre !

–Je vous remercie de prendre de mes nouvelles ! Je n'ai pas eu le temps de prendre une douche, moi. Il a fallu que je dicte mon papier, que je fasse envoyer les clichés, que je règle la compo. De simple pigiste, je suis devenu envoyé spécial de *Paris-Soir*, c'est pas rien !

Edgar bomba discrètement le torse sous sa veste jaune.

–Et vos croquis de la Moustache ?

–Je les ai discrètement revendus au *Canard enchaîné*, ils sauront quoi en faire !

Le *Canard* avait été son second coup de fil.

–Vous en avez tiré un bon prix ?

–Deux-cents francs.

–Eh bien, offrez-moi un autre bourbon, Edgar.

Il hésita. Du menton, il indiqua le cigarillo de Salomé Declercq.

–Où avez-vous pris ces étranges habitudes ?

Salomé sursauta.

–Étranges ? Que voulez-vous dire ?

–Eh bien, ces mœurs d'hôtels continentaux… Ce cigare qui empeste, siffler du bourbon ?

Salomé prit le temps de tirer sur son cigare et lança une volute dans le nez d'Edgar, qui toussa.

–J'ai voyagé, c'est tout. Si vous aviez mis les pieds hors d'Europe, vous ne vous en tiendriez pas à de pareils détails. Vous avez vu quelqu'un me taper sur l'épaule pour me demander d'éteindre ce cigare, ici, sous prétexte qu'une femme qui fume fait mauvais genre ?

Edgar jeta un regard circulaire par-dessus son épaule. Le *lounge* de l'Aéro-Club bourdonnait de conversations basses que tenaient de vieux briscards à veste de cuir ou de jeunes officiers au visage nerveusement coupé. Certains d'entre eux avaient adressé à Salomé Declercq un petit signe de la main ou un clin d'œil complice. Non, Salomé Declercq et son cigarillo ne choquaient personne ici. Edgar haussa les épaules.

– J'imagine qu'il me reste deux ou trois trucs à apprendre…

Salomé lui lança une seconde bouffée dans les narines. Il tordit le nez.

– Vous ne toussez plus, nota Salomé. C'est un net progrès ! Tiens, revoilà Mac.

L'Écossais se frayait un chemin à travers la foule du Club, qui avait enflé de minute en minute. Il s'arrêta pour serrer la pince à un costume bleu. Les deux hommes discutèrent quelques instants.

– Avant que ce type nous rejoigne, chuchota Edgar au creux de l'oreille de Salomé, j'ai quelques questions à vous poser. De peur de passer pour un imbécile.

– Dites un peu.

– C'est quoi Chalais-Meudon ?

Salomé fixa Edgar en faisant papillonner ses longs cils.

– Sérieusement, Edgar ?

– Sérieusement, Miss Declercq.

– Vous n'avez pas un spécialiste en aéronautique, à *Paris-Soir* ?

– Eh bien, euh, c'est moi. Je couvre tous les meetings, Paris et environs, depuis six mois. Sous l'angle sportif, hein. J'ai vu des choses bath comme dans *Les Anges de l'Enfer*, vous savez, le film : des faux combats chorégraphiés, des risque-tout qui redressent à 3 mètres du sol… mais je n'ai jamais entendu parler de Chalais-Meudon.

Fléchissant sous l'œil outré de Salomé, Edgar sentit la sueur perler sur son front ; ce genre de naïvetés semblait creuser des kilomètres de distance entre lui et elle. Il se servit un grand verre d'eau, qu'il avala d'un trait.

– « Sous l'angle sportif », fit-elle, doucereuse. Bon. Vous n'y connaissez rien, quoi. (Elle but une courte gorgée de bourbon.) Chalais-Meudon est l'endroit où ont été installées les souffleries. Vous n'avez jamais vu ces grands entrepôts, en allant à Clamart ?

Edgar attendit ; ça valait mieux que poser une autre question idiote. Salomé prit une longue inspiration et lui arracha des mains le tas de papiers et son stylo.

– Les souffleries sont des hélices gigantesques, devant lesquelles on positionne des avions – des prototypes – afin de leur faire passer une série de tests. Il y a six hélices, positionnées de cette façon.

Tout en parlant, elle griffonna un croquis.

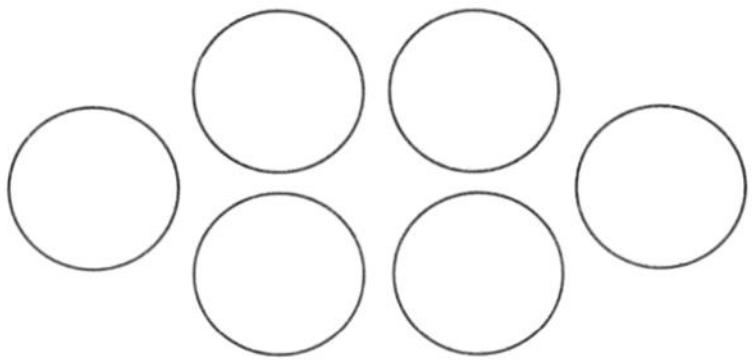

– L'ensemble mesure 40 mètres de haut. Comment traduiriez-vous cela en langage de journaliste ?

– … Deux piscines olympiques ?

– C'est cela. Eh bien, on place l'avion au centre des hélices, on module leur puissance et leur direction pour simuler toutes les conditions de vent possibles, et vérifier le comportement des aéronefs. Ça permet aux ingénieurs de peaufiner les volets, les gouvernails, etc., et d'éviter des accidents en vol. Que l'avion décroche ou vrille brusquement, par exemple. C'est la hantise de tout pilote.

Elle rendit ses papiers à Edgar.

– Ne notez rien de tout ça : moins notre cher public en saura, mieux ça vaudra. (Elle eut un demi-sourire et s'enfonça dans son fauteuil.) Après tout, je ne peux pas vraiment vous en vouloir. Seuls les gens bien informés sont au courant.

– Je n'étais pas bien informé.

Edgar baissa les yeux.

– À l'évidence, dit Salomé doucement.

– Ce qui nous amène aux espions. Expliquez-moi.

La musique, lancée depuis l'estrade, rebondissait contre les murs. Salomé avait croisé les jambes ; elle battit la mesure quelques instants avec son pied menu, les yeux fixés sur un point invisible pour Edgar. Celui-ci attendait, les yeux clignant et le stylo à la main. Il s'était penché vers elle, plié en V sur son fauteuil. Elle daigna décroiser les jambes et se pencher à son tour légèrement vers lui.

– Des espions, il y en a de toutes sortes. La France est un pays pionnier en aviation, et pendant longtemps l'Amérique, la Russie, l'Italie, l'Angleterre ont envoyé sur notre sol des agents du renseignement pour détourner nos ingénieurs ou bien tout simplement voler nos *blueprints*.

– *Blueprints* ?

– Des plans imprimés en unique exemplaire. Ils sont gardés sous coffre ; il faut passer par tout un tas de bureaux pour obtenir les signatures qui permettent d'y accéder.

– Pourtant ce sont des pays alliés de la France ? Je veux dire, durant la dernière guerre…

– Ça n'empêche rien. En temps de paix, la vraie guerre est commerciale. Vous savez ça, non ?

– Oui, oui. Et les…

– Et les Allemands sont aussi de la partie, rassurez-vous. L'ordre des choses est respecté. En réalité, le fait est que l'aviation française est actuellement à la traîne. Il y a 10 ans encore… Mais maintenant, trop de modèles pas au point, l'armée incapable de fixer son choix, des lignes de production trop rares… Enfin. Il y a beaucoup d'idées, mais plus grand-chose de concret à voler. Qui voudrait des *blueprints* de nos biplans quand on voit ce que la Luftwaffe construit ?

– Il reste les plans du DC-X, alors ?

– Oui. Il reste les plans du DC-X… qui est sous brevet anglais.

– Anglais ?! C'est une blague ?

– Non. C'est ainsi. Rassurez-vous : je suis française, moi. L'honneur de la patrie est sauf ! La seule chose, c'est que les bureaux britanniques ont été les plus réactifs lors de notre appel d'offres, il y a quinze jours : ils m'ont envoyé Mac Nabb et l'avion. Toutefois, nous ne partons pas de zéro. Le modèle que je piloterai existe déjà – je l'ai testé en Angleterre il y a quelques mois. Il a été modifié selon mes directives. Je vous rappelle que je suis une pilote chevronnée ; et – pour faire court – les modifications que j'ai demandées transforment le DC-X en une sorte de tourelle de guerre volante. Un appareil polyvalent à long rayon d'action. Des gens tueraient pour ça, et ce n'est pas une image.

Salomé Declercq but quelques gorgées d'eau. Brasser toutes ces informations lui avait fait monter une pointe de rouge aux joues, remarqua Edgar ; pour lui, tout était nouveau, et il sentait les pelleteuses creuser dans son cerveau pour libérer de la place et faire crouler les vieux bâtiments bourrés de documents qui ne servaient plus à rien. Mais pour elle, ce genre d'exercice n'était pas plus difficile que de respirer l'air de tous les jours.

Edgar s'enfonça dans son fauteuil et repassa ses notes ; il brûlait d'en écrire d'autres. La machine à écrire logée dans un coin de sa tête tapait à toute vitesse des gros titres, « *Les espions sont parmi nous* », « *Declercq, Héroïne et Génie* », « *Les Hélices de la Mort* », « *Obsolescence de notre matériel de guerre* », « *Biplans en Carton contre Cuirassés de l'Air* », etc.

– Qu'est-ce que vous marmonnez ? s'enquit Salomé, mordant dans un sandwich sorti de nulle part.

Edgar s'ébroua, découvrant alors sur la table basse des plateaux chargés d'en-cas, petits pains au saumon et ciboulette, poulet au curry, jambon-emmental. Il s'aperçut qu'il crevait positivement de faim.

– Je veux être un grand journaliste, déclara-t-il d'une voix tremblante ; non, je *serai* un grand journaliste. Mais il me reste du chemin à parcourir.

–Vous pleurerez un autre jour, Edgar. Vous n'avez que 18 ans. En attendant, servez-vous avant que Mac Nabb ne fasse main basse sur le magot. C'est un goinfre.

–J'aurai 19 ans dans deux mois, fit Edgar, croquant dans son jambon-emmental.

Il sentit soudain une présence derrière lui ; il se retourna.

–Est-il absolument nécessaire que notre ami assiste à cette entrevue ?

C'était Mac Nabb, débarrassé de l'homme en costume bleu.

–« Notre ami » sera dans le cockpit dans dix jours, et vous n'y serez pas. Alors, oui, il doit assister à notre rendez-vous, que cela vous plaise ou non, Mac.

L'Écossais se contenta de sourire platement.

–*Well*, en ce cas, commençons.

7

Le Club des célibataires

Aussitôt, les trois fauteuils restés vacants autour de la table basse se remplirent ; Salomé se leva, serra la main aux deux autres nouveaux arrivants, échangeant avec eux des tapes amicales dans le dos. Edgar, ballant, demeurait assis.

Mac Nabb prit place à côté de lui, et il eut la sensation que l'Écossais le tenait à l'œil ; tout cela l'étourdissait. Il s'aperçut soudain que les nouveaux venus le dévisageaient avec curiosité. Il sentit le rouge lui monter au front.

Salomé se chargea des présentations.

– Vous connaissez déjà Mac – en charge, disons, des « informations ». Voici Jules Argol, lieutenant de notre armée de l'air. Argol n'est que lieutenant, car s'il montait en grade comme on lui a proposé maintes fois, il ne volerait plus. Jules Argol est notre correspondant en liaison avec la VfR.

Edgar regarda Argol, l'air perdu. Argol, un barbichu, ajusta un extravagant nœud papillon vert et lui rendit un regard acéré.

– La VfR, jeune homme, dit Argol sur un ton plein de hauteur, est le sigle en vigueur pour *Verein für Raumschiffahrt*.

Edgar hocha la tête frénétiquement et prenant des notes (« *Ferraille fur quoi ??* »), l'air entendu. Mais Argol ne s'y trompait pas ; il soupira et, s'adressant à Salomé :

–Expliquez-lui ça en deux mots, voulez-vous, Declercq ?

Salomé, tout sourires, se tourna vers Edgar.

–La *Verein für Raumschiffahrt* est un cercle d'Allemands passionnés de fusées à propulsion. Ils ont des connexions dans toute l'Europe. Jules Argol entretient une correspondance suivie avec leur président, Willy Ley. Un écrivain passionné de physique…

Salomé se tourna vers le dernier du cercle, un homme au regard étrange. Edgar s'aperçut que l'un de ses yeux était faux, une bille de verre peinte.

–Et voici enfin Prosper De Juin, ancien de l'Aéropostale sur la ligne Paris/Buenos Aires.

–J'ai connu Salomé Declercq alors qu'elle était haute comme ça, sourit De Juin (il montrait la hauteur de trois pommes). Et maintenant, dire que vous êtes aux portes de la légende…

–Vous exagérez, De Juin, dit Salomé.

Edgar griffonna sur son carnet de notes :

- *Outre son accent écossais, Mac Nabb arbore une moustache rousse, taillée en brosse.*
- *Argol replace à chaque seconde un gros nœud papillon vert, qui sert probablement de signe de reconnaissance mondial entre les abonnés de la VfR, une bande d'allumés.*
- *De Juin est borgne et s'est enfoncé dans l'orbite un œil de verre qui reste fixe quand l'autre bouge.*

Tout ce beau monde semblait ravi de se retrouver, et le brouhaha monta subitement d'un cran, se mêlant de loin en loin au *tschh !* des cymbales. Salomé se pencha et tira de sous la table l'un des tubes de carton.

Elle déroula une carte de vol qui couvrait l'Europe, l'Afrique de l'Ouest, l'Atlantique et les deux Amériques, et fit tourner entre ses doigts une fine réglette de métal. Tout le monde, à l'exception d'Edgar, avait allumé des cigarettes.

–Declercq, commença Argol en tripotant sa barbiche, tu es une navigatrice hors pair. Ça, personne autour de cette table ne dira le contraire ! (*Argol parle comme pour défier en duel*, griffonna Edgar sur ses notes.) Je n'ai rien à dire quant au trajet choisi. Selon mes informations, Blake passera par une autre route, mais…

–Mais il part de plus au nord, coupa Mac. On ne sait toujours pas sur quelle machine il volera, note bien, mais le gars te propose trois escales. Ça n'est pas beaucoup, trois escales. Il a quelque chose derrière la tête, du genre un gros moteur ou des tas de bidons d'essence. *He's a wicked fellow*, un vilain garnement, lança Mac à Edgar, qui prit l'air edgaré.

–Bon, et cette autre route, c'est… ? fit Salomé.

–Le Groenland, murmura De Juin, l'œil fixe et glacial.

Ce murmure était parfaitement audible malgré le tumulte alentour. Edgar suspendit son stylo, le temps d'étouffer un frisson. De Juin roula son œil vivant dans son trou. L'autre demeurait parfaitement immobile.

–Je précise que c'est une probabilité, pas une certitude. Mais il ne connaît ni l'Afrique, ni l'Amérique du Sud, et il a sans doute peur de traverser l'Atlantique sud ; il semblerait donc logique qu'il demeure dans l'hémisphère Nord pour redescendre le long de la Cordillère.

–Je ne vois pas ce qu'il y a de logique à ça, souffla Salomé. Le trajet que j'emprunterai est plus court.

Elle regardait De Juin intensément. *Mais plus dangereux*, crut lire Edgar dans l'œil unique de De Juin.

–Mon contact à Scapa Flow confirme avoir intercepté des conversations entre Reykjavik et Londres au sujet d'un « vol spécial », grommela Mac sous sa moustache rouge. Nom de code : *Trafalgar Tango* (Argol leva les yeux au ciel). Programmé le 10 octobre. Pour moi, c'est notre gaillard !

Edgar regarda Salomé. Elle déplaça la réglette graduée au nord-est de l'Écosse.

Scapa Flow, articula-t-elle en silence.

– Encore un de vos pêcheurs de truites ? gloussa Argol.

Les gloussements faisaient osciller son nœud pap', qu'il replaça d'une pichenette. La moustache de Mac se hérissa.

– Mon contact travaille à la Navy comme opérateur radio, *old chap*.

Salomé mesura la distance Londres/Reykjavik et secoua la tête.

– Vérité désagréable à entendre : peut-être que l'avion de Blake va plus vite que votre avion, pointa De Juin.

Plus personne ne prononça un mot et les visages se rembrunirent. Mac ralluma son gros cigare, qu'il entreprit de téter. La fumée déroula une lente arabesque au-dessus des têtes.

– Les vérités sont parfois désagréables, notez ça, monsieur Edgar – puisque vous avez la plume si véloce. Mais ce sont les vérités.

Et il souffla un nuage puant dans la tête du jeune homme, la faisant disparaître un court instant du paysage. Argol tourna la tête vers lui, amusé. Edgar fut tenté de lui enfoncer le cigare dans la gorge à coups de talon, mais il se contenta d'attendre que la fumée se dissipe. Salomé lui lança un regard mi-désolé, mi-amusé.

– Rude journée, hein ? chuchota-t-elle.

Edgar aurait bien gémi. Au milieu de ces gens si bien habillés, sa veste jaune faisait tache ; à cause de l'eau de mer, son pantalon avait perdu toute forme. Il sentait la sueur s'étaler sous les aisselles, et son entrejambe poissait.

– Montre-nous encore un peu le trajet, murmura De Juin.

– *He's right*, appuya Mac. Dans de pareilles situations, il n'est pas inutile de répéter.

Tout le monde se pencha sur la carte ; armée d'une réglette de bois, elle désigna les points cruciaux.

– Je partirai de Paris, direction Dakar : 4 200 kilomètres. On ravitaille, on traverse l'Atlantique pour atterrir à Natal, au Brésil. Une longue traversée, dont les dangers sont connus. (Elle se tourna vers Edgar.) C'est une zone de tempêtes. Je ne sais pas comment vous expliquer ça… Vous verrez par vous-même. Vous vous souvenez ? Il n'y a pas 2 ans, c'est là que Mermoz est mort.

Ce mot frappe toujours de plein fouet. Malgré lui, Edgar écarquilla les yeux. Il devait prendre la mesure de ce qui l'attendait, et la carte dévoilait devant lui le bout du monde. Il essuya son front. Étonnamment, il lui sembla avoir oublié un peu la sueur et la fatigue.

– Eh bien quoi, fit Salomé, coupante, vous vous figuriez qu'il s'agissait d'une promenade de santé ? Que nous allions baguenauder sous les tropiques ? Bien. Dakar/Natal, 3 010 kilomètres. De Natal, nous pouvons ensuite rallier Puerto Montt : 5 450 kilomètres.

– 5 450 en un seul coup… ? Impressionnant, murmura De Juin. Si vous y arrivez, Salomé, ce serait une révolution pour le transport aérien. Personne actuellement ne peut voler dans un tel rayon d'action.

– Plus de 5 000 kilomètres… Irréaliste ! grogna Mac. Ou *miraculous*.

L'orchestre jouait à présent une valse jazzy. Salomé tendit la main vers Edgar qui, sans savoir au juste ce qu'elle attendait, lui donna la sienne.

– Mais non, Loiseau ! dit-elle en riant. On dansera plus tard… Votre carnet !

Elle pressa la main du journaliste vigoureusement ; il se secoua et lui tendit le carnet. Elle gratta rapidement quelques calculs et releva la tête.

– Il ne faut pas oublier que mon prototype embarque une réserve supplémentaire de carburant, messieurs. C'est ce qui pourrait permettre ce dernier coup de reins en direction de notre but. Sur les trois escales proposées par ce vieux renard de Blake, je n'en prends que deux.

(Elle secoua le carnet sous leur nez.) C'est un peu juste en théorie, mais ce serait sport, non ?

– Declercq, dit Argol d'une voix étranglée par l'excitation, c'est peut-être le moment d'installer sur votre appareil les réacteurs que j'ai mis au point. Ils vous donneraient le supplément de puissance dont vous avez besoin – des centaines de kilos de poussée supplémentaires ! En cinq jours, martela-t-il, on peut co mpléter tous les tests.

Lui et De Juin échangèrent un regard entendu.

– Deux étapes, siffla Mac Nabb. Declercq, vous êtes folle. Utilisez la troisième étape. Personne ici n'a envie de vous voir mourir. Vous devez arriver à Puerto Montt entière, pas vous écraser sur la ville à court d'essence !

Les yeux de Salomé tournèrent au noir de colère. Elle tira sur son cigarillo et souffla un bref trait de fumée.

– Il y va de la vie de milliers de gens, Mac. Quand je vous dis que je peux le faire, je peux le faire.

– Salomé, il ne s'agit pas seulement de ça, la coupa De Juin. Pendant que vous étiez à Londres, nous avons reçu de nouvelles informations qui… (Il fit un mouvement de tête en direction de Mac Nabb.) Allons dans la salle des machines. Ce sera plus simple.

Edgar essuya à nouveau la sueur qui coulait sur son front, s'écrasant à grosses gouttes sur les pages de son carnet.

– Salle des machines ? rumina-t-il.

Tous se levèrent et, contournant le bar, ils franchirent un lourd rideau. La valse jazzy fut étouffée, puis disparut. Le couloir où ils venaient d'aboutir était nettement moins chaleureux que la grande salle du Club.

Argol sortit une grosse clef de sa poche et déverrouilla une porte de métal, qui pivota. Ils entrèrent dans une pièce sombre baignée de lumière rouge.

8

Big Ears

Le halo rouge qui baignait la pièce était souligné par une sorte de bourdonnement constant. Edgar fit le tour en écarquillant les yeux : les murs étaient couverts d'appareils électriques, comportant manettes, cadrans à aiguilles et boutons par dizaines. Au milieu, il repéra tout de suite le gros appareil à bobines.

– Je vous présente *Big Ears*, lui dit Mac Nabb.

– Qu'est-ce que c'est que ça ? s'enquit Edgar.

– C'est un enregistreur, expliqua Argol. De toute dernière génération. Vous reliez cette machine à un microphone, vous appuyez sur ce bouton rouge, et ça enregistre tout ce que vous racontez.

– Vous vous souvenez de cet immense tableau à la *Royal Geographic* ? lui dit Salomé. Là où était assis Blake ?

– La chute d'eau ? Bien sûr, opina Edgar.

– Eh bien, derrière ce tableau nous avons installé un enregistreur du même type que celui-ci.

– Des amis à moi s'en sont chargés, expliqua Mac Nabb. Ainsi, tout ce que Blake raconte, nous l'enregistrons sur bande. Ça égaie nos soirées.

Il montrait à Edgar une caisse de bois d'où dépassaient des bandes d'enregistrement.

– Il me semblait bien avoir entendu un déclic lors de notre entrevue, nota Edgar.

– Probablement à la fin de la bobine, confirma De Juin.

– Mais, lança Edgar à Salomé, vous étiez convenus : « Pas d'espionnage industriel » !

Des ricanements fusèrent de l'assemblée.

– À la guerre comme à la guerre ! s'exclama De Juin.

Edgar examina les visages l'un après l'autre ; tous arboraient un air gourmand, réjoui.

– Bon, il s'agit d'espionnage, sourit Salomé. Mais pas industriel, mon petit Loiseau.

– La bande que j'ai reçue aujourd'hui par courrier express vaut le détour, dit Mac Nabb. Elle date d'hier.

– Avant mon entrevue avec Blake ? demanda Salomé.

Mac Nabb hocha la tête.

– Vous feriez mieux d'écouter ça.

Il appuya sur une touche. Les deux bobines se mirent à tourner lentement. Edgar leva la tête : un haut-parleur s'était mis à grésiller. Puis une voix émergea.

– *… position stratégique de première importance. Si nous établissons une base au sud de l'Amérique, nous contrôlerons toutes les routes commerciales et militaires dans cette partie du globe ! C'est le joyau qui manque à la couronne du Commonwealth, Sir Blake.*

– Qui parle ? dit Edgar. Je ne reconnais pas Blake.

– C'est le ministre des Affaires étrangères, souffla Mac Nabb.

– *Je n'aime pas les métaphores*, dit la voix métallique de Blake. *Soyez plus clair.*

– *Nous n'avons aucune colonie en Amérique*, établit le ministre. *La faute aux États-Unis, bien entendu. C'est leur terrain de chasse, et nous ne sommes pas les bienvenus. Puerto Montt est une occasion en or, il faut la saisir !*

– *Si je vous suis bien, monsieur le ministre, vous me demandez un service. Un gros service.*

– *Eh bien…*

– *Planter le drapeau anglais sur Puerto Montt et prendre possession des lieux.*

– *C'est cela même. Je suis soulagé, Blake, de voir que nous nous comprenons si bien !*

–Tout en profitant de la catastrophe.

–Écoutez. Les malheureux seront ravis de nous voir débarquer. Le Chili n'est pas capable de sauver ses propres enfants. Nous reconstruirons Puerto Montt, et ils deviendront citoyens anglais. Tout est pour le mieux... Rendez-vous compte : une sorte de New Hong Kong... !

–C'est machiavélique, monsieur le ministre. Et terriblement malhonnête.

–Je ne...

–J'adore ça ! le coupa Blake.

Son rire métallique retentit à travers le haut-parleur. Mac Nabb coupa la bande.

–Bon, dit-il. Besoin d'explications supplémentaires ?

–Non, dit Salomé. Il ne s'agit plus de sport, mais de politique.

Mac Nabb acquiesça. La voix métallique reprit :

–Je suis disposé à vous aider, monsieur le ministre. Mais ça ne sera pas gratuit.

–Bien entendu. Ce que je peux vous proposer, Sir Blake, c'est l'ordre royal de Victoria.

–Une médaille ? ricana Blake. *La belle affaire.*

–C'est de l'or massif ! s'insurgea le ministre.

–Vos joujoux ne m'intéressent pas, siffla Blake. *Je veux 2 millions de livres sterling en cash. Pas moins.*

–Deux millions ? s'étrangla le ministre.

–Une nouvelle colonie vaut bien ça, lança Blake.

–Vous êtes un mercenaire, fit le ministre d'un ton de reproche.

–Et alors ? Vous avez besoin de moi. Vous me demandez un gros service. Sérieusement : vous n'auriez tout de même pas eu la naïveté de venir me voir avec cette histoire de New Hong Kong sans imaginer me payer ?

Le soupir du ministre envahit la pièce où crépitaient les bobines. Les secondes filèrent jusqu'à un autre craquement de voix :

–C'est d'accord, Blake.

Des grincements de cuir se firent entendre. Salomé pouvait presque voir Blake s'étaler dans son fauteuil, très à l'aise devant le ministre.

–*Bien. Il vous faut un papier et un stylo. Je veux une signature immédiate de notre marché. Nous disons donc : deux millions, payable en deux fois. Et je veux le premier maintenant.*

–*Le premier quoi ?*

–*Mais pardi, le million !*

Le ministre toussa. Il s'étranglait.

–*Comment ?*

–*Comment ça, « Comment » ?* (Les auditeurs devinaient Blake en train de tirer sur son cigare ; son interlocuteur toussa.) *J'engage des frais, moi,* old chap. *Je paie de ma personne. Ce n'est pas vous qui allez monter dans cette carlingue humide et rester enfermé dans la cage pendant 48 heures. Je respecte le Commonwealth, mais dans « Commonwealth », j'entends « wealth ». Richesse ! Je veux en voir la couleur. Je ne paie pas les factures avec des promesses de gloire.*

–*Bon,* dit le ministre.

Il y eut des bruits de raclement, un lourd objet qu'on pose sur une table.

–Ça, murmura De Juin, c'est une valise.

–Certainement bourrée de biftons ! renchérit Mac Nabb.

Un cliquetis. Blake poussa une exclamation.

–*Ah ! Vous voyez que vous pouvez être raisonnable ! Ne partez pas maintenant. Je vais demander à mon secrétaire de compter tout ça.*

Il y eut des bruits de billets qu'on feuillette et qu'on pose par tas de vingt sur un plateau de marbre. Le ministre laissa tomber avec hauteur :

–*Je vous prie de m'épargner vos méthodes de gangst –*

La bande coupa à cet instant.

–Limpide, grogna Argol.

–Tout de suite, c'est moins marrant, nota Edgar.

–Tout est politique, mon petit gaillard, ricana De Juin. Vous verrez quand vous serez grand !

–Avouez, dit Salomé, que ça vaut le coup d'espionner. Blake n'a aucune envie de sauver qui que ce soit. Cette course est un prétexte.

–Oui, appuya De Juin. Et maintenant, Salomé, tout repose sur vous.

Salomé le dévisagea longuement. Une atmosphère pesante.

–Comment ça ? dit-elle.

–Vous devez gagner, dit Mac Nabb.

–Bien sûr que je dois gagner, affirma Salomé.

–Vous devez gagner pour prendre Blake de vitesse, poursuivit Argol.

–Vous serez la première à planter le drapeau sur Puerto Montt ! conclut De Juin. Le drapeau français.

Les bobines tournaient à vide. Salomé fit quelques pas vers la console pour couper le moteur. Insensiblement, les autres l'avaient suivie et l'entouraient. Elle se retourna, faisant face au cercle de visages dans la lumière rouge. Elle murmura :

–Un instant. Moi, la politique n'est pas mon problème. Il s'agit d'aider les habitants de Puerto Montt. Il s'agit de sport, si vous voulez. Battre un record, pousser un moteur dans ses derniers retranchements. Mais *pas* de politique.

–Il y va peut-être de l'avenir de notre pays, établit De Juin, solennel.

–Quel avenir ? Que ferions-nous d'une colonie sur un champ de ruines ? Et pourquoi voulez-vous m'impliquer là-dedans ? dit Salomé.

De Juin lui posa une main sur l'épaule et la regarda droit dans les yeux.

–Vous avez défié Blake, mon enfant. Si vous luttez avec lui, autant que ce soit pour la même cause. Les mêmes résultats.

–Attendez, murmura Salomé. Je veux piloter, je veux vaincre. Mais pas pour ça.

– C'est trop tard, dit Mac Nabb.
Salomé se dégagea de la main de De Juin.
– Je dois y réfléchir. Je… Je dois prendre l'air.
Puis, se tournant vers Edgar, claquant comme un fouet :
– Eh bien, qu'attendez-vous ?

9

La scène du balcon

Après avoir pris le couloir aux portes de fer, ils traversèrent le salon envahi par la foule et se dirigèrent vers de hautes portes vitrées donnant sur un balcon. Edgar ne l'avait pas remarqué en entrant. Ils sortirent ; un vent frais leur frappa le visage.

– Ouf, soupira Salomé.

– Cette histoire de colonie vous a échauffé les oreilles, nota Edgar.

Elle lui jeta un regard oblique.

– Je ne vous le fais pas dire, monsieur Loiseau. Moi, je crois en l'héroïsme. À l'idée de *sortir du rang*.

– C'est romantique ! nota Edgar.

– Oui, mais pas réaliste. Vous avez vu Argol, De Juin, Mac Nabb ? Cette idée de gagner une colonie les excite. On croirait un jeu de plateau.

– De plateau ?

– Vous n'avez jamais joué au Monopoly ?

– Non.

– Vous devriez essayer. Je parie qu'ils vont tenter de vendre cette idée de colonie au gouvernement français. Découper un carré de pointillés sur une carte… Je pourrais le faire avec une règle et un stylo. Il n'y a rien d'héroïque là-dedans, vous ne trouvez pas ?

Edgar examina sa veste, râpée par la journée aventureuse. Puis son regard tomba sur ses chaussures. *Combien de pas vont-elles encore tenir ?* se disait-il. *Mille ? Deux mille ? Après ça, les clous sauteront et ce sera irréparable*. Il regarda Salomé.

– Il y a probablement beaucoup d'argent à tirer de cette histoire ?

– Probablement. Mais moi, je ne suis pas réaliste, dit Salomé en esquissant un sourire. Beaucoup d'argent, ça ne m'intéresse pas.

– Contrairement à Blake. Vous ne l'aimez pas, hein ?

– C'est un sale type. Il a eu ses moments de gloire, mais je le soupçonne d'avoir toujours pris la place des autres. Je ne sais pas si vous connaissez cette histoire, mais le jour où il a embarqué pour sa traversée de l'Atlantique, le pilote qui devait commander l'appareil a eu un grave accident de voiture. Blake s'est présenté comme l'homme de toutes les solutions et a confisqué le record. Et des coïncidences dans ce genre, on en trouve beaucoup dans la vie de Sir Orville Blake. Sauver les gens ne l'intéresse pas.

– Et vous, ça vous intéresse ?

– Peut-être, dit Salomé d'un air de défi. Ça existe, vous savez, les personnes qui se préoccupent du malheur des autres.

Elle avait croisé les bras, le bas de sa robe flottait dans la brise nocturne. La température commençait à tomber et la brume montait du sol. Elle détourna le regard. Edgar laissa passer un silence et la contempla, nimbée de brume jaunie par les réverbères. Au bas du balcon, les voitures croisaient dans la pénombre, calmes poissons de nuit. Il reprit :

– Vous dites que Blake est un salaud. Donc, vous avez probablement déjà réfléchi au fait qu'il pourrait se débarrasser de vous ?

– Bien sûr.

– Et ça ne vous fait pas peur ?

Il avait croisé les bras lui aussi, et malgré le costume bon marché, cet air sérieux ne lui allait pas mal. L'œil électrique, Salomé regarda Edgar fixement, sans sourire.

–Bien sûr que ça me fait peur. Qui a envie de mourir ? Mais ce que j'aime, moi, c'est voler. Le plus haut possible. Pousser un moteur à fond, brûler beaucoup d'essence et dépasser les nuages. Voir le soleil aveuglant. Rien de meilleur au monde, Loiseau ! Aller plus vite que tous les autres, tenir plus longtemps. Et gagner. Ça, ça vaut bien toutes les peurs.

–Gagner ? répéta Edgar.

–Vous êtes très fort, vous, dit Salomé avec un petit rire.

–Pourquoi ça ?

–Pour reprendre le dernier mot de ce que je vous raconte, et y coller un point d'interrogation.

Edgar sourit.

–C'est un excellent moyen de faire parler les gens.

Salomé se redressa, pointant le doigt vers Edgar.

–J'espère bien que nous sommes seulement en train de parler, Loiseau, et que vous n'êtes pas en train de composer l'un de vos foutus articles au passé simple. (Edgar fit non de la tête en écarquillant les yeux.) Eh bien, oui : j'adore gagner. J'ai commencé ma vie en perdant. Je n'étais pas programmée pour m'en sortir. J'ai dû tout faire pour me rattraper. J'y ai pris goût.

–Alors nous nous ressemblons, murmura Edgar.

–Ne vous trompez pas, appuya Salomé. Je veux cette victoire. Mac Nabb, Argol sont des gens utiles. Presque des amis, parfois. De Juin, c'est particulier. Si je n'avais pas croisé son chemin – par hasard, il y a longtemps –, je ne serais pas ici aujourd'hui. Nous travaillons ensemble depuis des années. Seulement, je déteste quand ces trois-là jouent aux stratèges dans leur chambre de commandement. Quand ils ergotent sur le nombre de kilomètres que je peux parcourir, ou d'étapes que je devrais respecter… Parfois, ils voient les choses en grand ; parfois ils me semblent timorés. Peut-être ont-ils raison de me recommander la prudence. Ils n'ont pas envie de me voir exploser en vol. Ça arrive, vous savez. Mais je serai seule aux commandes, là-haut – ou presque. Personne ne sera là pour me dicter ma route.

Elle soupira encore et se perdit dans la contemplation des étoiles froides, le menton pris dans les deux mains. Elle frissonna. Edgar s'en aperçut ; mais que faire ? Lui coller sur les épaules cette infâme veste jaune ? Il se serait mis des claques. Salomé se retourna brusquement.

– Mais dites-moi ! Avez-vous prévenu votre amie que vous ne rentriez pas ce soir ?

– Flûte ! fit Edgar, se frappant le front du poing. J'ai oublié ça… Quelle tuile… ! Et comment la joindre ? Elle n'a pas le téléphone. Je vais devoir passer par la concierge, cette affreuse Mâme Bignole… Elle qui ne vit que de ragots, elle va en avoir pour son argent… « *Et pourquoi rentrez-vous si tard ? Élisa va se morfondre, elle va se mettre à penser des choses, oh, Dieu du ciel ! que vous êtes allé au dancing pour…* »

Edgar n'avait pas l'air de plaisanter. Salomé se mordit les joues pour ne pas trop rire.

– Vous pourriez en tirer une jolie comédie !

– Comédie… ? Ah ! Drame… ! Tragédie, Salomé… Avec un mort à la fin – moi !

Le rire clair de Salomé s'envola vers les étoiles, qui examinaient ces deux fourmis d'un œil curieux. Edgar s'accouda au balcon et s'abandonna un moment au spectacle du ciel. Salomé posa une main sur son bras.

– À quoi pensez-vous ?

– À ces milliers de kilomètres, probablement. Je n'arrive pas à me figurer…

– Même en piscines olympiques ?

– Même en piscines olympiques.

– Le prototype que je piloterai peut les franchir en moins de trois jours.

– Escales comprises ?

– Oui. En deux escales au lieu de trois, ce serait mieux.

–Vous tenez à cette idée ?
–Absolument.
–Vos amis la trouvent dangereuse.
–Mais ils seront heureux de me voir arriver en 48 heures.
–48 heures…
–Voilà, rit Salomé. Vous recommencez votre truc du dernier mot !

Edgar frissonna, pensant à ces cargos mugissants ballottés par les vagues, qui mettaient deux mois à faire le tour du globe. *Deux mois !*

–Vous avez froid ? Vous voulez que je vous fasse apporter une écharpe ?
–Non, mademoiselle Declercq. Je crois que j'ai peur.
–Vous avez au moins le cran de l'avouer. Ces messieurs que nous avons vus ce soir sont assez doués pour fumer un cigare sans faire tomber une moitié de cendre, mais je peux vous jurer que pas un seul n'aurait les nerfs pour tenir durant ce vol. Tandis que vous, vous en serez, Freluquet.

Edgar réprima un geste de protestation.

–Quand verrai-je l'avion ?

Tirant une bouffée d'un cigarillo tout neuf, Salomé lança à Edgar un regard oblique.

–Je sais que vous rêvez d'essayer l'eau courante du Club, mon cher Edgar, dit-elle d'une voix douce. Mais que diriez-vous de le voir *maintenant* ?

10

Œil d'acier

Ils passèrent sous la réplique Wright, qui dans la brume de fumée semblait les suivre de loin. Les fumeurs avaient dérivé près du bar ; l'orchestre faisait retentir les dernières notes. Salomé obliqua à droite, écarta un pan de rideau, ouvrit une porte dérobée : une cage d'escalier sombre et venteuse les attendait.

– Où va-t-on ? demanda Edgar.

Sa voix résonna dans le puits de béton.

– Le parking du Club est souterrain.

Salomé serra sur son cou le trench qu'elle avait récupéré. Elle descendit la volée de marches. Ses talons claquaient contre le béton brut. Il ne s'agissait plus de tapis pourpre ou de tentures moelleuses, ici. Le froid venu du bas gagnait sa nuque et toutes ses articulations. Il compta cinquante marches. *À raison de 20 centimètres par marche*, calcula-t-il, *on aboutit à un dénivelé de… 100 mètres ! Comment est-ce possible ?*

Ils accédèrent à une sorte de hall de béton froid où étaient accrochés des manteaux de pilote. Salomé se tourna vers lui.

– Choisissez-en un. Ça n'est certainement pas le moment d'attraper une grippe.

– Mes chaussettes n'ont pas eu le temps de sécher, geignit Edgar.

Il attrapa le blouson de cuir lourd que lui jetait Salomé et se débarrassa de sa veste, qu'il accrocha soigneusement à une patère.

– Vous ne comptez pas remettre ce torchon, quand même ? lui lança Salomé. Gardez le blouson ; il vous va fort bien.

Edgar se rengorgea secrètement. *Dommage qu'il n'y ait pas de miroir*, soupira-t-il. Salomé avait déjà franchi la porte qui donnait sur le parking. Il trotta à sa suite.

Elle fit cliqueter un interrupteur, alluma une rangée de lampes. Les ampoules clignotèrent les unes après les autres, décrivant une courbe dans l'ombre du plafond. Dans l'aire quasi déserte qui s'étendait sous la pâleur des ampoules, Salomé se dirigea vers une voiture garée au milieu de la pièce – une carlingue de métal tout en longueur, qui rutilait doucement. Un relent d'essence et de caoutchouc brûla leurs narines.

– Une Delahaye, souffla Edgar.

– C'est le cabriolet de De Juin. Nous l'empruntons ce soir.

Elle fit sauter la clef de contact dans la paume de sa main.

– Ne me dites pas que vous allez conduire ce bolide ?

– Ça vous pose un problème ?

Salomé fixa Edgar de biais, l'œil acier.

– Ça file à 230 !

– Soit 70 kilomètres/heure de moins que mon prototype.

– De Juin vous laisse conduire ? demanda Edgar dans un filet de voix.

Salomé s'était rapprochée de lui et le regarda dans les yeux en battant des cils.

– Et vous, Freluquet, savez-vous conduire ?

– Non.

– Alors ce débat est clos, blanc-bec. En route.

Edgar étouffa un frisson et ouvrit la portière gauche. Salomé s'installa à droite, face au large volant barré d'une croix de fer. Elle démarra. Edgar s'empressa de s'installer ;

il n'avait pas refermé la portière que la voiture s'élançait, glissant sur la chape de béton lissé. L'air froid du soir leur fouetta le visage ; Edgar tourna la tête vers Salomé et s'aperçut qu'elle avait chaussé des lunettes de course ; ses cheveux blonds s'emmêlaient dans son écharpe. Ils grimpèrent la rampe du parking, passèrent une barrière qu'un garçon en uniforme avait levée, et se trouvèrent dans les rues de Paris.

Salomé tourna à droite, le moteur rugit, et le cabriolet prit la direction du bois de Boulogne.

Edgar tenait d'une main discrète la poignée de la portière, car Salomé roulait vivement ; un peu avant le Bois, elle doubla une berline trop lente à son goût, frôlant un réverbère sur la gauche. *C'est une manie !* hurla le cerveau affolé d'Edgar. Quelqu'un dans la berline leva le poing, passant une bouche énorme par la portière. Il ne manquait plus qu'une troupe d'excités brandissant des fusils, comme au-dessus de la Manche…

– Comment voulez-vous rouler lentement avec une voiture pareille ? exulta Salomé.

Ils filaient à présent sous les arbres du Bois, coupant les allées à haute vitesse. Au milieu des bouffées d'essence, Edgar s'aperçut qu'ils prenaient la direction de Boulogne-Billancourt.

Quand ils débouchèrent à nouveau dans la ville, les rues étaient désertes.

Ils croisèrent quelques charbonniers juchés sur des carrioles, deux Renault, une Adler. Des files de réverbères jaunes tracèrent leur chemin jusqu'à Meudon.

Une fois parvenue devant de grands hangars de zinc au toit arrondi, Salomé ralentit, bifurqua dans une allée sombre qui s'enfonçait au milieu du complexe.

Ils roulèrent 10 minutes en plein silence – seul le moteur crachotait au cœur d'un labyrinthe d'allées de goudron. Salomé gara finalement la voiture au pied du dernier ensemble de hangars. Le tout semblait pris dans une toile d'araignée faite de barbelés et de clôtures. Elle coupa le contact.

– Nous n'en avons pas pour longtemps, souffla-t-elle. Je vous jure que ça vaut le détour.

Le moteur, refroidissant, cliquetait quand ils descendirent.

Salomé longea l'ombre massive du hangar et se dirigea vers une porte annexe à taille humaine ; Edgar s'en étonna, s'étant attendu à l'un de ces énormes vantaux qui, en coulissant, devaient laisser passage à l'avion qui se trouvait à l'intérieur. Il repensa brusquement aux fameux hangars à zeppelin qu'on voyait avant que… avant que les dirigeables ne se transforment en torches géantes sous les yeux du public et tombent en désuétude.

Ici, une simple serrure bloquait l'accès de la porte.

– C'est une porte de fabrication allemande, nota Salomé. Si vous n'avez pas la bonne clef… pas moyen d'entrer !

Elle tira la clef en question de la poche intérieure de son manteau et déverrouilla la porte, qui grinça sur ses gonds. Prenant pied sur une passerelle de fer forgé, Edgar sentit l'odeur du métal froid et huileux flotter dans l'air. Quelque chose d'énorme était tapi sous l'abri de métal.

On ne distinguait rien ; il dressait l'oreille. Il ne se sentait pas tranquille.

– Où est cette fichue lumière ? marmonna Salomé. Je parie qu'il va nous falloir activer le tableau électrique si nous voulons…

Un bruit métallique l'interrompit. Ça n'était pas grand-chose – le bruit qu'aurait fait une barre de fer heurtant le ciment, à plusieurs dizaines de mètres de leur position –, mais Edgar sentit Salomé se tendre.

– Vous n'auriez pas une lampe de poche ? murmura-t-il aussi bas que possible.

–Non, répondit-elle après un moment de silence.

Il n'y eut pas d'autre bruit. Edgar soupira. *Dans ces endroits où dorment les machines*, pensa-t-il, *n'est-ce pas habituel d'entendre ces choses-là ?*

–Non, reprit-elle. Il faut chercher le panneau électrique. Il est dans le coin, au bas des marches, j'en suis sûre – mais à quel endroit précis, incapable de me le rappeler.

Edgar mit la main sur une rambarde et, d'un pas prudent, se mit à descendre un petit escalier de fer. Il sentit que Salomé le suivait, ses talons heurtant les marches. Parvenu au bas, il tâtonna dans le noir.

–Je l'ai ! grogna-t-il soudain.

Sous sa main se trouvait la grosse manette du disjoncteur. Il tâcha de l'actionner en la tirant vers le bas ; le ressort crissa.

–Et alors quoi ! souffla Salomé. Qu'attendez-vous pour allu...

Il y eut un « clac ! » – et aussitôt une lumière blanche envahit le hangar, des projecteurs faisant converger leurs faisceaux vers la machine. Un vrai clou du spectacle ! Edgar pivota lentement la tête en clignant des yeux. Le prototype déployait son envergure sur une bonne trentaine de mètres.

–L'aile parasol mesure 31 mètres 70, précisément, chuchota Salomé derrière lui. Ne perdez pas de temps à ouvrir un dictionnaire, mon cher Edgar ; « parasol » signifie « suspendue par une mâture » – vous voyez que l'aile n'est pas intégrée à la carlingue, mais se tient au-dessus, reliée au corps par une série de bras de métal.

–Comme sur les Dornier-Do X ?

–Voilà qui est surprenant, Edgar ! fit Salomé avec un sourire. Oui, il y a quelque chose du Dornier. Mais on a fait des progrès depuis. Vous autres journalistes, qui ne pensez qu'aux statistiques, serez contents d'apprendre que l'ensemble mesure 6 mètres 15 de haut, soit trois Edgar et demi, et près de 20 mètres de longueur, soit *presque* une piscine olympique. C'est ça ? (Edgar hocha la tête.) Vous voyez, près des barils – juste sous l'empennage ? Les nouveaux réservoirs attendent d'être fixés sous les ailes. À plein, l'ensemble pèsera près de 20 000 kilos.

– Ça a dû coûter une fortune, souffla Edgar.

– Vous avez raison, dit Salomé en hochant pensivement la tête. Ce prototype a coûté une fortune. Ce n'est pas un nouvel appareil en soi, mais la cinquième version – et celle-ci n'a été produite qu'à deux exemplaires. Le premier est sous vos yeux. Le second est dans l'Arizona.

– Et ces moteurs ?

– Ce sont deux Pratt & Whitney. Si l'une des hélices lâche, l'autre devrait être assez puissante pour soutenir l'appareil.

– *Devrait*... ? Rassurant ! En tout cas, ce machin-là... Il faut le voir pour le croire.

– C'est vrai. On ne peut pas faire grand-chose d'autre qu'entourer ce « machin » de chiffres pour en prendre la mesure... à défaut de prendre vraiment conscience du fait qu'elle est là, juste devant nous.

Le souffle coupé par l'ampleur de la machine, Edgar fit glisser son regard du nez de l'appareil jusqu'à l'empennage. À cette heure de la nuit, il n'y avait plus de place pour autre chose que des murmures. Les spots allumés brusquement dessinaient encore dans leurs yeux des cercles blancs. Et tout en clignant des paupières, tandis qu'il embrassait du regard l'avion qui se tenait au milieu de son aire, Edgar distingua du coin de l'œil – au fond de la pièce immense – un mouvement, comme dans l'aquarium tressaillirait une murène...

Oui... Sous l'ombre des ailes ; une forme se déplaçait ! Son cerveau surchargé traitait toutes ces informations en même temps. Sans réussir à parler, il leva le bras dans la direction où...

11

Dans un robot de cuisine

–Il y a quelqu'un là-bas ! cria Salomé aussitôt. Arrêtez !

Un bruit de course résonna sous la voûte de zinc. Salomé attrapa Edgar par la manche et le catapulta en avant ; il se mit à courir, tandis qu'elle ôtait ses chaussures à talons. Edgar voulut crier, mais il ne pouvait prononcer un mot. La seule chose qui lui vint à l'esprit, tandis qu'il contournait les roues du prototype, c'est qu'il n'avait pas encore pris de cours de tir. *Ç'aurait dû arriver dans 24 heures ! Si on m'avait donné24 heures seulement et un revolver… !*

Il avait fait le tour de l'appareil : personne. Mais quelque chose attira son attention au sol. Salomé arriva derrière lui en grimaçant, ses talons à la main, les pieds nus sur le ciment glacé. Elle trouva Edgar agenouillé, effritant une pincée de poussière blanche entre ses doigts.

–Qu'est-ce que c'est ? fit-elle dans un souffle.

–On dirait de la poussière, mais ce n'est certainement pas de la poussière.

–Dites donc, Rouletabille, vous croyez que c'est le moment pour des effets de manche… ?

–C'est de la poudre d'aluminium.

–Nous voici bien avancés ! Sans doute un résidu laissé par un des mécanos…

–Non. Quelqu'un a pris des photos au flash, mamzelle Declercq. On utilise le plus souvent du magnésium, bien sûr, mais certains mélanges zirconium/alu…

–Des photos, dites-vous… ?

–J'en suis presque sûr.

Edgar reniflait le bout de ses doigts argentés par la poudre. Il haussa les sourcils.

–Qui s'amuserait à –

Salomé rougit de colère en répliquant :

–Blake… ? Il avait pourtant juré…

Edgar se redressa, frottant ses mains l'une contre l'autre.

–Je pensais que vous vous méfiiez. Et voilà son premier coup : espionnage industriel.

Coup pour coup : les Français écoutaient Blake, Blake espionnait les Français. Salomé se renfrogna.

–Toutes les précautions ont pourtant été prises.

Edgar regardait partout autour ; l'aire paraissait déserte.

Sous les ailes se trouvait un chariot à outils ; Salomé en tira une lampe de poche à long manche de métal strié. Puis elle se dirigea vers une série de caisses et les ouvrit l'une après l'autre, jusqu'à ce qu'elle trouve ce qu'elle cherchait : des armes. Elle extirpa une première mitraillette, vérifia le chargeur, et lança une seconde canardeuse à Edgar.

–Vous savez vous servir de ça ?

–Je… Eh bien…

D'un claquement sec, elle ôta la sécurité de l'arme d'Edgar.

–Voilà. Cessons de philosopher, voulez-vous ? Trouvons notre intrus.

Au-dessus d'eux s'étendait l'ombre du prototype, qui les privait de toute lumière. Le journaliste leva le nez vers l'entrée de la soute.

–Si ça se trouve, il est juste ici. Il a trouvé refuge dans l'avion et attend simplement que l'un de nous deux s'en aille, ou que nous allions chercher du renfort. Et alors…

Un bruit lointain coupa court au débat. Salomé tourna vivement la tête et s'en approcha sur la pointe des pieds.

Une porte de métal était demeurée entrouverte. Elle fit signe à Edgar de venir ; celui-ci se redressa et la rejoignit. Salomé mit l'index devant sa bouche : silence. Ils tendirent l'oreille – et à force, ils perçurent un infime bruit de pas qui semblait s'éloigner. Edgar prit sur lui d'ouvrir la porte et la poussa avec une infinie lenteur ; mais de l'autre côté, la forme reprit aussitôt sa course. Salomé étouffa un juron, empoigna Edgar par le col et l'écarta de l'encadrement pour se mettre à courir.

Edgar, étourdi, suivit le rythme.

Ils se trouvèrent dans une bouche d'ombre ; la lumière venue de la porte n'allait pas bien loin dans ce vide où résonnait l'écho de leur course. Bientôt on n'entendit plus rien. Ils avancèrent à l'aveuglette ; Edgar mit un moment à s'habituer à l'obscurité. Mais soudain, il distingua – loin devant eux – une série de cercles étagés à l'autre bout du hangar, barrés par des sortes d'hélices. Dix par cercle. Les lueurs du dehors découpaient ces formes immenses et les décalquaient comme sur la toile d'un cinématographe.

Salomé crispa sa main sur la manche de son blouson.

– La soufflerie, murmura-t-elle. Nous sommes dans la soufflerie. Il est fait comme un rat ; de l'autre côté des hélices, c'est un grillage. Si vous le voyez, visez les jambes !

Sur ce, elle alluma la lampe torche et fit courir la nappe de lumière le long du ciment. Elle ne put retenir une exclamation : de l'autre côté du hangar, le faisceau venait de capter les jambes de l'homme qui courait – mais la vision disparut aussitôt. Edgar s'élança, guidé par le fil de lumière ; tout en trottant, il brandissait sa mitraillette. Mais il n'avait pas parcouru 20 mètres qu'un grondement sourd se fit entendre, prenant de l'ampleur, couvrant bientôt tout son et aspirant tout air.

Edgar ne vit pas les yeux de Salomé agrandis par l'horreur ; il ne l'entendit pas hurler que l'espion avait démarré les hélices et qu'il fallait filer d'ici ; mais le fil de lumière s'étant mis à trembler et à diverger, il devina quelque chose de grave. Le sang envahit sa tête d'un coup jusqu'à la migraine. Devant lui, les pales s'étaient mises à tourner, d'abord lentement, puis si vite qu'il ne discerna plus que les cercles vides qui flottaient, hypnotiques et immenses. Il sentit l'air refluer, aspiré vers les hélices.

Il s'arc-bouta en arrière, planta ses talons dans le sol – mais la succion de l'air voulait l'arracher de sa position pour le traîner vers les hélices. Et s'il était attiré jusque-là ? *Alors tu seras transformé en hachis ! En hachis… !*

Il parvint à tourner la tête – le vent tentait de la faire sauter de son cou – et vit sur le côté du hangar l'ombre de Salomé qui le regardait se débattre, se tenant de toutes ses forces à la porte. Puis elle s'effondra sur elle-même, dégageant la rainure de la porte. La lourde plaque de tôle claqua aussitôt dans un écho. Le gong résonna sous la voûte du hangar, chevauchant le souffle du Léviathan, modulé en plainte. Edgar comprit : comme un pantin tiré par des fils, il suivit le mouvement et s'effondra à son tour.

12

Cyclone

Il tomba à plat sur le dos.

Ce fut comme un coup de fouet à travers la colonne vertébrale et les côtes, il crut que ses poumons allaient sauter hors de sa cage thoracique. Sa nuque lui faisait mal ; mais une fois au sol, il offrait beaucoup moins de prise au vent – et malgré la tempête qui lui faisait racler le sol, il sentit qu'il serait hors de danger s'il parvenait à contracter tous ses muscles. L'idée de mort commença à s'éloigner.

Il roula de côté ; un pan de son blouson claqua sous le souffle immense et il faillit perdre une manche, mais il plaqua juste à temps le bras contre son corps. Le grondement des hélices emplissait ses oreilles… Il heurta bientôt la paroi du hangar. Et là, dans la faible lueur qui voletait à travers les hélices, il vit une ombre devant lui ramper dans sa direction. Il tenta de l'appeler : « Salomé ! », mais le grondement couvrait sa voix.

Dans un coin de sa tête, son double idéal, un type à lunettes rondes et raie gominée, retroussa ses bras de chemise et murmura entre dents et clope que ça ferait un chouette article quand il raconterait ça avec un titre épique comme « Dans l'œil du cyclone » !

Tâchant de relever la tête le moins possible, il commença à se hisser sur les coudes et ramper en direction de Salomé. Il s'aperçut alors qu'il n'avait pas lâché la sangle de sa mitraillette.

Parcourir un mètre lui demanda des efforts démesurés. Il s'arrêta pour reprendre son souffle, releva un regard fiévreux ; devant lui, elle lui tendait la main. Il tendit la main lui aussi et la poigne de fer de Salomé se referma sur son poignet. À travers les vapeurs de poussière soulevées par la soufflerie, elle le tira à elle. Il n'aurait pas soupçonné autant de force dans ce petit bout de nana !

Ils se trouvèrent bientôt à la porte, dont il devinait la rainure infime, un trait blanc dans le noir. Des larmes et de la sueur coulaient sur tout son visage, la doublure de son col en mouton était trempée.

Hors de la soufflerie, Salomé rugit sous son nez :

– On va choper ce saligaud. Venez !

Elle se précipita jusqu'aux coursives, suivie par le malheureux Edgar, qui tâchait de récupérer un peu d'air dans ses poumons. Ils franchirent la porte du hangar à temps pour entendre un moteur démarrer, suivi d'un crissement de pneus.

– Il file sous notre barbe ! pesta Salomé.

– On prend la Delahaye ? suggéra Edgar.

Salomé le fixa, les yeux striés de rage.

– J'ai une meilleure idée !

Elle le tirait à nouveau par le bras, pieds nus dans l'herbe froide, ayant repris sa course en direction d'une piste située de l'autre côté du hangar. Dans le faisceau de la lampe torche, Edgar vit se dessiner un fuselage et des ailes.

– Un Morane-Saulnier ! cria Salomé. Avec un peu de chance, il est paré au décollage !

Elle fit sauter la bâche qui protégeait le cockpit, bondit dans l'habitacle et aida Edgar à se hisser derrière elle. Il était à peine installé que l'hélice tournait déjà. Salomé serra le poing avec un grognement de victoire et enfonça la manette des gaz.

– Allumez les phares ! hurla Edgar.
– Il n'y en a pas ! hurla Salomé en retour.

Ils décollèrent et décrivirent une boucle au-dessus des hangars. Edgar se trémoussait pour trouver une position confortable dans ce biplace étroit. Salomé pointa soudain le doigt vers deux points lumineux qui se déplaçaient en contrebas, le long d'une route.

– C'est notre coco ! Préparez-vous… !

– À quoi ? gémit Edgar, le vent dans les oreilles.

– À le canarder !

Sans attendre, l'avion piqua vers la route. Dans un vertige, Edgar vit défiler usines et pavillons de brique, avant de se retrouver face au ruban de goudron sur lequel filait leur agresseur. En cette heure tardive, c'était la seule voiture.

– Il essaie de gagner la forêt, cria Salomé. Il va falloir viser…

– … les pneus, compris ! compléta Edgar.

Elle manœuvra de façon à surprendre l'automobile par l'arrière. Edgar était plongé dans une sorte de panique mêlée d'excitation. Il prépara sa mitraillette ; ça ne devait pas être bien compliqué ? Dans l'intervalle, il appuya sur la gâchette : un bref éclair sortit du canon. Ça marchait !

Salomé se déporta légèrement, penchant l'appareil de façon à ce qu'Edgar pût viser l'automobile. Ils frôlèrent les toits de maisonnettes.

– Maintenant ! vociféra-t-elle.

Edgar tira à répétition vers le bas de caisse, sans résultat. En revanche, l'automobile accéléra, éteignit ses phares et commença à zigzaguer sur la chaussée pour éviter les balles. Edgar serra les dents et tira une autre rafale, puis il tourna la tête. Ses yeux s'arrondirent d'horreur : ils fonçaient sur un clocher !

Salomé redressa d'un coup sec ; le moteur hurla, le Morane-Saulnier frôla le toit en pointe. Quand elle refit une passe, la voiture avait disparu sous le couvert de la forêt. Elle survola les arbres un moment, mais sans réverbères, impossible de retrouver la route. Elle donna un grand coup de poing dans le tableau de bord.

C'est fini, se dit Edgar. Il s'en voulait d'avoir raté son coup.

Mais il fallait voir le bon côté des choses : il n'avait tué personne.

13

Chaque détail

Salomé atterrit à Chalais-Meudon sans dommage. Dans le hangar, rien ne semblait avoir bougé.

– Il faut prévenir des renforts, décréta-t-elle. Il y a un téléphone au poste technique.

– J'y cours !

Mais en faisant le tour du dock pour aller au poste, Edgar trébucha sur un fil électrique.

– Venez voir ! cria-t-il.

Salomé et lui remontèrent le fil, qui les conduisit à une mallette de métal placée contre une caisse barrée des lettres TNT. Fronçant les sourcils, Salomé approcha son oreille.

– Pas de tic-tac, dit-elle. Mais cette valise n'a rien à faire ici.

Edgar se pencha pour l'attraper.

– Attendez ! s'écria Salomé.

– De quoi donc ?

– Laissez-moi au moins le temps de me mettre à l'abri, crétin, avant que ce truc n'explose !

Edgar s'immobilisa, les mains à 2 centimètres de la valise.

– Vous croyez qu'on va sauter ?

– Je n'en sais rien, soupira Salomé. Il est possible qu'on ait arrêté notre espion en plein travail. Si cette caisse devait sauter, le hangar serait déjà en flammes.

–Il n’y a qu’à couper ce fil, alors ! s’exclama Edgar. Comme ça, plus de détonateur !

–Je retourne à mon abri, voulez-vous ? grinça Salomé. Si vous y tenez, je peux vous lancer une pince. De très loin.

–Compris, soupira Edgar en levant les mains. Je ne touche à rien.

Quelques coups de fil leur permirent d’avertir les « secours » : les comparses du Club et le staff d’ingénieurs.

Dans l’attente, il était hors de question de laisser le hangar sans surveillance. Ils demeurèrent donc à ruminer leurs pensées dans l’ombre du prototype jusqu’au petit matin. De l’autre côté de la cloison, le souffle énorme des hélices hantait la voûte, grondant et faisant trembler la paroi. À tout hasard, ils se cramponnaient à leurs mitraillettes. Salomé se serra un court instant contre Edgar, qui eut un mouvement de recul.

–J’ai froid aux pieds, grogna-t-elle.

Edgar regarda les petits pieds de Salomé, et pendant une seconde il songea à lui proposer ses chaussettes, mais c’était stupide, et de fil en aiguille il se dit qu’il pourrait les prendre au creux de ses mains pour en réchauffer la peau nue. Il ouvrit la bouche pour le dire et n’y parvint pas. Il eut un simple frisson. Et cette idée ne le lâcha plus.

2 heures plus tard, Mac Nabb, Argol et De Juin passèrent la porte, hagards, suivis par une équipe d’ingénieurs. Ils coupèrent l’alimentation électrique du secteur ; alors les hélices se turent et reprirent lentement leur place, dix branches étoilant les cercles immenses. Puis ils se penchèrent sur la mallette.

–Le type qui a fait ça n’a pas eu le temps de l’activer, confirma Argol, à genoux. L’horloge n’a pas été déclenchée.

Des investigations rapides montrèrent que la grille qui séparait les hélices de la zone extérieure avait été sectionnée.

–C'est probablement par là que l'intrus est entré…

Ils se tinrent là, en pleine brume du petit matin, dans la rosée froide et de l'herbe aux chevilles, égarés devant le repli de clôture cisaillée.

–Ah, le cochon, murmura Mac sous sa moustache rouge.

La porte du poste de commande était également fracturée.

–Une simple barre de fer suffisait, soupira Argol.

De Juin écumait de fureur, répétant à tout bout de champ :

–On s'est fait avoir comme des bleus !

Ils convinrent de dispositions à prendre pour sécuriser l'endroit ; changer les serrures, embaucher des gardiens et des chiens. Il restait neuf jours avant le vol. On ne pouvait plus prendre aucun risque.

Ils revinrent sous le hangar. Les ingénieurs étaient à pied d'œuvre, examinant le prototype boulon par boulon pour écarter toute idée de sabotage.

–Il n'a eu le temps que de prendre de simples photographies, soupira Mac Nabb. Tout le reste est intact. Gardons notre calme.

Salomé alluma une cigarette. La fumée s'éleva, tremblante.

–Il a vu les réservoirs.

–Je sais bien que toute information a son importance dans cette aventure, mademoiselle Declercq. Mais que voulez-vous qu'il fasse des photos ? Qu'il les encadre ?

Mac Nabb serrait cependant les mâchoires.

–Nous sommes entrés dans la tourmente, Mac Nabb. La guerre de l'information. Chaque détail compte. Les moteurs. La modélisation des hélices. A-t-il soulevé les bâches, là-bas ? S'il a vu ce-que-vous-savez…

Argol sursauta, l'œil soudain fébrile.

– Vous crevez de sommeil, dit soudain Salomé, se tournant vers Edgar. Rentrez chez vous. Ce soir, au Club, 9 heures. Vous y serez ?

***

Dans le taxi retour, Edgar n'arrivait plus à se souvenir s'il avait réussi à articuler « Oui ».

Il grimpa l'escalier comme un somnambule. Élisa avait laissé une lettre pleine d'injures sur le bureau, il lut et relut cinq fois les deux premières lignes sans rien comprendre, puis il s'écroula sur son matelas.

Il fut réveillé par la concierge qui tambourinait à la porte de son logement. L'horloge indiquait 7 heures du soir. Il se leva, ouvrit l'œilleton ; Mâme Bignole était là, visage jubilant. Son parfum à la violette empestait jusqu'à travers le bois de la porte.

– Encore le téléphone pour vous, monsieur Edgar ! C'est votre chef. Il avait une grosse voix… ! Pas l'air bien content, hi-hi… !

14

Des ailes

Il rappela. La concierge avait faux sur toute la ligne : la voix réjouie, le rédac chef donna rendez-vous à Edgar dans son bureau, à l'heure du tirage.

Les presses roulaient à plein régime quand il passa la porte de *Paris-Soir*, faisant vibrer toute la maison. Edgar se sentit d'un coup revigoré ; au fond de lui, il vivait pour ce *hustle and buzz*. Il se revit entrer là-dedans pour la première fois, à 16 ans. Parti de la maison pour ne pas retaper des charpentes ou trimballer des tuiles comme le paternuche, il était arrivé un petit jour de juin à Paris par le train de Limoges. Il avait d'abord traîné ses guêtres dans une pension miteuse, qu'il payait en vendant des journaux à la criée. Il rentrait tard, les pieds moulus, ayant la sagesse de ne pas claquer ses maigres sous dans des bocks de bière, comme faisaient tous les jeunes crève-la-faim qui battaient le pavé avec lui.

Il n'avait emporté de Limoges qu'une chemise, qu'il essayait de ne pas tacher et qu'il lavait tous les dimanches, faisant lui-même la lessive dans le grenier de la pension. Et pendant que la chemise s'égouttait devant la fenêtre ouverte, Edgar rassemblait autour de ses côtes les trous d'une vieille robe de chambre et dépliait un journal chapardé dans le stock durant la semaine. Il lisait la une, les illustrés, l'économie, les nouvelles de l'étranger, la revue des spectacles, les petites annonces, les faits divers ; tout. Il aurait bien acheté des livres, il flânait parfois devant les devantures de librairies, mais ça coûtait une fortune.

Quelque chose d'autre lui démangeait les doigts ; et un dimanche de novembre, il acheta un stylo et une rame de papier, ouvrit le journal... Et tout en lisant les articles, il se mit, comme ça, à recopier les phrases qu'il trouvait bien frappées.

Certains soirs de semaine, quand il y avait eu de la neige ou de la pluie, il allumait le poêle de sa chambre – guère plus qu'un tuyau avec un trou pour y fourrer une poignée de charbon – et relisait ce qu'il avait recopié le dimanche d'avant. Tout en grelottant, il trouvait de la poésie à des titres comme *Manifestations pacifistes à Ménilmontant : trois morts*, *Des écolières poursuivies par des boucs*, ou *Tapage nocturne porte Saint-Cloud : arrestation d'un martelier*. L'aspect immédiat et graphique de ces locutions le ravissait. Ça lui rappelait un titre lu un autre soir à Veyrac, près Limoges, sur la chaise où son père l'avait laissé : *Stavisky se suicide d'un coup de revolver tiré à bout portant*. Il avait découpé le titre et l'avait collé dans son premier carnet.

Un soir qu'il neigeait dru sur la capitale, serré contre le poêle à s'en brûler, il essaya lui aussi d'écrire des phrases, sur le modèle bref des faits divers de Fénéon. Dans une sorte de fièvre, il noircit du papier, s'inspirant de tout ce qu'il avait entendu les jours d'avant, quand les copains et lui fumaient une cigarette sous des auvents en attendant que la pluie passe. Adultères, braquages, suicides, accidents de tram, magouilles, satyres au coin des bois, outrages à agent, tout ce qui nourrit les « chiens écrasés » de tous les journaux... Il gratta, relut, biffa, et tout en écrivant il répétait à mi-voix :

–Je serai journaliste, je serai journaliste.

Voilà comment il travailla l'une de ses phrases.

> À Argenteuil, tard dans la soirée du 5 au 6, un homme trompé tira promptement deux coups de fusil sur sa malheureuse femme, la ratant à chaque fois. De rage, il visa la belle-mère présente également : le coup claqua et la perça de part en part.

D'abord, il supprima tout ces détails qui affaiblissent les actes : les adjectifs et les adverbes.

> À Argenteuil, ~~*tard*~~ dans la soirée du 5 au 6, un homme ~~trompé~~ tira ~~*promptement*~~ deux coups de fusil sur sa ~~malheureuse~~ femme, la ratant ~~*à chaque fois*~~. ~~De rage~~, il visa la belle-mère ~~présente également~~ : le coup claqua et la perça ~~*de part en part*~~.

C'était bien, mais ce n'était pas encore assez bien : il sentait le début un peu lourd. Il n'avait jamais pris de cours de grammaire, mais il se posait d'instinct les bonnes questions.

> À Argenteuil, ~~dans la soirée du 5 au 6~~, un homme tira deux coups ~~de fusil~~ sur sa femme, la ratant. Il visa la belle-mère : le coup la perça.

Pas mal… ! Mais il fallait resserrer les choses, que la brève rentrât dans la colonne, que le jus seul demeurât. Il bricola encore le détail :

> Argenteuil. Un homme tire trois coups sur sa femme. Il rate et touche la belle-mère, qui s'écroule percée.

Voilà qui lui semblait à peu près satisfaisant ! Il y avait plus de verbes, plus d'actions, plus d'images, et le jeu de mots des coups tirés le faisait rire d'une voix claire dans la chambre glacée. Vers 4 heures du matin, il tendit à la lueur tremblante de l'unique ampoule un feuillet où s'étalaient quelques lignes de cet acabit :

> Un allumeur de cierge meurt dans l'explosion d'une bombe à mèche.
>
> Fête des lumières au dancing de Saint-Ouen. Cris de joie, panne d'électricité, panique, galop. Les danseurs se piétinent à la sortie. Neuf morts.
>
> Madame Vivant, lavandière, dans la rivière tombe d'où elle est retirée morte.
>
> Finaud, député et obèse, se penche à la fenêtre de son fiacre pour saluer une foule. Le fiacre s'écroule.
>
> Des cambrioleurs ont percé hier au soir le sol d'une cave au Crédit Prudence, détuilé le sol, foré deux murs, forcé trois portes, fait sauter un coffre, duquel ils ont emporté 30 francs.

Et ça y était ! Il était fort tard, il se levait dans 2 heures, autant dire qu'il ne dormirait pas. Il se leva d'un coup, les feuillets à la main, et s'en fut ouvrir la fenêtre dans un grand claquement. L'air le gifla aux joues ; il demeura un instant face à la nuit percée de réverbères qui s'étendait sous lui. Un air d'accordéon flottait dans l'air, déformé par la bise, il ne parvenait pas à mettre ses idées à la bonne place. Il inspira de longues goulées de froid et finit par refermer la croisée.

Deux ou trois jours s'écoulèrent sur ce mode-là. Le quatrième, ayant peu dormi, mal travaillé, beaucoup écrit, Edgar s'en fut les feuillets sous le bras, zigzagant un peu dans les méandres de la foule qui se pressait sur les boulevards à la recherche de l'introuvable bonheur, et se trouva soudain devant les bureaux de *Paris-Soir*.

Il avait blanchi sa chemise, amidonné le col, repassé les froissures ; lissé son pantalon, fait cirer ses chaussures, gominé sa mèche, acheté une cravate ; poli ses lunettes rondes. Il n'avait jamais pensé, à vrai dire, aboutir là ; mais puisqu'il y était ?

Il poussa la porte et, aussitôt, faillit être piétiné par un train de jeunes gens en casquette et bras de chemise, qui portaient des éditions toutes fraîches. Le battement de meule de la presse emplissait tout l'air. Il leva la tête : depuis l'enchevêtrement de poutrelles de métal tombaient de larges lustres à coiffe de cuivre, qui jetaient des lumières dorées et prétendaient remplacer le soleil. On se serait cru dans une gare, où tout bruisse et tout fume.

Un escalier de fer forgé partait du milieu de la pièce et volait en tournant jusqu'à un palier où, à travers l'espace encombré de fumée et de tubulures, l'œil d'Edgar fut accroché par le mot : *Rédaction* sur une porte de verre. Il inspira une forte bouffée d'air et redressa la poitrine, puis se dirigea d'un pas ferme vers les marches. Personne ne fit attention à lui : on le croyait de la maison, et cette idée le remplit de joie. Il était maintenant en haut de l'escalier ; la porte d'un bureau était ouverte ; il s'engouffra dedans, et un homme derrière une grosse table, repassant l'édition du soir avec des grognements, leva brusquement la tête.

Edgar se tint là, tout rouge et brandissant ses feuillets.

–Oui… ? Quoi encore ? fit l'homme.

Edgar embrassa la pièce d'un regard : un couloir étroit encombré d'étagères vomissant des livres et des papiers.

Sur le bureau, un porte-nom annonçait : *Hermès Lanternier, rédacteur*.

–Je v-vous apporte ma copie pour demain, m'sieur Lanternier, suffoqua Edgar.

–Pour demain ? éructa Lanternier. Mais mon vieux, vous arrivez trop tard ! Les épreuves sont déjà à la maquette. Vous vous fichez de qui ? Vous voulez être viré ? Et la copie de quoi ? Vous êtes d'où… ?

Edgar se jeta dans le vide :

–*Faits divers*.

Lanternier reposa le journal sur l'amas de choses qui occupait déjà son bureau. Il fronça un sourcil.

–Attendez un peu. Vous êtes… ?

–Edgar Loiseau.

–Loiseau ? Ce n'est pas Saint-Potin qui s'occupe des *Faits divers*, d'habitude ?

Edgar sentit la sueur glisser le long de sa nuque – mais pouvait-il s'arrêter là ?

–En effet, fit-il d'une voix forte. D'habitude. Mais il est malade aujourd'hui. Je l'ai remplacé au débotté.

–Loiseau ? Ça ne me dit rien.

–Je suis à la Distribution, en temps normal.

–À la Distribution ? susurra le rédacteur.

Lanternier était brusquement devenu tout rouge, du cou jusqu'aux veines du front. Edgar le regarda en clignant des yeux ; impossible de savoir s'il allait éclater de rire ou piquer une colère. Sans réfléchir, Edgar lui tendit les trois feuillets qu'il tenait sous le bras.

Lanternier hésita avant de les prendre ; Edgar les tendit un peu plus loin. L'autre les attrapa enfin, haussant son autre sourcil autant que possible.

–Écrit à la main ?

–Je n'ai pas eu de…

Lanternier leva la main pour lui intimer le silence. Il marmonna d'abord, parcourant les lignes…

Un Allemand qui lisait des romans poignarde un autre Allemand qui lui en racontait la fin.

Fontainebleau. Il se tire dans le ventre en voulant achever un cochon à coups de crosse.

Constantine. Le vendeur de thé préparait ses boissons avec l'eau des toilettes.

Immeuble prud'hommes (5e). Un cambrioleur a été appréhendé la nuit dernière. Ses pieds dépassaient du rideau.

Rixe aux Halles entre le cartel du Saucisson et la Ligue des jambonniers.

Versailles. Le garagiste provoquait des accidents pour éviter la faillite.

… puis sa face s'éclaircit au fur et à mesure.

– Pas mal. Où avez-vous trouvé ces histoires-là ? grogna Lanternier avec un demi-sourire.

– Dans la rue, monsieur, murmura Edgar.

Lanternier se replongea dans les feuillets.

Fredonnet, auteur de la nouvelle *Comment empoisonner sa femme*, accusé d'avoir empoisonné sa femme.

Oran. Le jardin zoologique accusé d'avoir fait passer un âne pour un zèbre.

Hôtel des Ventes Apperte. Il vend un secrétaire et oublie 200 000 francs dans un tiroir.

Rue Gerbille. Une cantine d'ouvriers honorée par erreur d'une étoile au Michelin.

Paroisse de Saint-Frusquin (6e). Dimanche dernier, ivre, le curé a béni la foule avec une brosse à goguenots.

Meudon. Annulation du mariage Béhat. Le marié ne souriait pas assez.

Barrière Montrouge. Les gendarmes négocient 3 heures avec un forcené retranché à son domicile. Silence total. Porte forcée. Il n'était pas chez lui.

Rue Proudhon. Sept prêtres chassés d'un café ; le gérant les croyait déguisés.

Après ça, Lanternier releva lentement sa bobine.

– Qui êtes-vous ?

– Edgar Loiseau, monsieur.

– Où m'avez-vous dit que vous travaillez ?

– Au service des Distributions, monsieur.

– Nous n'avons pas de service des Distributions à *Paris-Soir*, monsieur Loiseau.

Edgar rougit jusqu'à la racine de cheveux.

– Disons que je distribue des journaux.

– Vous êtes vendeur de rue.

Edgar hocha la tête.

– Quel âge avez-vous, Edgar Loiseau ? murmura Hermès Lanternier.

– 16 ans, fit Edgar dans un filet de voix. Bientôt 17.

– Voyez-vous ça ! s'exclama Lanternier. Bientôt 17 ! Et *qui* a écrit ça, monsieur Loiseau ?

– C'est moi.

– Vous êtes sûr ?

– Certain.

– Et où sont passés les suicides ? Les infanticides ? Les omnibus ? Le vitriol... ?

–Tout ça n'est pas bien gai...

–Monsieur Loiseau, vous n'avez pas écrit cela. Vous mentez.

–Je ne mens pas.

–Je vous donne 3 minutes. Si vous mentez...

–Je ne mens pas.

–3 minutes pour m'écrire trois brèves dans ce style. Si vous mentez, je vous fais jeter dans la Seine. Je suis très sérieux. Je n'ai pas une minute à perdre. Alors trois... – Si vous dites vrai, je vous embauche.

Lanternier jeta un œil à sa montre et en déclencha le chronomètre.

–C'est parti !

Edgar attrapa une feuille et un stylo sur le bureau. Il n'avait pas de quoi s'asseoir, et pendant les 3 minutes il demeura penché, cassé en deux, au-dessus du bureau.

Quand il eut fini, tous les muscles de son corps se tendirent d'un coup – l'impression subite d'avoir couru un marathon. Il tendit la feuille à Hermès Lanternier, qui lut les brèves d'un trait de regard.

> Notre-Dame. La foudre frappe un homme. Chute de 40 mètres ; il tombe dans une balle de foin. Aucun dommage. Il était venu poser un paratonnerre.
>
> M. Frinchet, de Vanves, mordu par un caniche. Rage. Vaccin. On le croit guéri ! Mais il mord sa femme, puis meurt enragé.
>
> Par artifices chimiques, des grigous rendent lie-de-vin des timbres nouveaux de 10 centimes, et les vendent comme rarissimes à de naïfs collectionneurs.

Le rédacteur releva la tête.

–Sortez de mon bureau, articula-t-il.

Edgar crut que les larmes allaient jaillir de ses yeux. Lanternier reprit :

– Sortez de mon bureau, et demandez qu'on vous installe une machine à écrire. Vous êtes embauché. Vous ferez d'abord vos preuves et serez payé à la feuille. Pondez-moi, monsieur Loiseau, beaucoup de brèves de ce style-là.

Il décrocha le téléphone sans plus un regard pour Edgar, qui restait devant lui, béant et sans bouger.

– Faites venir Saint-Potin dans mon bureau. C'est urgent.

Edgar tenait-il vraiment à croiser Saint-Potin… ? Hum. Il comprit qu'il fallait décarrer.

On lui donna une machine à écrire.

Il écrivit ses brèves.

Il toucha ses premiers 100 francs à la fin de la semaine. C'était plus que ce qu'il avait jamais gagné en un mois sur le trottoir à galoper après le chaland. Il finit d'ailleurs par croiser Saint-Potin dans les couloirs, un gros homme au sourire éclatant qui le dépassait d'une tête, le cheveu ramené sur la calvitie ; on l'avait déplacé aux Sports automobiles.

Bientôt, plusieurs courriers de lectrices félicitèrent le jeune homme qui s'occupait maintenant des brèves. Grâce à lui, le monde paraissait un peu moins noir.

Il s'acheta une seconde chemise.

Il changea de logement et prit un troisième étage rue Ménilmontant.

Il écrivait ses chroniques le matin, faisant cuire son café à la russe, sur le poêle. Entre deux brèves, il levait la tête ; le soleil d'hiver tombait sur la table qui lui servait de bureau, encombrée de papiers. Un lit de mauvais bois, deux étagères, une cuve d'étain pour se laver le visage lui servaient de mobilier ; il n'avait besoin de rien d'autre.

Il s'acheta un stylo de belle facture. C'était son bien le plus précieux.

Il écrivit à son père et lui raconta ses aventures. Il n'y eut pas de réponse.

Il cessa bientôt d'attendre de ses nouvelles. Que faire de ce silence encombrant ? Y penser le moins possible ne semblait pas mauvais.

Un jour, il remarqua que la petite secrétaire de rédaction lui faisait de l'œil. Elle était jolie ; ce jour-là, il dut s'y reprendre pour écrire ses brèves, qui ne voulaient rien dire (*Un montreur de puces mordu par un train*, *Trois mégères de Billancourt portent plainte contre un chameau*, etc.). Alors qu'il tapait à la machine, la jeune femme lui glissa un billet dans la poche. Le temps qu'il relevât la tête, elle avait disparu. Il fouilla dans sa poche, en tira la missive : c'était un mot doux, signé *Élisa*. Ainsi donc, elle s'appelait Élisa… ! Ce nom le plongea dans des rêveries, dont Hermès Lanternier, qui passait par là, le tira d'une pichenette à l'oreille.

Élisa lui donnait rendez-vous au Dancing Hautefeuille-La-Rose. Edgar frémit en lisant ce nom : c'était un lieu de perdition notoire, il s'y passait toujours des drames, qu'il traitait d'ailleurs dans ses brèves. Dans la dernière en date, un gorille s'était échappé du Jardin des Plantes et s'était introduit dans le bal masqué, rue Hautefeuille. De jeunes délurées avaient dansé avec lui, croyant à quelque beau garçon sous le masque poilu ; quand la vérité avait été découverte, hurlements, fuite, débandade de l'orchestre ! Le gorille en avait profité pour dévaster le buffet. On n'avait pas remis la main dessus.

Baste ! Edgar s'apprêta pour le bal.

Il n'y eut pas de gorille. Ils dansèrent en compagnie de jeunes gens joyeux, qui laissèrent Edgar et Élisa au pied de chez lui. Edgar avait le cœur tout battant : il n'avait jamais connu l'amour. Élisa, ayant bu deux cocktails, était passablement éméchée. Ils montèrent en pouffant, il alluma une bougie ; c'était le moment de se déshabiller ; aucun d'eux n'osait. Ils ouvrirent la bouche en même temps et s'emmêlèrent les pinceaux :

– Je n'ai jamais…

– C'est la première fois que…

Il étouffa un rire, elle baissa la tête le rouge aux joues, un sourire aux lèvres. Ce soir-là, Élisa dormit dans le lit d'Edgar ; lui s'accommoda du tapis. Dans leur sommeil, ils se tinrent la main.

L'ennui, se disait parfois Edgar, c'est que les mois avaient passé, et qu'ils n'avaient *toujours pas*. À qui la faute ? À elle ? À lui ? Il lui en voulait parfois de ne rien dire, et elle devait lui en vouloir de ne rien tenter ; mais comment se débrouiller de cette affaire… ?

Il y avait bien eu cette fois, le jour où Edgar avait été chargé par le journal de couvrir l'aventure Salomé Declercq. Il avait pris du grade. Le soir venu, ils avaient ouvert du champagne, fait venir un souper fin de chez Cuisteau, puis ils s'étaient roulés dans les draps ; et tout en faisant les fous, ils s'étaient chatouillés un peu. Ils avaient sorti la tête des oreillers, des plumes voletant partout, se regardant l'œil en feu ; mais ça s'était arrêté là.

Pourquoi ?

***

Les presses roulaient à plein régime. La tête pleine de ces péripéties, Edgar souriait bêtement. Il monta la volée de marches, pensa qu'il lui faudrait jeter un œil à son article de la veille qui devait être sous presse, encore tout humide d'encre, et fut soudain devant le bureau de Lanternier.

Il poussa la porte.

Hermès Lanternier tourna lentement sa chaise à pivot vers lui, arborant un sourire qui lui prenait toute la face.

– Eh bien, mon cher Loiseau ! Et cet article, c'est pour aujourd'hui ou pour demain ? J'espère que vous avez matière… !

15

Préparatifs

De sous la grande table du fumoir rouge réservé aux aviateurs, Mac Nabb et Argol tirèrent une grande malle qu'ils posèrent sur le plateau d'ébène.

Tous étaient réunis autour – sauf Edgar, qui manquait à l'appel. Dans le salon enfumé flottait une atmosphère mystérieuse. Salomé regarda sa montre puis la porte du salon, et se mordit l'intérieur de la lèvre. Que trafiquait Freluquet ? Elle rompit le silence :

– Eh bien ! Que de cachotteries, messieurs… ! C'est une malle. Bon. Qu'attendons-nous ? Ouvrez !

Argol ajusta son nœud papillon et sourit. De Juin dénoua les lanières de cuir. La malle cliqueta et s'ouvrit. Mac Nabb murmura :

– Tout ce que vous avez commandé est là, mademoiselle Declercq. Nos hommes ont couru la ville et récupéré le matériel chez les meilleurs fournisseurs.

Salomé hocha la tête.

– Quatre fortes couvertures, deux plaids en laine d'Écosse, bougonna la rouge moustache de Mac. C'est la meilleure d'Europe.

– Une tente de toile cirée, appuya De Juin. Vous serez surprise des progrès en la matière : pas une goutte ne traverse.

– Baromètres, susurra Argol.

– Chronomètres, renchérit Mac.

– Altimètre.
– Manomètre.
– Cartes de l'Afrique.
– De l'Amérique.
– Boussoles.
– Trousse de secours.
– Vous y trouverez morphines et pansements.
– Pénicilline. Gaze. Tulles gras.
– Règles et compas.
– Lunettes de soleil.
– Écharpes.
– Cordages de nylon.
– Pistolet lance-fusée.
– Fusées.
– Canot de secours pneumatique.
– Et son ancre inoxydable !

Salomé risqua un œil vers la porte, espérant voir Edgar débarquer, et dit dans un sourire :

– Très bien, messieurs. À cela près que je n'ai pas prévu de remonter par voie de mer !

Nouveau coup d'œil vers la porte – mais elle ne s'ouvrait pas.

Argol et Mac se regardèrent avec un air attendri.

– Si jamais vous faisiez naufrage ?
– Oui, on ne sait jamais. Dans ces pays de sauvages…
– Nous avons paré à toutes les éventualités.
– Tous les risques !
– À l'essentiel, messieurs, fit le sévère Mac Nabb. À l'essentiel !

De Juin adressa un clin d'œil à Salomé (un instant, seul demeura l'œil de verre froid) et saisit une mallette oblongue à ses pieds. Il en tourna le fermoir vers la jeune femme, qui l'ouvrit sans faire de façons.

– Ah, murmura-t-elle. Les armes.

Deux fusils Lee-Enfield Mk III dormaient tête-bêche sur un drap de velours vert. Une sacoche contenait un

Browning HP35. Salomé caressa la crosse du Browning, examina le canon. Au moment où elle soupesait l'un des fusils, l'horloge du salon se mit à sonner les 9 heures. Au neuvième coup, la porte du salon s'entrouvrit.

Salomé se tourna soudain, le fusil à la main ; Edgar passa la tête, réjoui, et fit son entrée en sautillant, les deux mains cachées derrière le dos.

– Chouette comité de réception ! lança-t-il à Salomé, avisant le fusil. Bonsoir, messieurs. Eh bien, il y en a des cadeaux à ouvrir… !

– Vous avez bien dormi ? On vous attendait, dit simplement Salomé.

Mais elle riait presque de le voir.

– Ce garçon est bien guilleret, chuchota Argol à De Juin.

Edgar sortit la main droite et exhiba un exemplaire du dernier *Paris-Soir*.

– Lisez ça, s'exclama-t-il en lançant le journal sur la caisse de fusils. Ma première une ! Oh, mademoiselle Declercq, j'ai un autre colis à ajouter à vos affaires de départ…

– Nos affaires, sourit Salomé.

– Tenez, c'est pour vous !

Edgar sortit la main gauche de derrière son dos ; il tenait une bouteille de champagne par le goulot.

– Oh-oh, rit De Juin. Il nous faut des verres pour fêter ça, alors !

Mac Nabb tira un cordon. Un serveur du Club parut et rapporta bientôt les coupes. Pendant qu'Edgar servait le champagne en le faisant déborder, Salomé attrapa le journal.

Elle vit d'abord la photo. On la voyait poser devant le De Havilland, l'œil farouche. Avec un petit rire, elle se souvint qu'elle avait passé un savon à Edgar au moment où il déclenchait.

– Dites, je peux prendre une photo de vous avec le fusil ? demanda Edgar à Salomé.

– Si ça vous fait plaisir ! s'esclaffa-t-elle.

– Ça me fait plaisir, et surtout, mam'zelle, ça fait vendre !

Et sans attendre la réponse de la petite bande, il leva son Rolleiflex et immortalisa Salomé tenant son Mk III sur l'épaule.

– On dirait que vous revenez d'une chasse au tigre, apprécia Mac Nabb.

– Je m'y prépare, plutôt ! dit Salomé. Servez-moi un peu de champagne !

– Oui, mais maintenant, lisez-nous l'article, gesticula Edgar avec sa bouteille. Pour voir comment ça sonne. Je vous en supplie !

Elle rougit d'un coup.

– Non. Vous, dit-elle à De Juin, lisez-le.

De Juin saisit le journal qu'elle tendait et prit sa respiration.

« Allô ? Ménilmontant ? Allô ?

Ah, Claudine ! Oui, j'ai fait bon voyage, merci. Enfin, je vous dis ça, c'est surtout par politesse… Parlez d'une journée ! Vous avez de quoi noter ? Carnet ? Stylo ?

Bon ! En direct de l'Aéro-Club. Non… ! Voyons… ! A-é-ro… ! Vous avez noté ? Je vous disais donc “Bon voyage”… c'est à voir ! Tout commence ce matin, 6 heures. Je suis dans mon lit, le réveil sonne, je me prélasse un moment, encore dans le rêve… Et puis, sursaut ! Brusques souvenirs ! La sainte mission ! Je suis au bas de mon lit, j'enfile une chemise, une veste, je claque la porte…

Salomé Declercq.

L'histoire en marche n'attend pas !

Je cours après. Me voici dans les rues. Taxi ! À l'aérodrome.

L'aérodrome, c'est le Bourget. Piste 02 nous attend un Caudron. Les hélices tournent. Je suis le dernier. Je saute à peine de l'échelle dans le compartiment que l'appareil se met à rouler. Un steward ferme la porte. Ouf !

Douze personnes me regardent. La treizième a l'œil sur le hublot, et ne semble pas s'intéresser au jeune freluquet »

Ici, Salomé esquissa un sourire.

– Me voici, murmura-t-elle.

« qui vient de faire irruption dans cette carlingue en partance pour Londres. C'est Salomé Declercq. Les gens murmurent, se mettent à l'aise, sortent des journaux, les femmes lisent des romans d'Agatha Christie. Le visage de Mlle Declercq est calme. Mais son cerveau est occupé à calculer la distance Paris-Puerto Montt, la trajectoire des courbes au-dessus de l'Atlantique, la circonférence des nuages, le tonnage de matériel à embarquer, les heures de sommeil à perdre aux commandes. Je gagne ma place, la carlingue tangue, le Caudron va décoller, bondit, moi je tombe sur mon siège. Elle tourne un regard bleu acier vers moi.

– Alors c'est vous…

C'est moi. Je lui tends ma carte. Elle l'examine à peine, me la rend. Rude femme ! Il va falloir batailler pour faire connaissance. J'ai l'habitude : je suis envoyé spécial. Je ravale donc ma fierté ! Me rabats sur mon carnet, examine toutes les questions qu'il va falloir poser, dont :

1. Comment vous est venue l'idée de défier Blake ?
2. Enfant, rêviez-vous de voler ?
3. La "Bande à Declercq" : quelle équipe pour construire la victoire ?

Ces questions intéressent le public ! Elles poseront le personnage. Si vous me lisez, Salomé Declercq, soyez sûre que vous n'y couperez pas. »

Salomé riait, mais en elle-même, elle commençait à imaginer quoi répondre aux questions du jeune journaliste.

De Juin poursuivit sa lecture :

« Il vaut mieux croiser sur son chemin une bande de hyènes enragées qu'un gentleman anglais. Je n'en savais rien encore en me levant ce matin ; mais ce soir, je vous garantis que j'ai bien appris la leçon. Sir Orville Blake est une légende, mais aussi une moustache superbe. Salomé Declercq n'hésite pas à défier Sa Hauteur cependant, et tous deux fixent les termes de leurs paris, dont voici quelques règles : pas plus de trois escales, point de sosie, etc, etc.

Mais comme tous les Anglais, Orville Blake est un tiroir à double-fond : sous couvert de gagner un raid de 13 400 kilomètres en 48 heures (ce que personne n'a jamais encore réalisé), on le soupçonne de vouloir planter le premier le drapeau anglais sur Puerto Montt pour le compte de son gouvernement. Réalité cynique ? Simple rumeur ?

En attendant, il faut vaincre Blake et donner à l'Angleterre trois leçons. Sportive : en coiffant l'orgueilleux Anglais sur la ligne d'arrivée. Politique : en empêchant l'Angleterre, déjà trop grasse, d'étendre son empire. Humaine : en sauvant le peuple de Puerto Montt de la famine et de la maladie.

Triple succès à la portée de Salomé Declercq. Triple revanche ! »

Argol lança un retentissant « Bravo ! » tandis que Mac Nabb applaudissait à l'anglaise, du bout des doigts dans la paume. Ils levèrent leurs coupes en direction d'Edgar, qui rougit à son tour.

De Juin poursuivit :

« Au moment où je raccroche, je retrouve Mlle Declercq au bar de l'Aéro-Club… Endroit de légende, où des messieurs doivent nous rejoindre, qui vont l'aider à peaufiner son plan d'attaque. Derrière moi, j'entends presque vrombir l'avion accroché par des chaînes au plafond de la grande salle… Chers lecteurs, cette aventure promet d'être palpitante ! Pas de repos pour les braves ! Demain, au prochain article, la suite ! »

– Alors, alors ? demanda Edgar quand De Juin eut fini la lecture.

– Vous n'avez pas appris qu'il ne faut jamais réclamer un compliment ? le taquina Salomé. Bon, bon, c'est un article correct…

– *Correct ?* s'étouffa Edgar.

– Vous devriez vous en contenter, lui susurra Mac Nabb. Ce diable de femme n'est pas facile à amadouer !

– Allez, Loiseau. Ce n'est pas mal ! pouffa Salomé. Mais ce n'est que le début du match et vous n'êtes pas encore dans les cordes ! Il n'y a que dans les cordes qu'on écrit bien. À bout de nerfs et de solutions.

– Parlez de cordes, j'en ai vu des vertes et des pas mûres hier, quand même ! protesta Edgar.

– C'est un commencement. Quand nous serons là-haut avec le chrono en train de tourner, il y a des chances pour que vous regrettiez le confort de notre petite soirée d'hier…

– Le confort ?

Salomé lui lança une bourrade dans le biceps.

– Ah, votre tic du dernier mot !

Edgar se rembrunit. Argol lui donna un coup de coude.

– Faites pas cette tête, mon vieux ! Trinquez tout de même : une Une est une Une !

– À votre début de carrière, Loiseau ! lança De Juin avec un clin d'œil.

– Au succès de la Course dans les nuages ! répliqua Mac Nabb.

Edgar se retrouva avec une coupe en main ; Salomé lui remonta le coude pour le forcer à boire. Il en renversa un peu et se mit à glousser dans son champagne.

– À la « Bande à Declercq » ! s'exclama-t-il, les lèvres moussues.

Et tous trinquèrent au-dessus des fusils et du journal, où dégouttaient les coupes de champagne.

Un serveur revint et apporta des sandwichs ; la bande à Declercq se jeta sur la collation. Ils mangèrent de bon appétit. Mac Nabb tint Salomé informée des dernières trouvailles provenant des écoutes à Londres : un homme parlant anglais avec un fort accent allemand s'était entretenu par deux fois avec Blake. Mais l'écoute n'était pas de bonne qualité, et on n'avait rien pu en tirer.

De son côté, De Juin attrapa Edgar par l'épaule et lui chuchota longuement à l'oreille. Puis il chaparda l'appareil photo du reporter et le brandit au-dessus de la tablée.

– Loiseau, Salomé, un cliché de l'aviatrice et du reporter ? L'avenir de la France, héroïque et littéraire !

Edgar et Salomé se postèrent de l'autre côté de la table où se trouvait le matériel, droits comme des piquets. Mac Nabb s'exclama :

– Oh, allez quoi, on dirait une communion ! Rapprochez-vous un peu. Voilà, comme ça… ! Loiseau, mettez votre bras sur l'épaule de Miss Declercq… Il faut tout leur dire ! Héroïques, mais empotés ! Penchez-vous un peu… Souriez. Souriez, bon Dieu ! C'est pour l'Histoire !

De Juin déclencha le flash par deux fois. Ensuite, Salomé regarda Edgar, qui la regarda en retour, le bras encore sur l'épaule. Ils souriaient, ils avaient envie de rire de tout, ce soir.

Argol rapporta encore du champagne, puis il claqua des mains : un valet de pied entra. L'air digne, il apportait une boîte de carton.

– Chic, le Monopoly ! s'exclama Salomé. Qui joue ?

Ils s'installèrent gaiement autour de la table, repoussant le matériel de survie pour faire place au jeu.

–Je prends le bolide !, dit Salomé, raflant avant tous les autres le petit pion de métal ; Argol, De Juin et Mac Nabb se servirent ensuite.

–Vous jouez ? demanda De Juin à Edgar.

–C'est la première fois, s'excusa Edgar, mais je veux bien !

–Par contre, dit Salomé avec une petite moue amusée, il ne reste plus que la grolle ou le cabot.

Mac Nabb, taquin, fit sauter le pion-brouette dans sa paume avec un clin d'œil à Loiseau.

–Et comment ça marche ? s'enquit Edgar.

–Vous avancez votre pion autour du plateau, et vous pouvez acheter des immeubles avec ces billets de banque, lui confia De Juin.

Cette idée de dollars et de gratte-ciel enflamma l'imagination d'Edgar, qui se pencha sur le plateau. Mac lui expliqua brièvement les règles.

–Et la case où il y a un policeman ?

–Elle vous envoie en prison – là – et vous perdez des tours de jeu.

–C'est ennuyeux, dit Edgar.

–Pas toujours ; en fin de partie, pendant que les autres se font plumer en cavalant sur les hôtels, on y est au chaud comme au spectacle !

Edgar tripota rêveusement ses billets, fort triste de n'avoir que deux « 50 000 », évaluant déjà de l'œil comment faire gonfler ce petit tas et ruiner les autres atrocement, pour leur apprendre.

Puis la partie fut lancée. Il lança le dé, qui lui donna le 1. Il avança son pion (le cabot).

–Ce sont les taudis, nota Declercq.

–Alors, Loiseau, vous achetez ou vous achetez pas !? brailla Argol en se resservant de champagne.

–Achètera, le poussa Salomé.

–Achètera pas, affirma De Juin.

–Comment ? Comment... ? Mais bien sûr que j'achète ! rétorqua Edgar, cramoisi.

D'un geste royal, il laissa tomber deux billets. Il reçut son titre de propriété.

–Construisez toujours, ricana Mac ; les gros immeubles coûtent pas cher.

–Et ne rapportent pas lourd, il faut être juste, mâchonna De Juin qui avait allumé une pipe et en tirait de rudes nuages.

Il venait d'acheter sa première gare.

En trois tours de plateau, Salomé négocia et acheta les terrains rouges.

–Redoutable, approuva Argol. Les terrains rouges, c'est le coup de bâton au tournant quand on sort de prison.

Et justement, Edgar, qui venait d'y être jeté, sortit du cachot, trotta en tirant la langue et tomba dans la chausse-trappe : Illinois Avenue, rouge, déjà construite et coûteuse.

–I-lli-nouâ, déchiffra-t-il.

–I-lli-*noy*, mon petit gars, corrigea Mac.

–Par ici les billets ! s'esclaffa Salomé.

Edgar paya de mauvaise grâce. Il construisit lui aussi des maisons, mais il avait le mauvais œil, seul De Juin passa dessus – et encore, sur la case où il n'y avait que deux bâtiments. À un moment, il s'aperçut que ses billets de 10 000 s'étaient transformés en billets de 100 : qui avait triché ?? Pas moyen de le prouver ; les deux billets avaient quasi la même couleur. Les autres inventaient des règles, se repassaient du fric entre eux qu'ils se devaient depuis d'autres parties. Ils lui firent payer d'imaginaires loyers, des taxes, et quand Loiseau protesta, ils lui mirent sous le nez une feuille manuscrite tirée de la boîte où ils avaient listé un tas de nouvelles clauses. Puis, tout le monde ayant construit quatre maisons et refusant de passer aux hôtels, il y eut pénurie de baraques, et Edgar qui était pourtant en fonds, ne put plus rien bâtir. Il fut essoré à petit feu, jeta presque ses derniers billets à la tête de Salomé, qui éclata de rire. Il finit par se lever, titubant, buvant la dernière gorgée à la bouteille :

– Je... vais... me coucher ! Bien le bonsoir, ge... gentlemen !

***

Quand tout le monde se fut souhaité une bonne nuit, Salomé remonta dans la chambre allouée par le Club. En entrant, elle vit les cartes étalées sur le bureau et, comme attirée par un aimant, elle s'installa sur son fauteuil. Elle passa un moment à potasser son trajet, affinant les latitudes et les longitudes, étageant des colonnes de chiffres sur un long papier qui lui servait de sous-main.

Les heures passèrent à préparer la Course.

À la longue, elle s'aperçut que les cartes semblaient frappées d'un maléfice, comme celui qui emprisonne la langue lorsque vous répétez le même mot une vingtaine de fois. Il y avait bien des formes devant ses yeux, mais elles ne signifiaient plus rien. Alors elle se prit la tête à deux mains, clignant au-dessus des lignes flottantes, des chiffres et des noms de lieux, comme si d'ouvrir les paupières pouvait leur redonner leur éclat et leur sens. Enfin elle abandonna les cartes et s'adossa dans le fauteuil.

Il lui semblait que la soirée au Club était perdue dans des brumes lointaines.

Soudain, au milieu de ses pensées survint une tête amicale – celle de Saint-Ex. S'il avait été là ! Ils n'auraient pas parlé, ça non, parler semblait souvent inutile à Saint-Ex. Mais il aurait pris les cartes, et il aurait tapoté du doigt ici et là, et il lui aurait dit en quelques mots : « Lors de mon premier vol, Guillaumet m'a appris un truc. Je devais porter le courrier en Espagne ; tu imagines que l'Espagne, ça n'est rien par rapport au Chili. Mais j'étais comme tout le monde, j'avais bachoté sous un hangar humide, glacial, et je n'avais jamais vraiment eu l'occasion de me servir de tout ce que j'apprenais. Et je savais que le lendemain je me lèverais, et que tout ça me servirait enfin. Je ne sais pas si j'avais peur, mais passer les Pyrénées, c'était encore l'aventure. Et ce soir-là, je croyais que Guillaumet allait me donner des conseils sur les vents, les versants, les coins qui dérèglent la boussole. En fait, il s'est contenté de prendre la carte et de me dire : "Antoine, prévoir l'imprévisible est la clef de tout. Or l'imprévisible, dans un avion, c'est son moteur. On vole, le moulin ronronne, et soudain, dans un grand bruit de vaisselle cassée, tu vois passer devant toi un tas de vis et de boulons, et l'hélice se met à battre dans le vide à contresens. Plus de moteur… ! Il faut donc atterrir." Après, ce soir-là, Guillaumet ne m'a rien dit de ce que je trouverais dans les airs, ni caps, ni courants, mais il m'a parlé des champs qui jalonneraient la route, des bonnes maisons où l'on secourt les pilotes, de celles à éviter ; il m'a recommandé de faire attention à tel pierrier, tel ruisseau qui court derrière des buissons, et où l'on casse les roues à coup sûr ; chaque caillou, chaque arbre, chaque haie, chaque fermière. Là où l'on doit atterrir en cas de pépin, en somme. Les lignes, les chiffres et les noms, c'est bien, mais ça ne dit pas grand-chose des hommes. »

Salomé se redressa et, pendant une heure, le crayon à la main, la tête hantée par les mots de Saint-Ex, elle reprit sa carte et griffonna tout ce qu'elle savait de la route terrestre : les orangeraies, les défilés, les sources, les lacs, les dunes, les camps de Bédouins, les pistes de terre, les clairières entre les hauts palmiers, une plage où elle avait déjà atterri sous la pleine lune, les hauts-fonds d'un *rio* à éviter de peur de casser un flotteur. Elle balisa ainsi sa route, faisant l'effort de se souvenir d'un point tous les 50 kilomètres, évaluant les déviations possibles, un puits au milieu des sables à l'est, un village côtier où vivaient des missionnaires à l'ouest, et, non loin de Montevideo, un plateau à l'écart des hommes où un écrivain avait dressé quatre poteaux couverts de palmes autour d'une machine à écrire, tout en haut de la pente, face à l'immensité de la forêt.

Cet effort de mémoire la siphonna de toute énergie. Quand elle posa son crayon, on était au milieu de la nuit.

Elle descendit au bar du Club. Ils n'allaient pas tarder à fermer boutique ; elle commanda cependant un whisky. Le barman fit courir sa main sur la ligne de bouteilles.

– « Doldrum Blend », mademoiselle ?

– C'est parfait, répondit Salomé.

Balayant toutes les cartes qui dansaient devant ses yeux, l'alcool lui éclaircit les idées. Elle pensa alors à Edgar et eut une envie soudaine. Elle reposa son verre, se rendit au téléphone. Quelques recherches de l'opératrice la conduisirent au bon numéro (*via* la concierge). Enfin :

– Edgar ?

– *Non*, répondit une voix glaciale. *Edgar n'est pas ici. Et il est 2 heures du matin.*

– *C'est qui ?* fit une voix endormie en arrière-plan.

La fille qui avait répondu dut cacher le combiné d'une main, car Salomé entendit sa voix étouffée lancer :

– *Non mais, qui est cette poule qui veut te parler à des heures pas possibles ?!*

– Je travaille avec Edgar Loiseau, dit Salomé calmement. J'ai besoin de lui parler.

Mais un déclic lui indiqua qu'on avait raccroché. Salomé contempla le récepteur et eut envie d'éclater de rire. Mais au moment où elle sortait de la cabine, le téléphone du Club sonna en retour. Elle décrocha.

– *Salomé ?*

Salomé ne put s'empêcher de sourire.

– C'est vous, Freluquet ?

– *Ne m'en parlez pas*, soupira Edgar. *Il vient d'y avoir une scène.*

–Ça a été rapide, dites donc !

–*Oui. Et violent !*

–De jalousie ?

–*Hmm. Élisa est partie en claquant la porte « pour aller danser », m'a-t-elle dit.*

–Je suis désolée d'avoir provoqué cette histoire.

–*Qu'est-ce que vous vouliez me dire ?* fit Edgar, la voix un peu éteinte.

–J'ai eu une idée. Je dois aller quelque part demain. Ça vous dirait de m'accompagner ?

Au bout du fil, elle sentit Loiseau frétiller.

–*Heureusement qu'elle est partie*, dit-il. *Si elle avait entendu que vous me donniez rencard… ! Je veux bien vous accompagner, mais j'ai mes premières leçons d'escrime en fin de matinée, et après, c'est cours de navigation.*

–Tranquillisez-vous, mon cher Loiseau. Il ne s'agit pas de rencard, mais de répondre à l'une de vos questions. C'est entendu, alors. Rendez-vous à 8 heures au Club.

–*Dans 5 heures, quoi.*

–C'est cela même, Edgar. Dans 5 heures.

–*Et où allons-nous ?*

16

Le temps a laissé son manteau

Après Saint-Cloud, Salomé bifurqua vers Ville-d'Avray. On entrait dans un pays de châteaux et de forêts. Le cabriolet filait sur la route, le soleil glissait entre les nuages d'octobre, et ils profitaient de la douce chaleur, le visage au vent. Salomé ralentit pour profiter de la verdure ; derrière elle, le pot d'échappement crachotait à petit bruit, toussant de temps à autre des chapes rondes et noires. *Il ne manque plus que le panier à pique-nique*, se dit Edgar en se frottant les yeux et en bâillant. Tout défilait ; il lui semblait avoir décroché du présent. Et dire qu'on n'était qu'à 10 kilomètres de Paris…

– Elle est rentrée ? finit par demander Salomé.

Edgar n'eut pas la désinvolture de dire « Qui ça ? ». Il répondit simplement :

– Non.

– Ah.

– Je n'ai pas dormi de la nuit.

– Vous ne lui avez pas couru après ? C'est une histoire stupide, cette scène pour un coup de fil !

Edgar prit l'air coupable.

– Lui courir après ? Je n'y ai pas pensé… Je me suis rendormi comme une bûche après avoir raccroché. Elle a téléphoné ce matin.

– Pour vous dire que tout était fini entre vous, je parie ! dit Salomé.

–Pour me dire qu'elle s'était bien amusée et que, du coup, elle irait encore ce soir au bal. Ce qui me chagrine, c'est...

Il eut du mal à finir. Salomé emprunta une petite route qui montait entre deux champs en friche (il n'aurait pas fallu croiser une charrette à foin). Ils atteignirent le sommet d'une petite colline.

–Je vais faire comme vous, dit-elle en riant. Je vais attraper votre dernier mot, comme une mouche, et vous le relâcher au nez! «Ce qui vous chagrine»...?

–Je ne sais pas d'où elle téléphonait, mais il y avait des voix de garçons derrière elle. Des rires.

–Elle devait être encore au dancing, vous ne croyez pas?

–Ou dans une chambre d'étudiants?

–Ou dans un café. Vous êtes jaloux, vous aussi?

Edgar ne répondit rien et se renfonça dans le siège. Ils n'avaient *pas encore*, mais il connaissait bien Élisa. Quand elle dansait, elle ressemblait à une étoile de cinéma, et la lumière attire immanquablement les moustiques. Dès qu'Edgar lui lâchait le bras pour se rasseoir, deux garçons l'entouraient et se lançaient dans un twist trépidant. Les bras nus et les yeux scintillants, Élisa semblait aux anges. Edgar soupirait, regardait ses mains avec mélancolie, pas assez carrées pour casser la gueule aux autres garçons. Et pendant que l'orchestre entonnait *Cheek to Cheek*, il voyait l'un des deux jeunes gens attraper les deux mains d'Élisa, et Élisa coller ses nénés contre la poitrine du garçon pour danser langoureusement. *Mais non, crétin! Joue contre joue, bon sang!* gémissait Edgar intérieurement. *Pas comme ça!* Et comme le deuxième danseur ne voulait pas être en reste, il se collait lui aussi contre le dos d'Élisa. Alors tous trois se trémoussaient frénétiquement.

Il en aurait cassé la voiture, de s'imaginer ce qu'elle avait fait cette nuit.

– Que faire, d'après vous ? soupira-t-il.

– Et si votre Élisa a envie de s'amuser ? dit gaiement Salomé. C'est si mal que vous le pensez ? Vous l'amusez, vous, au moins ? Vous ne faites pas trop le sérieux, monsieur Freluquet ? Enfin, je n'en sais rien, moi ! Je ne suis pas psychologue.

Par des trouées de feuillage, ils virent pointer les cimes des arbres, qui s'éclaircissaient au rivage de Versailles ; puis Salomé s'enfonça dans le profond des bois. Elle prit à gauche au pied d'un chêne immense et remonta une allée creusée d'ornières qui tournoyait jusqu'au centre de la forêt de Fausses-Reposes.

Ils se trouvèrent bientôt devant une grille forgée. Laissant la clef sur le contact, Salomé sortit, tira sur une chaîne à maillons. Loin derrière la grille, un clinquement de clochette résonna dans l'air. Elle se tourna vers Edgar, le regard sérieux.

– À partir de maintenant, taisez-vous et contentez-vous d'écouter.

Edgar descendit de la voiture et s'assit contre la portière. Entre les feuillages, il discernait une sorte de manoir. Ils attendirent, mais pas longtemps ; une silhouette de femme déboucha d'un chemin de gravier, et se précisa de seconde en seconde dans le frais du matin. C'était une femme d'une trentaine d'années, le visage rond, les yeux légèrement en amande. Elle poussa une exclamation et ouvrit la grille.

– Bonjour, Lisavéta, dit Salomé d'une voix qu'Edgar trouva tremblante.

Face à elle, la dénommée Lisavéta mit une main sur son cœur et se mit à pleurer. Puis elle prit Salomé dans ses bras et la serra contre elle.

– Salomé ! Mon petit chat.

– Je suis revenue te voir, Lisavéta, dit Salomé avec – c'était bien ça – des sanglots dans la voix.

– Je savais que tu partirais un jour, murmura Lisavéta, mais je ne m'attendais pas à ce que tu disparaisses comme ça.

Edgar aurait bien voulu consoler Salomé, mais en réalité il n'arrivait pas à recoller les morceaux. Qui était cette femme ? Pourquoi Salomé pleurait-elle ? Son côté journaliste l'aurait bien poussé à prendre une photo, car le public aime quand il y a de l'émotion, mais il demeura contre la portière, gêné, glissant les mains dans ses poches pour se donner une contenance. Salomé redressa la tête, énonçant d'une voix plus ferme :

– Quand je suis partie pour l'Aéropostale, personne n'en a rien su. Ni Alberte, ni Mona, ni Nour, ni Marie. Ni De Juin. Je suis si contente de te revoir ! Je voulais vraiment, avant de partir… Tu sais, je pars.

Lisavéta tenait maintenant Salomé par les épaules, à bout de bras pour mieux la regarder. Elle sourit, lumineuse.

– Mais oui, petite femme. Je le sais, que tu pars ! Tout le monde sait… Battre ce méchant Anglais !

Accent russe, remarqua soudain Edgar.

– Je me disais, poursuivit Salomé, il y a une chance sur deux pour que tu sois encore là. À l'orphelinat.

Lisavéta prit Salomé par le bras ; elles s'engagèrent dans l'allée, suivies quelques pas en arrière par Edgar, que la Russe n'avait pas semblé remarquer.

– Ce n'est plus comme ça qu'on l'appelle, dit Lisavéta. Un orphelinat, c'est triste. C'est une « Pension de jeunes filles ». On y fait l'école, maintenant. Quand vous y étiez, c'était bien, mais maintenant, c'est mieux.

– C'était bien parce que tu étais là, dit Salomé en serrant le bras de Lisavéta. M. Steiner, le directeur, nous faisait peur à toutes !

Elles marchèrent jusqu'à la terrasse, Edgar les suivant de loin. Le dallage était encombré de grands pots de terre cuite. Dedans, des arbustes achevaient de jaunir.

–C'était un brave homme, reprit Lisavéta avec un frisson. C'est lui qui m'a fait entrer à l'orphelinat pour travailler. Il ne m'a jamais rien demandé en retour. Il est mort, tu sais.

Salomé secoua la tête doucement. Non, elle ignorait. Lisavéta reprit :

–Dans son testament, il m'a demandé de reprendre la maison. C'est ce que j'ai fait.

Salomé écarquilla les yeux.

–Tu veux dire que tu es la nouvelle directrice ?

–Depuis 6 ans, mon petit chat, acquiesça Lisavéta en riant, mais oui !

–Je suis si heureuse d'apprendre ça ! s'exclama Salomé. Je suis sûre que tu fais un travail fantastique…

–Regarde par ici, rétorqua Lisavéta.

Près de la terrasse, de hautes fenêtres donnaient sur une salle où des tables disposées en rond servaient à faire la classe. Une quinzaine de petites filles étaient assises, levant la main pour répondre à la maîtresse. Salomé vit qu'elles avaient l'air joyeuses. L'une des fillettes lui adressa un petit signe enjoué. Elle lui sourit en retour. Elle trouva soudain un air familier à la maîtresse d'école et se demanda un instant…

Se détournant de la fenêtre, elle dit à Lisavéta :

–J'aurais tant de questions à te poser…

–… mais tu n'as pas de temps à perdre. Je sais. Viens. On va voir le jardin ouest. Il y aurait bien la bibliothèque, ou votre chambre d'enfants, mais s'il y a un endroit qui t'est cher…

–Oui, le jardin ouest, murmura Salomé.

Elles firent le tour de la terrasse, dépassèrent les buis qui séparaient le jardin ouest du reste du parc. *Son* jardin. Salomé ferma les yeux puis les rouvrit. Elle eut le même coup au cœur que la dernière fois, il y avait 9 ans. Au milieu du gazon où perçaient les pâquerettes et les derniers boutons d'or, le merisier bruissait au vent. Ses feuilles tombaient une à une, couvrant le sol d'un tapis mordoré. La balançoire était toujours là.

Edgar et Lisavéta étaient restés sous l'arche des haies, comme au seuil d'un endroit sacré.

Sur la droite se trouvait un appentis. Salomé s'approcha des fenêtres rendues opaques par la poussière et les toiles d'araignées. Les mains en visière, elle appuya le front contre le verre. À travers la vitre, elle discerna, posée sur des tréteaux, une longue planche jonchée de copeaux de bois, de morceaux de papier à poncer, de fins outils de métal – et les découpes en balsa d'un avion-maquette qu'elle n'avait jamais terminé. Elle sentit son cœur battre un peu plus vite et mourut d'envie d'ouvrir la porte pour voir si les planchettes s'assemblaient correctement, pour achever le travail… mais une petite voix à l'intérieur de son crâne murmura : *Eh bien vas-y, ouvre la porte ! Et qu'est-ce qui arrivera, si tu y touches… ? Tout tombera en poussière, voilà, comme dans les tombes des pharaons restées trop longtemps sans lumière, poussière de termites.*

Mieux valait ne pas soulever le loquet. Elle fit le tour du jardin, dérangeant les dernières abeilles qui s'envolèrent sur son passage.

Là, les filles et elle s'asseyaient le soir en cercle pour se raconter des histoires qui font peur.

Là, elles avaient essayé d'escalader le mur en s'aidant des silex saillants pour voir ce qui se passait dans le bureau de M. Steiner. C'était toute une affaire ; Alberte avait réussi à grimper jusque sous la fenêtre, mais elle avait failli se casser le cou, malgré les autres qui tenaient une couette au-dessous pour amortir sa chute. Après ça, Salomé avait lancé l'idée de construire une petite montgolfière ; elles avaient cousu des draps pour faire la toile, et reçu l'engueulade de leur vie par Lisavéta quand celle-ci avait découvert le massacre.

Elles étaient parfois plus sages. Sous le merisier, Salomé chercha les traces de pas et les marques de la table qui leur servait à jouer à la dînette ; mais en 9 ans, l'herbe repousse.

Là encore, elles jouaient aux raquettes pendant des heures.

Toutes sortes de souvenirs assaillaient Salomé, des souvenirs que les autres ne pouvaient pas comprendre puisqu'ils ne les avaient pas vécus, des souvenirs que les mots ne pouvaient pas vraiment traduire, des souvenirs dont elle avait cru se débarrasser quand elle était partie à 15 ans, en secret, pour rejoindre l'aventure et le plein vent.

– Que sont devenues les filles ? dit-elle à Lisavéta, qui l'avait rejointe.

– Tu as vu Mona.

– Mona… ?

L'image frappa Salomé : la maîtresse d'école !

– Elle est restée ici. Elle a voulu apporter sa pierre à la nouvelle pension. Et Nour s'est mariée avec un beau monsieur.

Salomé esquissa un sourire involontaire. Nour avait toujours aimé « les beaux messieurs ».

– Alice est partie en Angleterre. Marie est devenue peintre, elle m'écrit toujours des lettres depuis le sud de la France.

– Elle a toujours bien dessiné ! s'exclama Salomé. Et Alberte ?

Une ombre passa sur le visage de Lisavéta.

– C'est le plus triste. Alberte est morte.

Salomé porta la main à sa bouche, interdite, puis elle murmura :

– Mais comment ?

– En Espagne, dit Lisavéta. Je ne sais pas pourquoi elle est partie là-bas. Peut-être que mes histoires de fuite de Russie, de révolutions, lui ont tourné la tête. Quand j'y pense, comme je regrette… Mais vous me demandiez toujours ce qui s'était passé là-bas, comment j'étais arrivée en France, et quel goût avait l'eau de la mer

Noire, puisque nous n'avions que ça à boire pendant la traversée en canot… Elle était avec les républicains. Le chef de sa section a écrit ici. Une lettre en espagnol, avec un bandeau noir. Avant même de l'ouvrir, j'ai tout de suite su.

– Tu n'y es pour rien, dit Salomé en prenant la main de Lisavéta. J'imagine que parfois, les histoires restent seulement des histoires – mais que d'autres fois, elles nous poussent à chercher un destin. Alberte devait trouver ça beau, d'aller se battre en Espagne.

– Je lui ai pourtant dit que la guerre, ça n'était jamais beau, murmura Lisavéta. Je lui ai dit ce que j'ai vu en Russie. Les Blancs contre les Rouges. Il n'y a pas de bon côté. Et maintenant, elle est morte. Salomé, je t'en supplie, fais attention à toi. Fais ce que tu crois bon, mais reviens vivante.

LE JOUR J

17

In Stahlgewittern

Dans un dernier virage, entre hautes herbes et clôtures, apparurent les tourelles de l'aérodrome. Un coup de volant porta l'automobile vers la piste. Ils avaient dégagé les coucous pour laisser place au DC-X. La piste avait été allongée, sans quoi l'appareil aurait fini au milieu des poules.

À son tour, déployant peu à peu son envergure d'albatros de fer, le DC-X émergea de la brume. L'humidité alourdissait l'air. Salomé tâchait de respirer régulièrement et ne quittait pas l'appareil des yeux.

Ils s'arrêtèrent sur le côté de la piste ; elle sauta de la voiture et vit trois silhouettes sortir des hangars pour s'avancer vers elle. C'était De Juin, Argol et Mac. Ils la saluèrent, l'air grave.

– Edgar n'est pas avec vous ? demanda-t-elle.

– Non. Il ne devrait pas tarder, je suppose !

– Il n'a pas intérêt à traîner, ponctua Mac. Vous décollez dans moins de 2 heures. Il est 7 h 32, la pression atmosphérique est de 995 millibars. On a relevé des vents de travers.

Salomé leva la tête vers le ciel blafard. Une chape de nuages s'abaissait de minute en minute. Alors seulement elle entendit les applaudissements qui crevaient l'air par échappées, et elle vit les dix-mille personnes venues là en supporters, de l'autre côté de la piste, derrière une barrière de fortune. Elle leva un bras pour les saluer ; en réponse, de grands drapeaux s'agitèrent.

Salomé revint à ses trois comparses.

– Les nuages ne vont pas tarder à nous crever sur la tête. Allons-y. Je veux vérifier une dernière fois que tout est en ordre.

Ils se dirigèrent tous les quatre vers l'appareil – un Consolidated PBY Catalina. Elle jeta un regard vers les terrains vagues où serpentait la route, qui demeurait déserte.

– Où est ce jeune crétin ?! s'exclama Salomé. C'est pourtant le moment de prendre des notes !

Elle fit rapidement le tour du Catalina. Il y eut d'autres applaudissements et des cris d'encouragement. Dans la foule, on ouvrait des parapluies. D'autres badauds arrivaient, posaient leurs vélos contre la clôture, criaient : « Allez, Declercq ! ».

Puis Salomé grimpa dans le cockpit et s'installa aux commandes.

– Je vais lancer un round de vérification, dit-elle.

De Juin fit un signe de tête, Mac dessina un « OK » de la main. Argol émergea bientôt de la soute.

– Le chargement est bien arrimé, dit-il. Pour la troisième fois depuis hier, nous avons ouvert tous les caissons pour vérifier que rien ni personne ne s'y était faufilé. Je ne sais pas si vous lisez des romans, lieutenant, mais dans les romans, ce genre de choses arrive tous les jours. Un espion, un invité inattendu, quelqu'un qui veut saboter la mission. Il ne manquerait plus que vous embarquiez un passager clandestin.

– En effet, dit Salomé. Il ne manquerait plus que ça. Et mon reporter !

Argol s'installa à côté d'elle. Inutile de lui demander si tout allait bien. Il était 7 heures du matin, de grosses gouttes de pluie commençaient à s'écraser sur la verrière, Declercq s'apprêtait à se lancer seule dans un raid de 13 000 kilomètres.

Il observa Salomé, assise aux commandes, en train de lancer l'allumage. Aussitôt un grondement s'éleva du ventre de l'appareil. Puis elle ouvrit les volets de refroidissements et vérifia la température du carburant. Argol regarda à son poignet : 7 h 50. Salomé poussa les leviers de mix air/essence sur *Rich* et activa la pompe à essence. Le mélange vrombit dans les tuyaux des moteurs, innervant tout l'appareil. La masse d'acier frémissait de tous ses 16 000 kilos ; la combustion était enclenchée.

Salomé fit cliqueter un autre switch. Dans un raclement d'air, le moteur gauche monta à 1 000 tours/minute, puis, après une poignée de secondes, Salomé enclencha le moteur droit. De chaque côté, les trois hélices se dédoublèrent. Elle expira longuement. Elle était sur le point d'inverser tous ses leviers quand elle leva brusquement la tête en direction de la piste : du coin de l'œil, elle avait vu un point grossir.

Le point se révéla être une automobile qui traversa le plan de bitume et s'arrêta dans un nuage de fumée à proximité du Catalina.

– Le journaliste ! s'exclama Argol.

Salomé lança une œillade métallique dans sa direction. Mac et De Juin étaient déjà en train de l'engueuler.

– Vous êtes à la bourre, *old ass* ! éructa Mac.

Argol rajusta son monocle, le sourcil désapprobateur. Edgar était blafard, le front couvert de sueur.

– On n'est pas au spectacle, mon vieux ! cria De Juin. Fourrez cette valise dans la soute, bouclez votre ceinture et ne bougez plus d'un poil ! Est-ce clair ? Qui nous a foutu un clampin pareil... ?

De Juin fit mine de lancer un grand coup de pied au train du journaliste, qui se grouilla vers l'échelle en esquivant, tout en tractant sa valise. Salomé lui accorda à peine un regard. Il était 8 h 01 ; dans moins d'une heure, respectant l'heure de décalage anglaise, ils arracheraient le monstre de 16 tonnes à sa piste.

Edgar n'en menait pas large. Il hissa la valise sur la première marche de l'échelle avec un « Ouf ! ».

– Il y a eu du potin avec votre donzelle, je parie, marmonna Salomé.

Par réflexe, elle vérifia la température de l'huile ; elle atteindrait bientôt les 40 °C. Edgar tituba dans la soute, y cala sa valise, et revint s'asseoir à la place du radio.

– Je ne vous le fais pas dire, souffla-t-il. Cette fois, c'était du Shakespeare, mais sans le côté comique ! J'ai emprunté la voiture d'un collègue et foncé jusqu'ici.

– Mais vous ne savez pas conduire ! nota Salomé.

– Eh bien, non. Mais on apprend vite. On décolle quand ?

– Dans moins d'une heure.

Salomé l'examina rapidement dans le miroir. Les yeux toujours écarquillés par la demi-panique d'être à la bourre, Edgar bouclait soigneusement sa ceinture, croisait les mains sur ses genoux et se tenait coi. Mais le naturel reprit bientôt le dessus ; de sa veste, il sortit un carnet et prit quelques notes frénétiques, les doigts crispés sur le stylo. Entre deux lignes, il choisit un petit cigare et, l'allumant, tira trois bouffées avec des bruits de poisson. Il toussa. La fumée envahit le cockpit, puis fut dissipée par l'air qui s'y engouffrait.

Salomé souffla.

– Loiseau, éteignez ce cigare, voulez-vous ? Croyez que c'est le moment de jouer au bonhomme ?

Pour toute réponse, il expira une bouffée de fumée âcre. Salomé leva les yeux au ciel. Elle venait de disposer à portée de main une sacoche contenant toutes les cartes du raid ; elle scotcha sur le tableau de bord une liste de caps qui lui permettraient de gagner Dakar.

– Faites votre boulot, mon ami, lança De Juin au reporter. Il venait d'apparaître en haut de l'échelle.

– C'est le bon moment pour la photo. Passez-moi ça !

Edgar étouffa des jurons et des excuses et lui tendit la sacoche où se trouvait son Rolleiflex.

– Je…, commença-t-il.

– Allez, rapprochez-vous de notre pilote, je vous prie. Oui, comme ça !

– Décollez votre joue de la mienne, protesta Salomé. Vous êtes en sueur !

– Je…, poursuivit Edgar.

– Et vous sentez le cigare pas cher !

Des cris les interrompirent. Ils provenaient de deux gars de la tour de contrôle, qui avaient galopé à toutes pattes jusqu'au tarmac.

– Que se passe-t-il ? demanda Salomé à De Juin.

Ce dernier fit signe qu'il ne savait pas. Sous le vacarme des moteurs, impossible d'entendre ce que racontaient les deux gars, qui gesticulaient à toute force. Salomé se dégagea de son siège. De Juin grommela « Allons bon ! » et bondit hors de l'habitacle pour les rejoindre.

D'autres applaudissements surgirent au milieu du rideau de bruine ; la foule des badauds à parapluie semblait avoir encore gonflé. Le souffle des hélices leur gifla le visage.

– Un problème ? cria-t-elle.

– *. est p.re qu. probl.me !!!* hurla Mac. *Bl.ke. d.c.llé !*

– Quoi ?

– *. ke a déc.ll. !*

Un vertige saisit Salomé. *Blake a décollé*. À sa montre, il était 8 h 08. Il lui fallut trois secondes avant de comprendre que Blake s'était moqué d'elle. Il avait décollé heure française. Elle le revit régler sa montre, sourire sous la moustache. Heure française… ? Elle eut envie de hurler, de faire sauter le Catalina et sa cargaison au beau milieu des pistes. Une nausée lui remonta dans la gorge tandis qu'elle rentrait dans le cockpit et se jetait sur la radio, qu'elle régla sur fréquence britannique.

Des crépitements grésillèrent, mais Salomé s'aperçut au bout de quelques secondes qu'il s'agissait d'applaudissements. La voix d'un reporter surexcité se surimprima au grésil.

«… Salué par Sir Winston Churchill venu en voisin ainsi que Mr. Javier Mendoza, consul du Chili, Sir Orville Blake, accompagné d'un fringant jeune homme – son secrétaire et assistant –, a regagné le cockpit de sa machine.

Ladies et gentlemen, j'ai devant moi le Boeing 314 Clipper flambant neuf sur lequel vient d'embarquer Sir Blake. D'une envergure de 46 mètres, muni de quatre moteurs Wright, capable d'embarquer 15 000 tonnes de fret, ce Clipper battant pavillon anglais est désormais en route pour l'autre bout du monde, et porte la fierté de notre Commonwealth. *Rule Britannia…!*

Sir Winston Churchill va à présent s'adresser à la foule en liesse. Vous n'êtes pas sans savoir qu'à 64 ans, l'ex-premier lord de l'Amirauté, quoique retiré de toute vie politique, est demeuré proche des affaires publiques, et l'on chuchote qu'il reçoit de première main toute information en provenance du ministère de l'Air… »

Il y eut d'autres commentaires et d'autres vivats, mais Salomé n'entendait plus rien. Elle demeurait crispée aux commandes du Catalina, qui ronronnait toujours à 1 000 tours/minute. Les données s'étagèrent lentement dans son cerveau. Blake volait sur un Léviathan de 46 mètres d'envergure, une monstrueuse machine capable de transborder en poids son propre Catalina. Elle essaya de calculer si les quatre moteurs Wright pouvaient faire avancer plus rapidement ce Léviathan que les deux moteurs Pratt & Whitney son appareil, mais les chiffres vacillèrent dans sa tête et finirent par s'écrouler sous leur propre poids comme des dominos. Edgar avait saisi l'importance de la situation et noircissait de la page en tétant son cigare à petites bouffées. De Juin venait de sauter dans l'habitacle. Elle tourna la tête vers lui.

–Il nous a eus, Declercq. Il a décollé à l'heure française.

–J'ai compris, aboya Salomé.

Elle respira, tâchant de retrouver son calme.

–Je pensais tout de même, reprit-elle, qu'une poignée de main était quelque chose d'important pour un Anglais. Il est 8h09. Je n'ai que quelques minutes de retard sur lui. J'y vais, De Juin.

–Où en sont les moteurs ?

–Les moteurs sont prêts. Je suis prête.

De Juin hésita, voulut dire quelque chose, referma la bouche et adressa un salut militaire à Salomé. Ses yeux tremblaient dans les vapeurs d'essence. Elle le regarda avec ses grands yeux et lui rendit son salut. Puis il dévala l'échelle, et Salomé fit claquer le cockpit.

Tout était verrouillé. L'anémomètre lui indiqua soudain un couloir de vent favorable ; elle augmenta la puissance des moteurs et les porta à 2000 tours/minute. Les hélices vrombirent, mille frelons perçant l'air. Le vent venait de l'arrière par vagues.

–Accrochez-vous ! jeta Salomé à Edgar après un bref regard dans le miroir.

Edgar se contenta de hocher la tête et de déglutir. Elle-même sentait la sueur lui poisser les tempes.

Elle augmenta encore la puissance des moteurs.

Le Catalina commença à rouler sur la piste ; le bitume défila.

À mi-piste, quand ils eurent atteint les 100 kilomètres/heure, une rafale frappa l'appareil par la gauche, un véritable torrent d'eau et d'air ; avec un grognement de rage, Salomé augmenta encore la puissance. La pluie s'écrasait à présent contre la vitre à la vitesse de balles de mitrailleuse, on ne voyait plus rien ; impossible de savoir si le Catalina était encore sur la piste.

Le regard rivé sur le compteur de vitesse, Salomé attendit d'avoir atteint les 170 kilomètres/heure.

Il était 8h11. Le temps lui semblait infini.

Elle avait 2 ans. Tous les enfants grandissent et savent qu'ils doivent grandir. Un jour qu'elle jouait dans le jardin, elle cueillit une fleur et courut la donner à Maman avec ses cheveux blonds dans le soleil. Maman porta la main à son cœur et s'écria : « Oh, ma petite chérie, pourquoi dois-tu grandir ? Si tu pouvais rester comme ça pour toujours ! »

À 2 ans, Salomé sut qu'elle ne pourrait pas inverser la courbe du temps. Voilà ce qu'on apprend à 2 ans. Deux ans, c'est le début de la fin.

Elle avait 3 ans et ils revenaient de l'église où ils avaient laissé Maman dans la grande boîte en bois.

« Papa, elle est où Maman ? Elle revient Maman ? » demandait Salomé, tirant son père par la main.

Son père ne répondait pas. Son père ne répondrait pas. Il se contentait de lui serrer la main. La mort devrait toujours être un moment philosophique, où ceux qui partent et ceux qui restent tombent d'accord sur le bon moment, et où chacun dit adieu à l'autre en toute tranquillité, comme on a la sagesse de se séparer pour ne pas se blesser – mais la mort est toujours quelque chose de soudain et de violent. Salomé arrêta de poser la question pour aujourd'hui, et sur le chemin du cimetière elle suivit des yeux un vol de cygnes qui décrivait une grande boucle dans le ciel.

3 ans, c'est l'âge des premiers souvenirs. Plus tard, quand on lui demanderait son premier souvenir, Salomé répondrait quelque chose comme « Quand j'ai eu mon indigestion à Pâques et que je suis restée couchée trois jours », ou « Quand Papa m'a emmenée faire du bateau à rames sur la Seine et qu'il m'a attachée avec un harnais pour ne pas que je tombe », mais elle saurait au fond d'elle que la vraie réponse était la mort de Maman. Puis Papa mourut à son tour, et elle entra à l'orphelinat tenu par un ami de son père. M. Steiner.

Elle avait 6 ans et enfourchait le « Declercq-1 », un vélo qu'elle avait modifié en y fixant de grandes ailes de carton. La pente du jardin défilait. Elle n'avait pas de casque, pas de lunettes, ses cheveux flottaient dans le vent. Au bas de la pente, elle avait préparé un tremplin à l'aide de bûches et d'une grande planche de bois.

Elle franchit le tremplin, poussa un cri sans le vouloir et plana sur 2 mètres, avant de rebondir au sol. Elle freina – ses jambes tremblaient et la sueur l'aveuglait. Mona et Alberte applaudissaient à tout rompre. Alice cria : « Recommence ! »

Salomé serra les cuisses contre le cadre du vélo et laissa échapper un cri de victoire. Elle fit demi-tour. Ils allaient voir. Elle allait recommencer. Ils allaient voir !

Elle avait 17 ans et le bus la conduisait à travers les friches de Toulouse. Après avoir mariné pendant des mois au « Royal Cambouis », hangar des réparations, elle s'envolait aujourd'hui pour cap Juby.

« Maintenant, vous savez réparer un moteur, lui avait dit Daurat. On ne sait jamais ce qui peut arriver sur la route. »

Didier Daurat avait consacré tout sa vie à la ligne. Plus tard, il serait enterré près des pistes de vol, puis on construirait une ZAC et on détruirait sa tombe à coups de pelleteuse. Ainsi passe la gloire du monde.

L'aérodrome de Montaudran émergea de la ligne grise qui formait l'horizon.

« Vous volerez sur le Laté 26, avait conclu Daurat qui ne disait jamais “Bonne chance”. »

Elle était coiffée à la garçonne et comprimait ses seins sous une bande élastique.

Personne ne savait.

Elle avait 17 ans et décollait de Dakar pour Natal aux côtés de Marcel Reine et d'Antoine de Saint-Ex. Rien de tout cela n'avait été prévu, mais il y avait un courrier urgent à transborder.

Pas prévu non plus pour les deux pilotes que le mécanicien, dans l'intimité de la carlingue, se révèle être une fille. Mais qu'est-ce qui est vraiment prévisible ? Reine et Saint-Ex haussèrent les épaules. Elle était là, elle était là. On ferait connaissance.

Ils prirent les commandes à tour de rôle jusqu'à l'arrivée. Elle ne réussit pas à dormir. À l'aube, au-dessus des *rios* scintillants d'or, c'est elle qui pilotait. Ivre de fatigue et de fierté. Elle voulait recommencer.

Elle avait 22 ans et l'Aéropostale avait disparu. Elle ne survolerait plus les déserts ni les *rios*. Elle songea d'abord à écrire ses mémoires, mais écrire ses mémoires à 22 ans ? Autant mourir. Elle chiffonna tous les papiers qu'elle avait noircis d'encre.

Elle avait 24 ans et l'aiguille franchit brusquement la barre des 170. Elle tira aussitôt sur le volant ; le Catalina s'arracha du sol dans un hurlement de moteurs poussés à fond, puis l'appareil s'enfonça dans la barrière de nuages qui jetait sa bruine sur tout Paris.

Salomé avait repéré un point bleu dans le ciel de plomb : elle s'accrocha à ce point bleu. Elle poussa encore les gaz. L'appareil trembla un moment, secoué par les turbulences ; mais le point bleu était maintenant une tache qui grandissait. Et bientôt, comme propulsé hors d'un tunnel, le Catalina se dégagea des nuages, et se trouva dans la nappe bleue du ciel, au-dessus de tout.

Edgar et Salomé plissèrent les yeux face au soleil. La pilote abaissa ses lunettes.

– Je crève de soif, articula Edgar. Ce décollage m'a séché sur place.

– Il y a de l'eau dans une bonbonne à l'arrière.

Il se leva, oscillant.

Enfin, Salomé réduisit la puissance des moteurs, s'autorisa à respirer et à essuyer la sueur qui lui brouillait la vue ; puis, jetant un œil à ses notes, elle régla le cap vers l'Espagne, virant largement à tribord.

Il était 8 h 24, Blake l'avait grillée de 20 minutes. Il s'agissait d'une course, et dans une course, 20 minutes de retard sont un désavantage énorme. Soudain, il y eut un *brouf!* derrière elle. Coup d'œil dans le miroir : Edgar venait de se casser la figure dans le virage et tâchait désespérément de regagner sa place, cliquetant des pattes comme un crabe hors de sa flaque.

– J'ai perdu mon stylo, geignit-il. Il a roulé là-bas !

Il parvint à se redresser, jeta un regard empli de nostalgie en direction du miroir où Salomé détaillait son manège, et écarta les mains avec un pauvre sourire, comme pour dire « Qu'est-ce que je fous là ? Qu'est-ce que vous allez faire de moi ? »

Salomé éclata de rire, puis elle vira à nouveau. Et à nouveau, Edgar s'écroula au sol dans un gémissement. Salomé riait à en pleurer.

Elle n'était pas seule.

18

Les éléments

–Ce qui serait marrant, c'est que vous passiez au-dessus de la rédaction de *Paris-Soir*, histoire que je leur fasse un petit coucou.

–Mais bien sûr, mon cher Edgar, susurra Salomé. Vous avez l'adresse ?

–C'est facile, s'exclama le reporter, c'est rue du Louvre !

–Regardez en bas, Loiseau.

Edgar colla son nez contre la vitre. À travers les échappées de nuages, 2 kilomètres sous lui, il vit défiler des carrés de champs.

–Peste ! s'exclama-t-il. Où est Paris ? Ça ne fait que 10 minutes qu'on vole…

–Mon pauvre ami, ricana Salomé, en 10 minutes nous avons eu le temps de parcourir 50 kilomètres. Adieu, Paris !

–50 kilomètres… Alors ça y est, articula Edgar. Nous y sommes vraiment.

–Un peu plus tôt que prévu, grogna Salomé. Paris-Dakar est la plus longue de nos étapes. Je vais devoir tirer un peu sur les moteurs pour rattraper cette ordure de Blake, mais nous en avons tout de même pour plus de 4 000 kilomètres.

Edgar compta sur ses doigts.

–13 heures de vol ! C'est vrai !… lança-t-il. Et comment on se dégourdit les jambes ?

–Vous voyez la coursive derrière vous ? Elle doit faire dans les 10 mètres. Vous pouvez y faire les 100 pas jusqu'à Dakar si ça vous chante. Je préfère vous dire que nous serons probablement justes en carburant. Nous volons chargés jusqu'à la gueule ; espérons que les réservoirs supplémentaires joueront leur rôle. D'ailleurs, je vais vous donner un conseil, Edgar Loiseau : ouvrez vos mirettes. Regardez et apprenez. À un moment ou un autre, je compte bien dormir. Vous devrez prendre les commandes.

–Attendez, s'inquiéta soudain Edgar. Comment ça, « dormir » ?

–C'est une technique un peu particulière, mon cher Loiseau, qui tient de l'hypnose. Je m'allonge sur le fauteuil, comme ça, je tends le bras droit devant moi, je fixe mon pouce du regard, je respire à fond en comptant chaque respiration, comme ça, vous voyez… ? Un… deux… et au bout de dix, je m'endors. C'est une sorte de sommeil second, si vous préférez. Dans mon poing gauche, je serre une pièce de monnaie. Quand elle est sur le point de tomber, je me réveille. En 10 minutes, on récupère 2 heures. Pendant ce temps, vous tiendrez les commandes. Si vous voulez, je vous montre ?

–Non, non ! Pilotez, vous… !

Salomé éclata de rire.

–Qui pourrait voler sur 4 000 kilomètres sans repos ? Lindbergh, allez-vous me dire ? Je vous conseille donc d'imprimer tout ce que je fais dans ce qui vous tient lieu de cerveau.

–J'ai pris quelques cours théoriques ces derniers jours, j'ai noté des trucs là-dedans, mais je ne sais pas si je pourrai…

Edgar secoua son carnet pour bien faire voir à Salomé. Elle demeura imperturbable, tenant le volant d'une main sûre.

– Vous parlez du petit programme concocté par De Juin ?

– « Petit programme » ? s'indigna Edgar. Il m'a donné des manuels d'aviation, des cours d'escrime, de tir, de cartographie, de pilotage. « Vous n'avez pas besoin de dormir plus de 5 heures par jour, Loiseau », me disait-il chaque soir. Et à 5 heures du matin, le lendemain, je le retrouvais pour mes leçons. Et ainsi durant les six jours qui viennent de passer. Maintenant, je sais lire une carte de vol dans le bon sens, parer un coup d'épée en quarte, tirer sur un bouchon de liège à 15 mètres et faire décoller un petit aéroplane. « Ce sont les éléments, Loiseau », me répétait-il à chaque seconde. « Si vous n'avez pas les éléments, vous ne serez jamais un gentleman. »

– Je ne sais pas si j'ai besoin de m'encombrer d'un gentleman sur ce vol, Edgar, bougonna Salomé, mais je veux bien m'encombrer de vous. Tenez, nous survolons Le Mans ; nous n'allons pas tarder à entrer dans le golfe de Gascogne. Après, ce sera l'Espagne, que nous traverserons de part en part. Trouvez-moi cap Juby – c'est au sud du Maroc –, et reliez-moi ces points.

– Et une fois nous serons arrivés à Dakar ?

– Ne faites pas l'enfant. Cap Juby est à la moitié du chemin.

Edgar ouvrit de grands yeux et saisit les cartes. Muni d'un compas et d'une règle de Cras, il tira la langue pour s'appliquer et s'absorba dans cette nouvelle mission.

Salomé vérifiait de temps à autre la jauge de carburant. Comme toutes les jauges, celle-ci descendait lentement, mais elle savait que dans le dernier tiers, l'aiguille se casserait la figure jusqu'au zéro en 2 heures. Elle tapota l'écran du *speedmeter*, qui indiquait 180 miles/heure, soit presque 300 kilomètres/heure. Elle vérifia le cap et régla quelques potentiomètres sur un panneau de contrôle.

–Quel est ce machin ? dit Edgar, relevant le nez de ses cartes.

–Je vous présente Georges !

–Pardon ?

–Georges est pilote automatique.

Elle jeta à Edgar un regard malicieux.

–Si vous préférez, un instrument à gyroscope qui permet de maintenir le cap sans avoir besoin de corriger toutes les deux secondes à la main. Modèle Honeywell. Des servomoteurs sont reliés au volant. C'est un prototype… Je suis payée pour le tester, figurez-vous. Et ce relevé des distances ?

Edgar attrapa son carnet et griffonna quelques notes. Puis il revint aux cartes et boucla le relevé.

Quand il releva la tête, le bleu acier du ciel le frappa. Il était 11 h 36. Au-dessous d'eux, les nuages s'effilochaient et laissèrent bientôt apparaître les côtes de France.

–Le golfe de Gascogne ! annonça Salomé. Nous avançons un peu plus vite que prévu. Ils déconseillent cependant de pousser les moteurs à plus de 2 800 tours/minute, je devrais peut-être ralentir. Nous volons depuis 3 heures.

–Déjà ? Il ne va pas tarder à être l'heure de manger.

Au-dessous d'eux, l'eau miroitait dans le soleil de midi. Le moteur tournait à 2 000 tours/minute. La jauge indiquait les 4/5 du réservoir ; le *speedmeter* maintenait ses 180 miles/heure. Salomé Declercq tira légèrement sur le volant et engagea l'ascension de l'appareil.

–Je vais monter à 9 800 pieds ; environ 3 000 mètres. Nous n'allons pas tarder à passer au-dessus des Pyrénées, Freluquet. Vous avez un quart d'heure pour examiner la soute et les postes arrière, histoire de vous familiariser avec le zinc. Après ça je vous conseille de revenir sur votre siège et de boucler votre ceinture. Jusque-là, nous avons longé la côte pour économiser du carburant. Mais au sud des montagnes, le couloir pyrénéen est venteux. Nous ne pourrons pas échapper aux courants d'air, et ça risque de secouer.

19

Le pouce et l'index

Comme une automobile se projette de côté pour en éviter une autre, une rude embardée le fit se jeter sur la main courante de métal. Edgar descendit du cockpit, longea le poste radio et gagna l'arrière de l'appareil. La coursive de 80 centimètres de large permettait d'avancer ; pour le reste, à droite et à gauche étaient entassés des centaines de colis et de caissons contenant denrées alimentaires et matériel médical. Hors du cockpit, il n'y avait pas de chauffage, et Edgar regretta de n'avoir pas pris sa veste. L'air était glacé.

Au fond de l'appareil, à 15 mètres du poste de pilotage, il découvrit les deux postes de mitrailleurs. Ce fut un choc ; il avait oublié que l'avion était armé. Il se maudit d'avoir laissé son appareil photo dans le cockpit. Se hissant jusqu'au siège du poste gauche, côté continent, il prit en main l'énorme Browning M2 qui dressait son canon vers l'azur. Il pivota sur son siège, tira sur les poignées de la mitrailleuse ; la mitrailleuse pivota à son tour. Il s'amusa à viser un village de bois à 3000 mètres en contrebas. Les maisons basques ressemblaient à des jouets.

– Et si j'appuyais ? murmura-t-il.

Il savait que ce genre de balles faisait des trous de 10 centimètres de large. *Boum !* Quelque chose de grisant et d'affreux lui gonfla la poitrine, et le laissa effaré sur son siège. Il respira un grand coup et fit jouer ses mains sur les poignées. Étrange comme ces engins de mort étaient séduisants, conçus pour être pris en main. La tête lui tournait ; il avait un grand sourire.

Il revint au cockpit.

– Qu'est-ce que vous trafiquiez ? s'enquit Salomé. Vous faisiez joujou avec les canons, je parie ?

– Non, euh, mais, euh, pas du tout.

– De toute façon, ils sont verrouillés. Nous n'aurons pas à nous en servir. Probablement pas. Avez-vous bouclé votre ceinture ?

Avant même qu'Edgar réponde, une embardée de vent secoua l'appareil. Edgar fut presque balancé sur le tableau de bord ; tout juste eut-il le temps de se jeter de côté pour ne pas interférer avec les commandes.

Ayant atterri sur Salomé, il leva la tête vers elle, l'œil perdu.

– Ôtez-vous de mes cuisses, dit-elle, j'ai aussi besoin de mes pieds pour contrôler ce coucou. Quand vous aurez fini vos clowneries et que nous aurons passé les Pyrénées, vous irez nous chercher de quoi manger un morceau.

Edgar attacha sagement sa ceinture. Une chape de nuages bouchait le ciel ; Salomé se fia d'abord aux instruments, puis entama une descente pour passer au-dessous. Edgar voulut prendre son stylo qu'il avait coincé dans une aération du tableau de bord ; le stylo tomba et roula dans la coursive. Il grommela et se lança à sa poursuite. Puis, sur la carte, il nota qu'ils passeraient au large de Gibraltar, où ils prendraient des nouvelles de la course. Pour l'instant, ils volaient en aveugle.

– Je n'arrive pas à croire, grommelait Salomé de temps à autre, que ce sagouin ait pu me faire le coup de l'heure française.

Edgar nota l'expression. Elle ferait un chouette titre d'article.

Quand ils survolèrent les plaines de Navarre, les embardées se calmèrent. Au large, la mer scintillait sous le ciel. Salomé remonta à l'altitude de croisière. Edgar déboucla sa ceinture.

– Il y a de quoi conserver la nourriture, quelque part ?

– Sachant que la température au sol, altitude 0, est d'environ 15 °C, que nous perdons 1 °C tous les 150 mètres et que nous volons à 3 200 mètres pour le moment, je vous laisse faire le calcul.

Edgar se souvint de l'air froid à l'arrière de l'appareil et compta sur ses doigts.

– On doit approcher des – 6 °C ?

– Exactement.

– Pas besoin de réfrigérateur, donc.

Salomé se contenta de sourire, le regard fixé vers l'horizon. Edgar se leva, enfila un des blousons de la réserve et descendit du poste. Derrière la place du radio, il trouva une cantine remplie de nourriture.

– Vous avez trouvé ? lança Salomé en arrière.

Edgar empila des tranches de pain, de fromage et de viande et convoya le tout jusqu'au cockpit.

– Vous êtes bien mignon d'apporter les tartines, dit Salomé.

Elle tendit la main pour attraper un sandwich.

– Dites, fit Edgar en mâchant son roast-beef. Je me demandais.

– Qu'est-ce que vous vous demandiez ?

– Qu'est-ce que vous avez fait ces trois dernières années ?

– Je me suis enfermée dans une chambre et j'ai lu des livres. Avez-vous lu *Mary Poppins* ?

– Non.

– Ce n'est pas le livre qui est le plus intéressant, mais la façon dont l'histoire est venue. Helen Goff avait 11 ans à ce moment.

Edgar, qui prenait des notes, releva la tête.

– Qui ça ?

– L'auteur, Loiseau. Suivez un peu !

Edgar revint à son carnet, grattant hâtivement.

– Elle avait 11 ans, et son père était mort quelques années plus tôt, frappé d'une crise d'épilepsie. Mais en réalité, Helen avait beau n'avoir que 7 ans, elle savait que ce n'était pas à cause de l'épilepsie.

– Vous causez comme un roman à suspense. Si ce n'était pas d'épilepsie… ?

– La boisson. Son papa, Travers Robert Goff, banquier, buvait comme un trou. Figurez-vous que Travers était directeur de banque, mais comme il n'arrêtait pas de boire, on l'avait relégué au rang de clerc. Du jour au lendemain, il est devenu un simple employé.

– Coup dur.

– Travers Robert Goff mourut devant sa fille. À partir de ce moment, ce qui restait de la famille quitta le pays et prit le bateau pour l'Australie. Sous la houlette de Maman, les filles s'installèrent en Nouvelle-Galles du Sud, dans une maison de campagne non loin de la mer. Une nouvelle vie. Il y avait une petite anse à cet endroit.

– Les filles ?

– Helen avait deux petites sœurs.

– On imagine d'ici le tableau, rêva Edgar à voix haute : les gamines dévalant la colline, courant dans le sable, jouant à s'éclabousser dans le soleil du matin…

– Pas exactement. Je disais « Sous la houlette de Maman », mais « Maman » était une incapable. C'est la tante qui avait pris les billets, et « Maman » était juste bonne à dire au valet de pied où poser les valises. Quand j'imagine la vie de cette petite fille, je vois une famille rejetée à travers les océans comme des haillons poussés par le vent, sans direction. De toute sa vie, « Maman » n'avait pris aucune décision, et ce n'était pas maintenant que ça allait commencer. Bref. Un soir où un orage venu de l'est tournait autour de la colline, elle annonça comme ça à ses filles qu'elle allait se jeter dans la petite anse. Helen la regarda sans dire un mot, « Maman » ouvrit la porte, il y eut une bouffée de pluie, et la porte se referma. Les petites sœurs éclatèrent en sanglots. Helen les serra contre elle, alluma un feu pour sécher leurs larmes, les installa sur le tapis devant la cheminée, et inventa l'histoire d'une famille où Papa est prisonnier de sa banque, Maman n'est jamais à la maison, et où une gouvernante tombe du ciel en ouvrant son parapluie pour s'occuper des petits enfants. Quand « Maman » rentra à la maison, trempée comme un torchon bon à jeter, les filles riaient aux éclats autour du feu.

– Elle avait raté son suicide ?

– Même ça, elle n'en avait pas été capable. Et à partir de ce jour, l'avis de « Maman » ne compta plus jamais. Helen Goff changea son nom pour celui de son père. Elle devint Pamela Travers et écrivit son histoire quelques années plus tard, celle des enfants et de leur nurse. *And there they were, altogether up in the air!*

– Qu'essayez-vous de me faire comprendre, avec votre Mary Poppins ?

– Que voulez-vous dire ?

– Quel sens ça a pour vous, cette histoire ?

– Aucun sens. C'est une histoire.

– On ne raconte pas une histoire au hasard.

– Oubliez, dit Salomé avec un sourire. Quand j'étais petite fille, je croyais en une chose étrange.

– Quoi donc ?

– À l'orphelinat, je croyais être heureuse malgré tout. Mais en grandissant, je me suis aperçue que les adultes qui nous entouraient n'avaient pas l'air heureux. Lisavéta était souvent inquiète, Steiner semblait toujours soucieux. J'ai vu De Juin en colère de nombreuses fois. La plupart des adultes qui m'entouraient, en fait, étaient malheureux. Alors, j'ai commencé à me persuader qu'en grandissant, on découvre quelque chose qui empêche d'être heureux. Vous savez ce qu'on dit aux enfants : « Tu es trop jeune pour comprendre. »

–Oui. « Tu comprendras quand tu seras grand. »

–Lisavéta me disait ça tout le temps. Avec son accent russe, ça renforçait le mystère… J'ai commencé à me demander quel secret on me cachait, et je me suis mise à écouter aux portes pour essayer de le découvrir. Ils parlaient souvent d'argent, de trop d'argent, ou de pas assez. Mais la source du vrai malheur demeurait cachée.

–Pour ma part, dit Edgar, j'ai toujours eu l'impression que quelque part m'attendait quelque chose qui me rendrait heureux. Mais je n'ai pas encore découvert quoi. Les livres parlent de Dieu ou d'une femme, mais je ne suis pas certain…

Il attrapa un autre sandwich.

–Il n'empêche, c'est une drôle de conversation.

Salomé tapota le cadran du baromètre. L'Espagne défilait sous leurs pieds : les navires à voile de Santander, les universités labyrinthiques de Salamanque, les palais de Valladolid.

–Mon cher Edgar, avons-nous vraiment le choix ? Il faut soit parler, soit nous taire. Il nous reste 38 heures à tenir comme ça. Nous pourrions nous contenter de regarder le paysage, mais nous ne sommes pas dans un poème romantique… Si vous voulez, lui dit-elle en le regardant d'un air sérieux, vous pouvez faire un somme dans l'un des postes de mitrailleurs. Il y a un peu de place pour ça. Prenez une couverture. Vous n'avez pas dormi de la nuit, et j'ai besoin que vous soyez en forme quand je dormirai à mon tour.

–Avec votre pouce ?

–Avec mon pouce.

20

Croix obliques dans un rond noir

Sous sa couverture, Edgar somnolait.

La première nuit des vacances, dans une maison de campagne, on rêve du tintement de la pluie sur le zinc des gouttières, on s'éveille en sursaut en se demandant où l'on est, on a oublié l'endroit où l'on s'est endormi. On se laisse dériver. Au moment où il rouvrit les yeux et sans savoir au juste pourquoi, Edgar sut que quelque chose n'allait pas. *Ding, ding*, faisait la pluie sur le zinc.

Ce n'était pas le bourdonnement des moteurs. Qu'il se trouvât dans un avion, cela, il ne l'avait pas oublié : le bruit des moteurs avait accompagné son demi-sommeil. Mais il y avait quelque chose de plus. Il cligna des yeux et ôta la couverture de son visage. Le froid lui cingla la face, la peau du cou lui piquait, c'était comme d'être tiré hors d'un fleuve par une grande pince de métal.

Il se frotta le cou en grimaçant, se pencha et aperçut de longues plaines brûlées. Ça n'était pas le désert, on était encore en Espagne. Il se frotta les paupières. La peau de ses mains lui sembla rugueuse, hérissée par l'air gelé. Le tintement de pluie recommença, *ding, ding*, non loin.

Il se redressa d'un coup ; il lui avait semblé voir du coin de l'œil, à l'arrière de la vitre du poste de mitrailleur, une grosse mouche ou un frelon. Un réflexe lui fit gifler l'air de la main pour chasser la bestiole, mais en se retournant, il vit qu'il ne s'agissait pas d'une bestiole. Il y en avait trois – trois avions qui les suivaient de plus haut, alternativement cachés par les nuages, et leur dessous peint en blanc les rendait difficiles à distinguer. Mais de temps à autre, l'un des trois tombait des nuages, plongeant les ailes de biais, et une petite flamme giclait du fuselage.

Ding, ding.

Était-ce réel… ? Edgar serra les dents et son œil tomba sur le téléphone de bord. Il le décrocha. Dans le cockpit, à 15 mètres de là, un signal clignota. Salomé ouvrit ses écouteurs.

–*Edgar ?*

–Salomé. Trois avions derrière nous. Ils nous tirent dessus.

–*C'est une plaisanterie ?*

–Ils sont trop loin pour le moment et leurs balles rebondissent sur la carlingue. Mais je vous jure que ça n'a rien d'une plaisanterie.

–*À quoi ressemblent ces avions ? Ce sont des biplans ?*

–Ils se rapprochent, Salomé, ils nous tirent dess… Non, ce sont des monoplans… !

–*Leur peinture ?*

–Vu du dessous, ils sont en blanc, mais le reste est noir.

–*Vert foncé ? Bleu ?*

–D'ici, je ne peux pas dire. Attendez. Il y a des croix blanches sur les ailes, des croix obliques dans un rond noir !

–*Une minute.*

Salomé se brancha sur le canal radio et lança un message en anglais en direction des stations terrestres pour obtenir une explication. Elle attendit trente secondes. Personne ne répondit. Elle réfléchit à toute vitesse ; il lui semblait qu'en bas, des visages à grimaces coiffés d'écouteurs ricanaient devant leurs postes radio, la laissant appeler dans le silence. Elle bascula sur le canal du poste mitrailleur.

–*Ils se rapprochent encore*, lui dit Edgar.

– Si vous avez vu ces croix blanches sur leurs ailes, ce sont les Messerschmitt de la Légion Condor.

– De quoi… ?

– Des avions allemands.

– Que font les Allemands par ici ?

– Vous êtes vraiment journaliste, Edgar ?

– Je ne couvre pas l'étranger, moi.

– Les Allemands ont prêté des avions à Franco. C'est ça, la Légion Condor. Des nazis, Loiseau ! Je ne sais pas ce qu'ils font par ici, ce qu'ils nous veulent ou qui les envoie –

– Vous voulez dire que c'est un coup de Blake ? Salomé, ils viennent de faire un trou dans l'aile gauche…

– S'ils touchent un moteur, nous sommes fichus, Edgar, dit Salomé d'une voix tendue. Restez en ligne et faites exactement ce que je vais vous dire.

– Reçu.

Les instructions parvinrent à Edgar au milieu d'un halo de grésillements et d'angoisse. Il suivit point par point la procédure et déverrouilla la mitrailleuse.

– Je ne peux pas aller plus vite, dit Salomé. *Leur vitesse de pointe est supérieure. Laissez-les approcher, nous n'avons pas le choix. Faites comme si vous ne les aviez pas remarqués. Quand ils seront à portée, tirez. Attention, Edgar… Ils vont essayer de vous descendre.*

Edgar voulut hurler qu'il n'avait pris que deux leçons de tir et que son seul exploit militaire remontait à ses 6 ans, quand il avait gagné le gros lot en descendant des boîtes de conserve avec une carabine à rats. Mais quand l'un des Messerschmitt fut presque au-dessus du Catalina, il pressa la détente sans penser à rien d'autre qu'à tuer le frelon.

– Ne vous faites pas avoir par l'impact, lui avait hurlé Salomé. *Ça va secouer. Gardez le doigt sur la détente !*

C'est ce qu'il fit. *Brrat-rrat-rrat*. La rafale le secoua, mais il s'y était préparé et s'était calé dans le fauteuil à pivot. Il encaissa le choc, visa, et arrosa le ciel à nouveau. *Brrat-rrat-rrat-rrat-rrat*. Ses lunettes de soleil tressautèrent sur son nez, il les renfonça d'un coup de pouce rageur. Une fumée noire jaillit du Messerschmitt au-dessus de lui, mais l'avion de chasse piqua vers le Catalina et tira à son tour. Il y eut les bruits de gouttelettes, et un craquement de verre brisé.

Edgar sentit une brûlure au niveau du bras droit, juste au-dessous de l'épaule. La sueur baigna son front. Il n'osait pas regarder. Il essaya de bouger son bras droit, y parvint. Bon.

La balle de mitrailleuse avait traversé le cockpit – un trou rond étoilé perçait la verrière – et s'était enfoncée dans la rembourrure du fauteuil, lui égratignant la chair. 3 centimètres plus à gauche, il aurait eu le bras coupé au niveau de l'épaule.

Le Messerschmitt avait disparu ; Edgar regarda vers le bas et en arrière ; une volte de fumée noire striait encore le ciel. L'avion de chasse était tombé.

– J'en ai eu un ! hurla-t-il dans le téléphone.

– *Où sont les deux autres ?* hurla Salomé.

Ahouizut, sursauta Edgar. Son bras saignait trop à son goût. Aveuglé par la boule jaune du soleil, il essuya la sueur d'une main, s'étala du sang partout sur le visage et se remit à scruter les airs.

Il allait téléphoner à Salomé pour lui annoncer que tout allait bien et qu'ils avaient disparu quand une plainte stridente venue du ciel déchira ses oreilles. Il faillit tomber de son fauteuil quand il vit l'un des Messerschmitt manœuvrer pour voler à sa hauteur – à quelques dizaines de mètres de là, planant dans les airs ! Par miracle, il eut l'idée de rester immobile, la tête penchée sur l'épaule, les yeux ouverts sans ciller, comme s'il avait été cloué sur son siège par la rafale qui avait failli lui cisailler le bras.

« Les cadavres ont toujours l'œil ouvert », un bath titre de roman policier, hein, mon petit Loiseau ?

Il vit l'un des équipiers du Messerschmitt porter des jumelles à hauteur du visage. *Ils vérifient que je suis bien mort. Et après ça, ils vont bousiller l'appareil.* Au moment où le type abaissait les jumelles et se tournait vers le pilote, Edgar se redressa, ajusta la mire du canon légèrement au-dessous du cockpit adverse et tira une rafale.

Il ne revit plus le type aux jumelles. En face de lui, des épaules et un cou sans tête s'agitaient en soubresauts, sanglés au siège. Aussitôt, l'avion décrocha. Edgar écarquilla les yeux et déglutit. Avait-il eu le pilote ?

Un choc dans la carlingue, venu de l'autre bord, lui rappela qu'il y avait un troisième larron quelque part derrière eux. Il s'extirpa du poste de mitrailleur gauche et se précipita vers celui de droite. Il avait l'impression de traîner un bloc de béton à la place de son bras : ça faisait un mal de chien. Le bulbe de verre saillant de la carlingue lui permit de voir une longue traînée de fumée noire au-dessus de sa tête, dans le sillage du Catalina. Il arracha presque le téléphone de la paroi.

– Ils ont eu le moteur droit ! brailla-t-il.

Il y eut un sursaut brusque. Un bruit de vaisselle cassée claqua dans l'air et s'évanouit aussitôt. Le troisième Messerschmitt demeurait invisible. La traînée de fumée s'estompa. Le téléphone grésilla à ce moment.

– *J'ai coupé le moteur droit*, cria Salomé. *Dites-moi si ça a marché… !*

– Qu'est-ce qui est supposé marcher… ?

– *L'incendie. Est-ce qu'il y a encore de la fumée ?*

– Non, plus de fumée !

– *Donc, l'incendie est éteint. On évite le pire. Vous le voyez, ce fumier ?*

– Le Condor ?

– *Oui.*

– Non, je ne le vois pas.

– *Je vais descendre en piqué, Edgar. Ça va secouer. Je vais descendre de 3 000 mètres s'il le faut, mais nous devons le déloger. D'ici, je ne vois rien, je ne peux rien faire, je n'ai vu que le premier avion tomber.*

–J'en ai eu un deuxième.

–Je compte sur vous.

Elle coupa la communication. Edgar se sangla sur le fauteuil. L'appareil piqua du nez et entama sa descente à une vitesse folle. Les secousses devinrent vite atroces. Un seul moteur fonctionnait ; le journaliste devina que les ailes risquaient de s'arracher sous la pression. Le moteur droit n'était plus alimenté en essence, donc en liquide inflammable : cette affaire était temporairement réglée… mais, poussé à bloc, le moteur gauche sifflait et les faisait dévier à tout moment de la trajectoire.

Trajectoire ? S'agit-il encore d'atteindre le Chili ? se dit Edgar, la main crispée sur sa blessure. *Non… Seulement de sauver notre peau…* Il regardait le ciel qui s'était mis à pencher. Même s'il découvrait le dernier salaud, avec un pareil piqué, leur appareil risquait de tomber comme une pierre. Et si par malheur l'aile parasol se déboulonnait de ses bras d'acier, au sol on verrait une fleur de feu s'élever de la mesa, précédée d'un choc sourd. Pour ce qu'il voyait de la terre qui se rapprochait, ces plaines du sud de l'Espagne étaient désertiques – il ne parvenait pas à focaliser suffisamment pour capter de l'œil la moindre bergerie ou ces points relevés par Salomé sur la carte. Personne ne serait là pour voir le feu d'artifice et, avant la nuit, tout aurait calciné. Les étoiles tranquilles se lèveraient sur un monde sans lui, car il aurait fondu avec le métal.

Ou alors, se dit-il encore, *le dernier Condor sera plus malin que son copain, et il se débrouillera pour me descendre moi, puis Salomé Declercq, et alors le Catalina volera jusqu'à ce qu'il n'y ait plus de carburant. Et ceux qui nous verront du dessous ne se douteront pas que notre avion est piloté par deux cadavres. Alors nous dériverons au-dessus de l'océan, et quand nous frôlerons la surface, une vague de 6 mètres frappera la carlingue – et ce sera la fin.*

Mille façons de mourir.

Mais pas maintenant, pitié.

21

Feuer

L'appareil creva la couche de nuages à 1 000 mètres du sol. Salomé aurait préféré qu'ils fussent moins épars – une couche épaisse aurait rafraîchi le moteur abîmé par le feu. Elle était descendue aussi vite que possible, mais si elle lâchait le volant qu'elle tenait d'une main d'acier, la barre de direction casserait et ils mourraient.

– Vous le voyez ? s'égosilla-t-elle dans le micro.

Mais Edgar n'avait-il pas fini par s'évanouir sur son siège, là-bas ? Au-dessous du Catalina, l'Espagne étendait ses dernières landes jusqu'à la mer. Si elle arrivait à Gibraltar, ils seraient en territoire anglais, et il était probable que le dernier Condor n'oserait pas les suivre au-delà. Le tout était d'y parvenir.

Voilà ; en quelques mots, c'était facile, mais quand on manœuvrait la barre de direction d'un appareil de 16 tonnes, le but s'éloignait, se brouillait, et dans ce brouillard fumeux on risquait de se heurter à un mur de montagne.

– Vous le voyez… ? hurla-t-elle encore une fois.

Elle tira désespérément sur les commandes pour redresser l'appareil et profiter du coussin d'air chaud juste au-dessus du sol, qui freinerait leur chute. Aucun miroir ne lui renvoyait l'image du dernier Messerschmitt. Il lui vint l'espoir fou qu'il eût abandonné la chasse, mais une petite voix lui murmura que ces Messerschmitt avaient été envoyés pour la descendre, et que le dernier ne s'arrêterait pas avant d'avoir accompli sa mission. Pour ce qu'elle en savait, les pilotes de la Légion avaient mis au point une technique particulière d'attaque, dont elle, Argol et les autres avaient longuement débattu quelques mois auparavant, à mesure que leur parvenaient les nouvelles du front espagnol. Les chasseurs Condor croisaient à 12000 mètres, et quand ils avaient repéré leur proie, ils plongeaient dessus à plus de 500 kilomètres/heure en ouvrant leurs mitrailleuses. Puis ils profitaient de la vitesse acquise en piqué pour remonter très haut, et ils recommençaient. Une courbe de Gauss mortelle; ils appelaient ça *boom and zoom*.

Aujourd'hui, les nuages ne leur avaient pas permis de monter à 12000 mètres, et ils n'avaient sans doute pas prévu la mitrailleuse d'Edgar. Salomé avait pris la décision de plonger elle aussi pour ne pas leur donner l'occasion de prendre leur vitesse : elle court-circuitait la courbe de Gauss.

300 mètres au-dessous, le sol défilait à 200 kilomètres/heure. À ce compte, atteindrait-elle même cap Juby ? Il ne fallait pas compter sur Dakar, hors de portée. Priant pour que le moteur droit ait suffisamment refroidi, elle le ralluma.

Il y eut une embardée ; en redémarrant, l'hélice avait-elle fait sauter tout le bloc-moteur ? Une chance sur deux. Une chance sur deux également de redéclencher un incendie avec un afflux d'essence dans le système. Une rage immense saisit Salomé. Blake était-il responsable de ce sabotage ?

Elle s'apprêtait à recontacter Edgar pour savoir s'il voyait de la fumée ou le chasseur, ou si l'hélice avait sauté, quand elle vit un point grossir à toute vitesse devant elle.

–*Je ne vois rien!* cria alors Edgar dans ses écouteurs.

Elle voulut hurler qu'elle le voyait, elle, qu'il leur fonçait dessus. Aucune mitrailleuse n'avait été installée dans le nez du Catalina. Le Messerschmitt ouvrit le feu, mais elle avait déjà tiré sur le volant pour relever l'appareil. Les balles se perdirent dans le coussin d'air dégagé par le déplacement du 16 tonnes. En face, l'avion de chasse allait trop vite. Il aurait pu se relever lui aussi, mais la collision aurait été inévitable.

– Feu ! cria Salomé au moment où le chasseur passait au-dessous de la carlingue.

Elle eut la sensation qu'Edgar avait tiré. Elle attendit. Puis elle ouvrit son microphone.

– Que s'est-il passé ?

– *Krr l'ai vu juste au-dessous*, lui répondit une voix au souffle court. *krr ouvert le feu. Je crois bien que je l'ai eu. Le pilote a sauté juste avant de heurter les arbres. Sauté sans parachute. Je l'ai vu bouger les bras et les jambes. L'avion s'est krr.*

– Y a-t-il encore de la fumée, Edgar ?

– *Dame, s'il y a de la fumée ? Oui, un gros tourbillon…*

Salomé sentit son cœur se serrer et examina le terrain qui déroulait ses champs et ses bosquets au sol. Où atterrir ?

– *… qui s'échappe du lieu du crash*, conclut Edgar.

– Loiseau, crétin ! Je vous parle du moteur droit.

– *Je ne vois rien.*

– Revenez à votre poste. Je vais devoir atterrir.

– *Mais s'il n'y a plus d'incendie ?*

– Revenez, je vous dis… !

Edgar revint. Salomé ouvrit de grands yeux quand elle vit le sang qui couvrait son visage. Il eut une grimace en montrant son bras.

– Ça va, il n'y a pas trop de casse, dit-il. Mais enfin, s'il n'y a plus de feu, pourquoi doit-on atterrir ?

– Le moteur a été touché. Je ne peux pas le pousser à bloc : regardez ça, je suis obligée de corriger le cap toutes les dix secondes pour compenser la différence de puissance entre les deux hélices. Impossible de tenir comme ça, et nous risquons de perdre de l'essence. Je dois vérifier.

–Nous allons perdre du temps !

–Nous en avons déjà perdu avec ce petit intermède comique.

–Vous n'avez droit qu'à trois atterrissages… Nous allons enfreindre la règle du jeu !

Salomé tourna la tête et regarda longuement Edgar.

–Elle a déjà été enfreinte.

L'avion atterrit en haut d'une colline à tête plate, au milieu de broussailles brûlées par le soleil. Dans le nuage de poussière qui entourait l'appareil, elle escalada l'aile et rampa sur les plaques de métal pour examiner le moteur. Edgar prit quelques clichés.

–C'est un miracle, dit Salomé, la balle n'a rien touché de vital. Seule l'arrivée d'essence est endommagée… Avec du scotch militaire, je devrais pouvoir réparer ça. Vous voulez bien me lancer le rouleau ?

Et elle cria encore de son rire joyeux dans la poussière de soleil :

–Un miracle !

22

Un mauvais cocktail

Ils passèrent au large de Gibraltar en fin d'après-midi. Dans cette région, le soleil surnageait encore au-dessus de la mer. Salomé régla la radio pour contacter la forteresse et signaler l'attaque des Messerschmitt, qui avait été lancée contre toute règle internationale. Les Anglais du Rocher se montrèrent indignés. Ils lui donnèrent courtoisement quelques indications au sujet de Blake, dont le Clipper se trouvait au large de l'Irlande, et probablement à 3 ou 4 heures de Terre-Neuve. Edgar estima la courbe de vol de Blake sur la carte et secoua la tête.

– Je n'arrive pas à comprendre. Vous êtes sûre que les Anglais ne vous ont pas raconté de craques ? S'il se dirige vers Terre-Neuve…

– S'il vole en direction de Terre-Neuve, le coupa Salomé, alors il est au-dessus de l'Atlantique. Il a choisi la route américaine. Souvenez-vous, nous en avons parlé le premier soir. Il se dirige vers New York. New York a plus de prestige que Dakar. Imaginez une arrivée dans une ville où les confettis pleuvent dès que vous mettez le pied à terre, la statue de la Liberté, l'horizon hérissé de buildings, la foule aux fenêtres sur mille étages, les fanfares, le maire qui vous remet la clef de la ville…

– On ne peut pas dire, soupira Edgar, ces Américains savent faire les choses !

À chaque seconde, les yeux de Salomé furetaient de cadran en cadran, vérifiant l'oscillation des aiguilles en cas de reprise d'incendie. Elle priait pour que la réparation tienne. Ils passèrent dans une échappée de nuages pendant une bonne minute ; Edgar essuya la buée sur sa vitre pour essayer d'y voir plus clair. Enfin, ils sortirent du moutonnement.

– Les Américains accueilleront Blake en héros et ça fera de la presse. Notre voie est plus aride, Edgar, vous avez intérêt à soigner vos articles si vous voulez que les lecteurs se passionnent.

– « Embuscade boche au-dessus de l'Andalousie », qu'en pensez-vous ? Je profiterai de l'escale de Dakar pour envoyer le premier reportage.

Salomé sourit. Puis elle corrigea le cap et échangea quelques informations avec Gibraltar. Edgar calcula les distances comparées.

– À 3 heures de Terre-Neuve ou à 4 heures, ça n'est pas la même chose. Combien de temps avez-vous mis pour réparer la fuite sur le moteur droit ?

– Moins d'une heure.

– C'est rageant. Dire que nous devrions être au-dessus du Maroc !

– Nous sommes encore vivants, Edgar. Ça n'est pas rien. Et c'est grâce à vous.

Edgar se rengorgea malgré lui.

– J'ai eu de la chance, c'est tout.

Salomé eut un sourire presque incrédule. Edgar se frotta le bras. Les rafales de mitrailleuses lui semblaient encore avoir résonné dans tous ses os, il était perclus. Il avait cependant trouvé de quoi bander sa blessure dans la boîte de secours.

Les Anglais, en sportifs, leur souhaitèrent bonne chance.

Ils quittèrent l'émetteur de Gibraltar et s'enfoncèrent dans le Maroc.

***

De la Méditerranée, ils n'avaient vu qu'une bande ; à tribord, c'était l'immense Atlantique, qu'Edgar n'arrivait pas à quitter des yeux. La vision du soleil lentement englouti par la mer faisait monter dans son ventre une sorte d'angoisse, amère comme un whisky coupé au white-spirit.

– Nous allons voler de nuit, comme ça, sans rien voir ?

– Aux instruments, Loiseau. Et les étoiles nous serviront de boussole.

– Oui, De Juin m'a parlé de ça… Mais je n'y connais franchement rien.

– Il suffit de voler à 3 000 mètres d'altitude – en espérant que les nuages ne boucheront pas le ciel de ce coin de la Terre. Dans 4 heures – si les réparations tiennent, si nous ne rencontrons aucun Messerschmitt –, nous sommes à Dakar.

– 4 heures seulement… ?

– Mais oui.

– Tout de même, Salomé… quelque chose me tracasse.

Elle tressaillit. C'était la première fois qu'il l'appelait par son prénom. Dans sa bouche, ça sonnait gentiment. Elle se tourna vers lui et le regarda avec une étincelle amusée dans les yeux.

– Quoi donc, Loiseau ?

– Vous n'avez pas dormi.

– C'est juste ; je vais le faire maintenant.

– Alors que la nuit tombe ?

Ils volaient en effet en direction de la bande noire de la nuit, qui montait de l'autre côté du globe et s'apprêtait à déferler sur le nord.

– On dort mieux la nuit, Freluquet. Que dites-vous de ça ?

– J'en dis que je n'aime pas cette idée.

–Vous avez vu comment on tient les commandes ? Le pilote automatique est enclenché. Vous n'avez qu'à rectifier la trajectoire de temps à autre. Gardez le sud-est, cap à 160°, et ça ira. Le sommeil hypnotique ne dure qu'une dizaine de minutes.

–Et si vous vous mettez à ronfler ?

–Vous me réveillerez. Vous n'aurez qu'à me donner une claque.

Salomé lui fit un clin d'œil et s'installa dans son fauteuil. Elle dézippa sa veste, ôta son casque de pilote et secoua la tête pour dégager ses boucles blondes. Puis elle tendit lentement le bras, le pouce dressé devant elle comme la mire d'un fusil. Elle prit quelques longues inspirations, et sa respiration se fit bientôt plus régulière.

D'abord, Edgar se tint raide comme une trique de fer, mais il s'aperçut à la longue que tenir un gouvernail et rectifier d'un degré quand nécessaire n'était pas de l'ordre de l'impossible. La sieste annoncée dura 16 minutes ; après quoi, Salomé s'ébroua et reprit les commandes. Elle tapota plusieurs fois l'un des bulbes de verre du panneau de contrôle. Edgar se tourna vers elle. Salomé semblait inquiète.

–Le carburant, dit-elle. La jauge indique un tiers de la réserve. On risque de tomber à court avant Dakar.

23

L'épine dorsale

L'avion ronronnait dans le crépuscule. Un peu avant la disparition du soleil dans l'ouest-océan, 3000 mètres au-dessous, Edgar vit le Sahara déployer sa plaine de sable qui courait sur 7000 kilomètres, du cap Blanc à Massaoua.

– Erreur ; ce n'est pas le Sahara, précisa Salomé. C'est le Haut-Atlas, qui le précède. Après quoi, nous entrerons dans le Grand Erg occidental, et alors ce *sera* le Sahara. J'aurais préféré suivre la route de la côte, mais Gibraltar m'a signalé des vents violents et je dois économiser le carburant. L'ennuyeux, c'est le djebel Toubkal.

– Le quoi ?

– Une montagne. Le Toubkal. Une haute montagne.

– De combien ?

– Un peu plus de 4000 mètres.

– Fichtre ! Et vous ne pourriez pas voler à, disons, 4500 mètres ? Histoire de ne pas taper dedans ?

– Non. Le plafond de notre coucou est de 4000. Le plafond maximal ; c'est-à-dire que j'ai le droit de *monter* jusqu'à 4000 mètres, mais pas d'y rester. La carlingue ne tiendrait pas la pression. Compte tenu de notre moteur droit, je ne peux pas prendre le risque de voler à cette altitude. Et le djebel nous dépasserait encore de 100 mètres. Il va falloir nous faufiler entre les sommets.

– Comment, « les » sommets ?

Salomé lui jeta un regard rieur.

– Le Haut-Atlas est une chaîne de montagnes, Freluquet. Vous ne vous figuriez tout de même pas que le Toubkal était sorti de terre tout seul sans rien autour ? Ce n'est pas un jeu de construction, mais de la géographie. Une épine dorsale, si vous préférez. La percussion de deux « plaques » de planète, comme dirait Holmes...

– Une grosse épine dorsale, alors.

– Certes.

– De 4000 mètres de haut.

– Tout à fait.

– Que nous devons franchir de nuit.

– C'est bien le problème. Mais je vous rassure, nous avons deux chances sur trois de passer à droite ou à gauche d'un pic ou de l'autre. Pour le reste du terrain, il s'agit de hauts plateaux.

– Ah, des plateaux. Des plaines, donc.

– Oui, des plaines surélevées.

– De combien ?

– De 2500 mètres en moyenne, d'après les relevés.

– 2500 ? C'est haut... !

– C'est pour ça qu'on les appelle « hauts plateaux », Edgar.

Les lumières du Catalina, répercutées de temps à autre par les nuages comme dans un miroir, venaient frapper la verrière du cockpit, puis s'évanouissaient. On aurait dit, songea Edgar, que des fantômes accompagnaient leur vol. Le bourdonnement des moteurs avait repris la place du silence.

Il étouffa un bâillement et essaya d'attraper son stylo coincé dans l'aération. Le stylo tomba en cliquetant au sol. « Bon sang ! » pesta Edgar ; puis il tira d'une poche de sa veste un second stylo qu'il fit cliqueter. Un rai de lumière en sortit. Dans l'ombre fumeuse, il paraissait presque solide.

– Lampe-stylo, hein ? dit Salomé.

– C'est le gadget nouveau, se rengorgea Edgar.

– Ce qui est ballot, c'est que vous ne pouvez pas écrire et éclairer en même temps !

Edgar examina son stylo et se gratta les cheveux. Une fois la nuit tombée, tout marchait au ralenti ou différemment. *Si j'écris, je me prends la lumière dans l'œil. Si j'éclaire ma feuille, je ne peux pas utiliser la mine.*

– Je n'y avais pas pensé.

Il éclaira le plancher pour récupérer le premier stylo et, sa lampe-stylo entre les dents, prit quelques notes. Puis il releva la tête et balaya la carte de sa lumière.

– On ne soupçonnerait pas, dit-il.

– Quoi donc ?

– Que ces montagnes ou ces plateaux sont si hauts, si infranchissables. Sur la carte, ce ne sont que des lignes…

Les hélices battaient l'air au-dessus d'eux à grands coups de pales. Salomé examina Edgar et la carte.

– Mon cher Loiseau, une carte, aussi précise soit-elle – comme celle que vous êtes en train d'examiner – n'est qu'une plate feuille de papier… Elle rend compte de la hauteur ou de la profondeur, mais elle ne rend compte ni de la pluie, ni du soleil, ni des cavités d'ombre, ni du bon vivre d'une crique oubliée, ni de l'âme des habitants, ni des naissances, ni des deuils, ni du temps qui passe…

Edgar hocha la tête en regardant par le cockpit.

– Ni de la nuit, murmura-t-il.

– En effet, dit Salomé. Mais nous avons de la chance, la nôtre est claire.

Entre deux dégagements de nuages, le ciel laissait apparaître des myriades d'étoiles qui couraient le long de la courbure terrestre.

– Notez quand même, susurra Edgar, qu'on ne voit pas ce qu'il y a au sol.

– C'est encore vrai, dit Salomé. Aussi devrais-je descendre pour examiner le terrain d'un peu plus près.

Elle abaissa le volant et entama la descente. Il y eut une série de bruits secs. Salomé tourna la tête.

– Tiens, pourquoi claquez-vous des dents ?

– Qu-qu'est-qu'est, qu'est-ce que vous faites !? Remontez... !

– Je vais stabiliser le vol à 2 800, Loiseau.

– Mais nous risquons de donner en plein dans le Toubkal et ses copains !

Salomé eut un rire clair.

– Voilà ce qui va se passer, Freluquet. Je vais voler à 300 ou 400 mètres au-dessus du sol. De cette façon, j'aurai devant moi l'horizon.

– Vous n'aurez rien du tout ! Seul le drap noir de la nuit...

– Vous savez ce qui m'ennuie, Edgar ? fit Salomé, soudain chagrine.

– Que nous allons nous écraser d'un instant à l'autre ?

L'altimètre indiquait à présent 2 800.

– Non. Que *Paris-Soir* m'ait refourgué un poète plutôt qu'un froid journaliste. Réfléchissez un peu : le ciel est dégagé, il n'a rien d'un « drap noir ». Compris ? Sur ce fond clair, les montagnes découpent leur masse sombre. Je peux distinguer leur silhouette comme en plein jour. Voyez vous-même.

Edgar essuya la sueur qui coulait de son front.

– Certes. J'aperçois les montagnes au fond. Mais « comme en plein jour » me semble exagéré.

– Heureuse de vous voir revenu à la raison, mon ami, ricana Salomé. À présent, il n'y a plus qu'à chercher un passage. Le Toubkal est sur notre gauche.

Edgar remarqua à ce moment une masse immense adossée contre le ciel bleu nuit – le djebel Toubkal, table de pierre plantée par quelque titan dans son socle de calcaire des milliers d'années auparavant. Ils survolèrent bientôt les premiers hauts plateaux et se dirigèrent vers la première passe entre deux montagnes.

– Regardez, dit Salomé à Edgar, lui montrant du doigt le flanc des montagnes. Ils ont allumé les balises.

Edgar retint un frisson. En diagonale, des lumières jaunes s'étageaient le long de la montagne.

– Qu'est-ce que c'est ? murmura-t-il.

– Un peuple des montagnes, dit Salomé. Les Amazighes.

– Alors l'endroit est habité ?

– À l'évidence, Loiseau.

– Vous les connaissez ?

– J'ai dû atterrir il y a quelques années sur une hamada – un plateau rocailleux –, de l'autre côté des montagnes. Ce sont les Amazighes qui m'ont secourue, ainsi que mon mécanicien.

– L'oiseau de fer ne les a pas effrayés ?

Salomé leva les yeux au ciel.

– À l'époque, Freluquet, les aéroplanes étaient construits en bois et en toile goudronnée. Du reste, ce n'était pas le premier qu'ils voyaient.

– Qu'est-ce qui a causé l'accident ? Les Allemands ?

– Mais non. Les courants ascendants nous ont rabattus contre la montagne, j'ai failli y perdre une aile. Et quand j'ai atterri en urgence, le train d'atterrissage s'est brisé.

Ils entrèrent dans la passe. Au-dessous d'eux, les montagnes plongeaient leur tablier de pierre dans un bain de nuit. Une embardée fit trembler la carlingue. Edgar lança un regard inquiet à Salomé.

– Les fameux courants, dit-elle. Nous n'allons pas y échapper.

Ils longeaient maintenant le flanc des montagnes. Edgar eut l'impression que s'il se penchait par la vitre, il pourrait cueillir les lumières au creux de sa paume.

Le vent fit à nouveau trembler le Catalina. Les lumières décrivirent une arabesque puis revinrent à leur point de départ. À la longue, elles disparurent.

Son regard se fixa à nouveau sur le cap de l'appareil, qui suivait le chemin au milieu de la passe, entre deux pics, à près de 250 kilomètres/heure. Devant eux se tenait une plaque de nuit bleue vers laquelle Salomé fixait le cap. Entre les deux sommets, une courbe ornée d'un millier d'étoiles.

24

Le siphon de Venturi

Bientôt les courants d'air empoignèrent l'appareil, et durant 20 minutes, les rafales le malmenèrent sans relâche. Le vent, ténu dans les hautes plaines, prenait de la force dans les étranglements de montagne, et son courant s'accélérait jusqu'à la sortie, dans une autre haute plaine. Cette accélération était renforcée par les chocs thermiques car, dans ces lieux déserts, le soleil faisait régner une température de 40 °C, qui tombait à 0 pendant la nuit ; ainsi donc, toute chose saine dépendant d'un équilibre, celui-ci était rompu en moins de 3 heures, et le vent tournait à la folie.

Le Catalina se cabra plusieurs fois malgré ses 16 tonnes. Le vent roula autour des ailes et prétendit les plier, mais cette fois il s'agissait d'acier, pas de toile de goudron. Le roulis donna cependant la nausée à Edgar, qui s'accrochait à l'horizon bleu droit devant, et à sa ceinture. Malgré le bruit des moteurs, ils pouvaient entendre le vent hurler un obsédant *no pasaràn* en longeant la gorge. À chaque instant, le journaliste s'attendait à voir des mains surgir de la nuit, des mains énormes attraper l'appareil par la queue et par le nez, et le casser en deux comme une branche de bois mort. Comme dans un rêve, il guettait ces mains fantômes dans la nuit.

Salomé agrippait le volant, obsédée par la résistance des hélices, surveillant leur régime à chaque seconde. Le

Toubkal était la première alerte topographique. Le vent venait de l'arrière, c'était préférable, même si elle savait que l'appareil résisterait à un vent de face de 100 kilomètres/heure. Tout cela avait été testé à Chalais-Meudon. Toutefois, Chalais-Meudon était loin, à des éons de distance. Il n'y avait plus ici que la montagne, la plaque de nuit, le raclement des hélices contre le vent.

Un caprice du vent à la sortie du goulet faillit jeter le Catalina contre les murs de roche ; mais Salomé se méfiait et sut parer le danger. Elle louvoya au milieu des courants paradoxaux. Un dernier coup de vent fit trembler toute la carlingue. Edgar se vit tomber, toujours attaché à son siège ; mais ils venaient de sortir de la dernière passe.

L'appareil, expectoré par les montagnes, semblait à présent planer dans les eaux calmes du ciel.

Enfin ils se trouvèrent face à un paysage inouï, une plaine immense éclairée par la lune et parsemée d'aérolithes.

En plein milieu du reg lunaire, à 400 mètres au-dessus du sol, Salomé énonça d'une voix nouée :

– Calculez notre distance d'ici à cap Juby. À présent, c'est une certitude : nous n'aurons jamais assez d'essence pour atteindre Dakar.

25

Par degrés

Ce fut à ce moment du voyage, 12 heures après le départ, qu'Edgar comprit pleinement qu'il n'était pas près de redormir dans un lit au matelas rembourré, aux draps lavés de frais. Au lieu de ça, le cuir dur de son siège dans le cockpit, et son veston de lin râpeux. Il commença à somnoler, et dans son rêve, il courait après un gros oreiller qui s'enfuyait en trottant sur ses coins.

Le passage du Toubkal n'avait pas été une mince affaire : cent fois il s'était cru mort, cent fois il avait vu la frêle carlingue jetée contre la montagne et leurs deux corps tombant dans le vide jusque dans un fourré inconnu de toutes les cartes. Après le Toubkal, n'aurait-on pu envoyer un message à Blake ? « Avons failli caner, stop. Demandons pause dans le jeu, stop. Reprendrons les hostilités demain après neuf ou 10 heures de bon sommeil, stop. »

Mais non, à l'évidence. Et maintenant, la jauge d'essence faisait des siennes, il fallait se détourner loin de Dakar, la capitale des environs, pour gagner cap Juby. Pour ce qu'il en savait d'après les reporters des Affaires coloniales, cap Juby était une vilaine paillote bourrée de sauvages où l'on risquait au mieux de se faire enlever contre rançon, au pire de rôtir à la broche.

Il calcula la distance de leur position à cap Juby, et tira les conclusions suivantes :

* Ils étaient à 300 kilomètres de cap Juby, soit une heure de vol.
* De cap Juby à Dakar, on comptait environ 1 000 kilomètres, soit 3 à 4 heures de vol.
* S'ils atterrissaient au cap, ils n'auraient pas à parcourir ces 1 000 kilomètres.
* Mais il faudrait alors ajouter ces 1 000 kilomètres à la prochaine étape – la traversée de l'Atlantique.

Edgar n'avait pas oublié ce qu'avait dit Salomé : c'est là que Mermoz était mort – l'un des meilleurs pilotes de son temps. Ajouter des kilomètres au-dessus de l'océan, n'était-ce pas une mauvaise idée ?

– Vous êtes sûre de votre coup ? demanda-t-il à Salomé.

– Mon cher Loiseau, nous n'avons pas le choix. Nous avons été à ça de perdre un moteur, et nous avons gaspillé de l'essence. Des centaines de litres. Vous ne tenez pas à vous écraser quelque part entre le Cap et Dakar, au milieu des dunes ?

– Non. Mais je ne tiens pas non plus à disparaître au milieu de l'Atlantique.

– Écoutez, mon vieux, dans ces sortes d'affaires, on prend les problèmes les uns après les autres. Et des problèmes, il y en a toujours. Pour ce qui est de l'Atlantique, comme dit je ne sais plus quel grand philosophe, on verra bien.

Il restait 36 heures de vol. Edgar eut l'envie fugace d'enfiler son parachute et de sauter, mais 400 mètres de hauteur, ça faisait beaucoup… Il eut une pensée pour le pilote du troisième Messerschmitt qui avait sauté sans parachute à 100 mètres du sol. Celui-là, il avait dû prendre un rude coup sur le casque en atterrissant.

Edgar examina le terrain qu'ils survolaient, à la clarté de la lune. S'il avait dû sauter maintenant, passé la jubilation de quitter la cahute de fer, il se serait retrouvé fin, à crapahuter dans ce désert, une dalle carrée et plate semée de cailloux gros comme le poing. Un caillou tous les 30 centimètres, 2 000 kilomètres de côté, pas un arbre, pas un ruisseau, personne. Oui, mieux valait rengainer le parachute.

Pendant que son cerveau triait ces idées, les lui présentant comme on retourne les cartes d'une pioche, il rédigeait son article.

« J'écris actuellement ces mots sanglé sur mon siège de copilote, ma lampe entre les dents. Il fait froid, à ces altitudes ; on ne le dit pas assez. Il n'y a pas de lit. Pour faire sa toilette, un gobelet d'eau. En guise de machine à écrire, les touches du pilote automatique, une série de boutons conditionnant l'allumage des moteurs. Si je touche à l'un de ces boutons, j'éteins un moteur ou je coupe le carburant. Vous voyez si je ferais mieux de me tenir tranquille !

J'ai dormi un peu, enroulé dans une couverture, sur un siège pivotant, avec pour lampe de chevet le fuselage d'une mitrailleuse Browning. Il faisait 6 °C au-dessous de zéro. Ce sont les frelons qui m'ont réveillé : j'en reparlerai bientôt. Notre bibliothèque, ce sont nos mémoires et notre conversation.

La salle de presse ? Ah ouiche : la paume de ma main, sur laquelle j'appuie mon carnet de bord. Ces mots arriveront-ils à Paris ? Mystère. Quant à nous, nous serons quelque part au-dessus de l'Atlantique, 300 kilomètres/heure, vitesse de croisière.

Croisière… ? Qui a dit croisière ? Croisière appelle « de tout repos ». Parlez-moi de repos ! Ce ne sont plus des danseuses ou des cigarières qui vous font coucou depuis l'Espagne, mais des Messerschmitt, et à coups de mitraillette […]. »

Un lourd silence pesait dans la cabine. Il tenta de contacter cap Juby, mais seuls des grésillements lui répondirent. De temps à autre, il levait les yeux pour voir si Salomé ne s'était pas endormie sur le volant. Mais Salomé ne dormait pas.

26

Comète

Un peu avant le cap, le moteur droit dérailla. Le scotch militaire qui faisait tenir l'arrêt d'essence avait dû brûler, et ses lambeaux devaient boucher un tuyau ou quelque chose de ce genre. Le Catalina se mit à osciller et à rouler.

Dans le cockpit, deux ou trois voyants rouges clignotaient frénétiquement. Salomé réduisit le régime du moteur – dont l'hélice ne battait plus que faiblement –, puis tenta de la faire repartir à plein régime… En vain.

– Est-ce que vous voyez les balises de la piste ? lança-t-elle. Dès que vous les voyez, guidez-moi !

– Balises, quelles balises… ?

Edgar eut beau ouvrir les yeux à les faire sauter hors des orbites, il ne voyait rien d'autre que la lune blafarde et la terre constellée de roches. Plus loin, le sol s'arrêtait – il semblait tomber dans le vide – et une nappe noire prenait toute la place. Il estima qu'il s'agissait de la mer, car, selon Salomé, cap Juby était situé à 20 mètres de la plage.

Pas de balises. Edgar se demanda comment le Catalina faisait pour tenir en l'air comme ça avec un seul moteur.

– Tenez-vous, nous allons atterrir ! lança encore Salomé.

Edgar se dit qu'il avait sa réponse. Il se dit ensuite qu'il allait une fois encore calculer la position de l'appareil d'après le chemin parcouru, et il cherchait la règle de Cras qui avait glissé quelque part entre ses jambes quand le Catalina heurta le sol et fit rebondir au plafond tout ce qu'il contenait de caisses, de règles de Cras et de passagers.

Puis l'appareil cessa de rouler.

Salomé laissa tomber sa tête sur le volant, qu'elle tenait encore des deux mains. Elle haleta à petits coups, puis se redressa. La première chose à faire était de vérifier les trains d'atterrissage. Le sol parsemé de cailloux pointus avait peut-être endommagé les pneus.

Ils se dégagèrent de leur siège et, étourdis par le choc, sortirent dans la nuit et le désert. Salomé dévala l'échelle et courut vers les trains d'atterrissage. Edgar demeura en haut des échelons un court instant, inspirant à fond. L'air était froid, purifié par le sable et le sel.

Le paysage lui apparut sous la lune, une plaine de cauchemar immense, blanchie par la lumière pâle, sur laquelle les roches arrondies ressemblaient à un champ de tortues endormies, figées là par la nuit.

– Alors ?! cria Salomé. Surtout ne venez pas m'aider !

Il s'ébroua et la rejoignit.

– Je crois que ça va, soupira-t-elle. Mais je dois examiner le moteur. Montez avec moi sur le toit et surveillez les environs. Ici, les tribus de Bédouins sont hostiles. Ils n'hésiteraient pas à nous tuer. Ils ont dû entendre l'avion. S'ils se sont mis en route, nous n'avons pas beaucoup de temps devant nous.

Edgar gravit l'échelle qui menait sur l'aile et s'y installa, grelottant. Salomé le suivit et s'engagea sur l'aile pour examiner le moteur droit à la lampe de poche. Elle poussa un cri.

– Que se passe-t-il ? cria en retour Edgar.

– Il y a eu des dégâts, lui répondit Salomé. Où avons-nous atterri ?

– Pas loin de cap Juby, pour ce que j'en sais. Vous parlez d'un accident !

– Le véritable accident, à mes yeux, c'est de mourir dans son lit. Allez chercher les fusées !

– Les quoi ?

– Les fusées d'alarme. Il y a un pistolet dans le compartiment de secours près du poste radio.

Edgar grommelait en redescendant. Il n'avait aucune idée de ce dont parlait Salomé. Cependant il trouva dans le compartiment une sacoche de cuir, qui contenait un étrange pistolet à canon de large diamètre ainsi qu'une boîte de cartouches calibre 12. *Fusées éclairantes. Chobert, 16 rue Alfred-Nobel, Paris*.

16, rue Nobel ? Il dut se creuser un peu avant de retrouver ce que ça lui disait. Voilà :

« Cambriolage au dépôt de munitions du 16, rue Alfred-Nobel. C'est la nuit. Pour mieux y voir, les bandits allument des briquets. Tout saute. »

Une de ses premières brèves ! Incroyable. Il eut un ricanement, puis revint avec la sacoche, qu'il tendit à Salomé. Elle la lui arracha presque des mains et, à genoux sur l'aile, elle s'employa aussitôt à charger l'arme. Puis elle se tourna vers Edgar.

– Apportez la mallette à fusils. On ne sait jamais.

Edgar se précipita à nouveau dans la cambuse. Au moment où il regrimpait à l'échelle, il entendit un claquement sec et, par réflexe, leva la tête ; au-dessus de lui, à 300 mètres, une fusée venait d'exploser et se consumait à bout de parachute. La lumière rouge scintillait, lentement déviée par la brise de mer.

Ils déplièrent les fusils, les chargèrent et attendirent, assis en tailleur, la crosse entre les cuisses. Edgar avait les nerfs à vif. Le moindre cri de piaf dans la nuit le faisait sursauter horriblement. Lui qui ne fumait que par coquetterie eut une envie atroce de tirer deux ou trois cigarettes coup sur coup. Il passa la main sur son menton ; ses doigts furent piquetés par les poils de barbe qui s'apprêtaient à percer le derme. Il souffla, comme rejetant un nuage de fumée. Ce que c'était que grandir.

Non, corrigea-t-il, *pas grandir. Avec un fusil entre les mains, guettant quelqu'un à qui casser la tête d'une balle : « vieillir ».*

Salomé attendit que la première fusée se fût éteinte, rechargea, brandit le pistolet en direction de la lune qui les surmontait, et tira encore.

Puis elle tira une troisième fusée.

Edgar souffla une autre bouffée imaginaire. *Qui de nos officiers ou des Bédouins cannibales allons-nous attirer les premiers ?*

Quand il vit le nuage de poussière arrivant du large, il affermit sa main gauche sur le canon de métal de son fusil.

27

Le camp d'ombre sous la lune

La poussière tourbillonna et s'épaissit à mesure que les intrus approchaient ; puis dans le vide du paysage, peu à peu, le ronronnement agressif de moteurs poussés à fond prit toute son ampleur. Quatre faisceaux de lumière les aveuglèrent.

– C'est peut-être un mirage, indiqua Salomé. Il y en a de sophistiqués.

– Deux personnes peuvent-elles voir le même mirage ?

– Je n'en ai jamais entendu parler.

Le nuage et le bruit des moteurs enflaient avec régularité. Les engins motorisés devaient se trouver à 2 kilomètres environ, mais sur ces étendues planes, les distances sont toujours faussées, ce pouvait être plus loin. Salomé tira une autre fusée. Il lui sembla que les véhicules bifurquaient vers le point lumineux, comme s'ils avaient d'abord cherché leur route en aveugle. Salomé retourna dans le cockpit et alluma les feux de position du Catalina.

– Ce n'est pas dangereux ? souffla Edgar.

– Vous voulez dire : et si nous attirions les Bédouins ?

– Oui.

Salomé examina l'horizon blafard, la main en visière.

– À moins qu'ils n'aient dérobé les voitures blindées de cap Juby et appris à conduire dans la foulée, ces véhicules appartiennent à nos hommes.

Après une série de virages pour éviter les blocs de roche, deux véhicules blindés finirent par approcher de leur position. Les quatre faisceaux se braquèrent sur le Catalina, courant le long de la carlingue mécanique, puis les véhicules stoppèrent dans un rugissement de moteurs, les canons dressés vers le ciel.

– On croirait un engin venu de l'espace ! cria quelqu'un. Êtes-vous Salomé Declercq ?

– Oui ! répondit Salomé. Comment le savez-vous ?

Les hommes descendirent et vinrent vers eux.

– Nous avons intercepté des messages de Gibraltar indiquant votre position. Dans le désert, on entend un son à des kilomètres. Un appareil de ce calibre ne passe pas inaperçu, même dans le ciel de nuit. Nous vous avons suivie au radar.

Salomé et Edgar descendirent de l'échine de l'appareil.

– Capitaine Maxime Bonnafous, dit l'officier en serrant la main de Salomé. En charge du fort de cap Juby. On peut vous aider ?

– Nous devons faire vite. Le moteur droit est en rade, j'ai besoin de quelqu'un pour le réparer. Il faut un poste de soudure. Et de quoi remplir les réservoirs.

Le capitaine ordonna à l'un des quatre soldats qui l'accompagnaient de téléphoner à cap Juby. Le soldat déploya l'antenne d'un émetteur de campagne.

– Il y a un mécanicien d'expérience sur place, confia le capitaine à Salomé. Il connaît bien les avions.

***

Il y eut du café chaud servi sur une table portative, une collation froide, une tente dressée, d'autres soldats, deux « automitrailleuses de découverte » Panhard et la citerne d'essence. Ils rechargèrent les réserves d'eau potable, puis entourèrent le Catalina de projecteurs. Le mécanicien aida Salomé à réparer le moteur droit, à changer l'arrivée d'essence.

– Un miracle qu'il ait tenu jusqu'ici, murmura-t-il.

Ils firent une tentative de démarrage ; l'hélice se mit à tourner souplement avec un bruit de frelon. Salomé essuya la sueur et le cambouis qui coulaient de son front. Par acquit de conscience, le mécanicien insista pour réviser l'appareil ; il examina la carlingue, trouée en quelques endroits bénins, et les réservoirs d'essence, épargnés par les balles des Messerschmitt. Quand il en vint au poste de radio, il voulut effectuer quelques réglages puis secoua la tête d'un air désolé. Il ouvrit le panneau de contrôle et montra à Salomé ce qui clochait : les câbles électriques correspondant à l'émetteur longue distance avaient été sectionnés.

– Du sabotage ! souffla Edgar.

Salomé ferma brièvement les yeux et se revit au-dessus de l'Espagne, essayant d'envoyer un appel au secours. Ensuite, les grésillements prirent toute la place du souvenir et l'image se racornit, brûlée. Elle rouvrit les yeux.

Edgar prit quelques photos, avant de s'installer sur l'aile parasol. Le temps que le mécanicien procède aux derniers contrôles de routine, il acheva de griffonner son article. Enfin il sauta à bas de l'appareil.

– Capitaine, quelqu'un s'occupe de radio, ici ?

– Oui, dit le capitaine. Le radio.

– Je dois lui donner quelque chose. C'est urgent.

Le capitaine jeta un regard interrogateur à Salomé, qui hocha la tête. Il fit venir le radio.

– Pouvez-vous prendre ça, mon vieux ? C'est pour *Paris-Soir*. Il faut l'envoyer dès que possible à Paris.

– Paris, grommela le radio, vous trouvez pas que c'est un nom qui sonne bizarre, ici ?

Il fit claquer ses talons et s'en alla en courant jusqu'à la voiture-radio, accompagné par le capitaine.

Salomé les suivit du regard. Sur le chemin, les hommes s'activaient ; des patrouilles de deux quadrillaient le secteur, guettant l'arrivée possible des Bédouins.

Edgar sauta de l'aile, rejoignit Salomé.

– Dites, c'est sérieux, cette histoire de Bédouins ?

– Ils font des razzias dans la région, répondit Salomé. Les hommes sont sur leur garde, j'imagine.

– Ils font des razzias dans une région qui leur appartenait et qu'on leur a, disons, empruntée. Je me trompe ?

Salomé regarda Edgar avec une lueur étrange dans les yeux.

– C'est le jeu cruel de la colonie, Loiseau. Non ?

– Mais si. Et c'est pour ça, après tout, que nous essayons de griller Blake. L'empêcher de coloniser.

Salomé se détourna, examinant la scène qui se déroulait autour d'eux. Les patrouilles, les hommes chargeant des fusils et les pointant à tout moment vers les rochers immobiles, les canons des automitrailleuses…

– C'est vrai, murmura-t-elle.

Edgar reprit, véhément :

– S'ils approchent, les Bédouins n'auront aucune chance. Vous savez quoi ? C'est comme les loups. On les craint depuis des siècles, mais en réalité, quand on regarde bien, on s'aperçoit qu'ils essaient d'éviter l'homme autant que possible. Les Bédouins ne viendront pas.

Salomé tomba sur Edgar, qui la rattrapa dans ses bras, affolé. Que se passait-il ? Il se pencha sur son visage, elle avait fermé les yeux. Elle ronfla soudain un grand coup au nez d'Edgar, qui faillit la lâcher de surprise. Elle ouvrit les yeux et éclata de rire.

– Qu'est-ce que vous trafiquez ? grommela-t-il.

– Vous m'avez endormie, Edgar, avec vos salades !

Elle se redressa et lui décocha un *jab* léger de boxeur dans les pectoraux.

– C'est malin, grommela Edgar.

Le capitaine Bonnafous revint, l'air futé, l'œil plissé, le fusil prêt à canarder le Bédouin. Il allait dire quelque chose quand un bruit de moteur l'interrompit. Le camion-citerne arrivait, manœuvré par trois hommes et grinçant de tous ses essieux. La lune surveillait ce manège étrange. Un grondement indiqua bientôt le chargement de carburant. Salomé se tourna vers Bonnafous.

– Je vous remercie, capitaine.

– C'est un honneur, mademoiselle, répondit le capitaine. Sauf votre respect (il montra du pouce le Catalina derrière eux), que vous soyez vivante après cet atterrissage… ça tient du prodige.

– Vous m'en direz tant ! Avez-vous des nouvelles de Blake ?

– À l'heure qu'il est, il doit approcher de New York. C'est ce qu'indiquait le dernier bulletin d'informations.

– On parle de cette histoire même en Afrique ? intervint Edgar.

– Même en Afrique, monsieur, lui répondit le capitaine ; partout où la civilisation a posé sa marque.

Puis il se tourna à nouveau vers Salomé.

– Où en êtes-vous de votre programme ?

– Je suis en retard, dit-elle. À l'heure qu'il est, je devrais être à Dakar. Pouvez-vous faire suivre cette feuille de route à Paris ? Ils doivent être mis au courant d'urgence.

Salomé tendit à Bonnafous un document sur lequel elle avait résumé les événements du parcours. Bonnafous acquiesça, l'air important – le petit capitaine d'une province perdue devenait un rouage de la course Blake/Declercq.

– Pour autant que je sache, signala le mécanicien qui revenait des soutes et s'essuyait les mains dans un grand chiffon noirci, vous pouvez y aller.

– Alors nous y allons, dit Salomé.

Sous les projecteurs, son visage était blanc comme la craie. Ils se serrèrent la main. Pendant les réparations, les hommes avaient été à pied d'œuvre pour dégager une bande de terrain, un ballet d'automobiles à larges pneus charriant des roches et les déversant s'était organisé. Les opérateurs du camion-citerne achevèrent de pomper l'essence dans les réservoirs du Catalina. Enfin, les véhicules s'écartèrent de la voie.

Bonnafous leur fit un petit signe sous la lune, les documents serrés dans son poing et claquant à la brise. Edgar et Salomé s'installèrent dans le cockpit. Elle redémarra les moteurs. Quand ils eurent chauffé, elle lança l'appareil sur la piste improvisée. Les soldats saluèrent son passage. Il y eut une longue traînée de sable. Malgré lui, Edgar se cramponna au siège.

Devant eux, une ligne blanche commençait à séparer les eaux de la terre : l'aube. Ils décollèrent.

Il s'était écoulé 4 heures entre l'atterrissage et le départ de cap Juby. Une règle avait été une fois de plus enfreinte, mais s'agissait-il encore des règles ? Car désormais, plus rien n'irait comme prévu.

28

La théorie des heures

–Des îles, à droite !

–À 3 heures, Loiseau. On dit « à 3 heures ».

–Des îles à 3 heures !

–Les îles du Cap-Vert, mon bon Loiseau.

Edgar déplia la carte à la bonne section et déchiffra : *Arquipélago de Cabo Verde*.

–Ce qui signifie que nous avons passé le tropique du Cancer ?

–Précisément. Si nous avions poussé jusqu'à Dakar, nous aurions survolé Villa Cisneros, capitale du Rio de Oro. Le fleuve d'or est le désert de sable. C'est là que coupe le tropique.

–Ce qui signifie que nous nous dirigeons droit vers l'équateur.

–Quand nous serons à Natal, nous serons au-dessous de l'équateur.

Edgar posa la carte sur ses genoux et porta le regard en direction des îles 1 000 mètres en contrebas, au large. Le temps était clair et bleu, pas un nuage. Sans effort, Edgar discerna de longues plages de sable blanc bordées par un bois de palmiers, l'eau couleur mers du Sud. Il soupira.

–Qu'avez-vous ? demanda Salomé.

–Je vais vous dire, répondit Edgar. J'avais prévu de prendre un bain en arrivant à Dakar. Un bain de mer. Et maintenant, c'est fichu.

–Oui, dit Salomé. Vous pouvez toujours vous passer les aisselles au savon et rincer avec le gobelet. L'un dans l'autre, ça vaut peut-être mieux que l'eau du port de Dakar et la rouille des cargos !

–Un gobelet, ça n'a rien à voir avec un bain de mer.

–Vous n'avez qu'à mettre du sel dans l'eau, ça fera le même effet. Si vous le buvez, imaginez que vous buvez la tasse. Mais j'y pense, vous voulez que je détourne la mission pour que vous piquiez une tête ? Une petite heure !

–Et pourquoi pas ?

Salomé éclata de rire.

–Allons, dans moins de 8 heures théoriques, nous serons à Natal… Vous y trouverez bien une baignoire.

Edgar soupira et se détourna du panneau de verre par où il voyait les îles s'éloigner.

–« Théoriques » ? Je n'aime pas beaucoup ça.

–Si nous avons de la chance, le ciel restera bleu et nous traverserons sans encombre. Sinon, le ciel sera noir.

–Prions pour avoir de la chance…

–Beaucoup de chance, en réalité. Priez tant que vous voudrez, Loiseau. Mais pour ne rien vous cacher, je n'ai jamais vu de ciel bleu dans la zone atlantique aux abords du Brésil. Vous feriez mieux de vous faire à l'idée. Cela étant, ce problème est prévu. Il fait déjà partie de la carte de vol.

À grands froissements, Edgar chercha fiévreusement sur la carte. L'Atlantique brésilien était quadrillé sur fond blanc comme tout le reste. Où étaient les nuages noirs… ?

–De *ma* carte de vol, précisa Salomé. D'ailleurs, plutôt que de penser à vous baigner dans un lagon, que diriez-vous de piloter l'appareil pendant que je fais un somme ?

–Bon, dit Edgar. Je vais régler le cap sur le pilote automatique.

–Ah non, mon cher Freluquet ! Cette fois-ci, vous pilotez vraiment.

– Comment ça… ? Je ne sais pas piloter, moi !

– Vous ferez comme tout le monde : vous apprendrez.

– Très bonne idée. Mais plus tard !

– Non. Maintenant.

Salomé coupa le pilote automatique et lâcha le volant. Aussitôt, l'appareil commença à piquer du nez.

– Direction le bain, dit Salomé avec un sourire en coin. Attention, cependant : si nous piquons trop vers la mer, vous n'arriverez pas à le redresser à temps !

Edgar, les yeux fous et les dents découvertes, attrapa le volant qui était devant lui et tira pour redresser.

– Vous êtes devenue folle !?

– Pas mal ! dit Salomé. Mais je ne vous ai pas demandé de grimper : stabilisez. Doucement.

Elle porta la main sur les commandes et corrigea ; Edgar, en serrant le volant, lui attrapa le petit doigt. Salomé eut une grimace, mi-douleur, mi-amusement, et laissa le petit doigt. Edgar rougit. C'était bien sûr la concentration.

Salomé murmura :

– Comme ça. Nous allons garder le cap sud-sud-ouest ainsi qu'une vitesse de 300 kilomètres/heures, altitude 3 280 pieds, soit 1 000 mètres.

Edgar s'ébroua. Il n'avait rien entendu, rien compris. Autre chose l'occupait, qu'il ne comprenait pas vraiment. Puis il reporta son regard sur les appareils.

L'aiguille oscillait sur la boussole.

– Bon sang, mais ça bouge tout le temps !

– Qu'est-ce que vous croyez, mon petit Loiseau… ? L'air est comme l'eau : oui, ça bouge tout le temps. Essayez de sentir les courants. L'effort du pilote est de stabiliser. Si vous gigotez, vous perdez du carburant. Si vous plongez, vous mettrez du temps à redresser : 16 tonnes, ça pèse lourd. Si vous montez en relevant trop l'appareil, vous risquez d'atteindre le point de décrochage.

– Dans ce cas nous tombons, c'est ça ?

– Comme une brique. Et si nous tombons de haut, l'appareil aura été démembré et éparpillé par la pression combinée à la vitesse avant même d'avoir touché l'eau.

La main de Salomé appuya doucement sur les commandes pour corriger la trajectoire. Edgar frissonna.

– Donc je reste à 3 280 pieds, soit 1 000 mètres ?

– Exactement.

– Et je ne bouge pas de cet axe.

– Pas d'un poil.

– À 1 000 mètres d'altitude, nous ne serons pas démembrés si nous tombons ?

– Pourquoi voulez-vous qu'on tombe ? Vous vous en tirez correctement.

– On ne sait jamais !

Un coup de vent fit trembler la carlingue. Edgar sursauta puis jeta un coup d'œil à Salomé, du genre : « Hein ? Je l'avais dit ! » Salomé, mi-sérieuse, mi-amusée, acquiesça.

– Vous avez raison. On ne sait jamais.

– Eh bien ?

– Eh bien quoi ?

– Si nous tombons, nous serons démembrés ?

– Je ne peux pas vous jurer que non. Conservez ce cap.

– Facile à dire ! grommela Edgar, les mains crispées sur les commandes. Le cap dévie tout seul !

Salomé lui donna une petite tape sur le dos de la main, avec un rire clair.

– Mais non ! C'est vous qui déviez !... Qui a dit que piloter était facile ?

Une heure plus tard, Salomé autorisa Edgar à rebrancher le pilote automatique. L'humidité tropicale s'était insinuée dans les replis de leurs vêtements. Ils s'épongeaient le front toutes les vingt secondes.

Salomé s'accorda une sieste hypnotique, puis elle reprit le volant.

– Vous êtes sûre ? dit Edgar. Vous êtes déjà, euh, « réveillée » ? Vous pouviez « dormir » encore un peu !

– C'est que vous y auriez pris goût, avouez ? s'amusa Salomé.

Il la regarda dans les yeux. Quelque chose brillait dans sa pupille droite. Il bégaya :

– On… on s'y fait. Comment dire ? C'est quelque chose de piloter ce Béhémoth. Mais on s'y fait.

– Prochaine manœuvre, Freluquet, l'atterrissage. Et nous reparlerons de vous laisser aux commandes !

– C'est donc que nous atterrissons bientôt ?

– Dans 6 heures.

– Théoriques ?

– Théoriques. C'est à votre tour de prendre du repos. Et rincez-vous au gobelet, mon ami. Vous sentez le bouc !

29

Au soleil des loups

3 heures avant Natal, ils virent le mur noir.

Ce ne fut d'abord qu'une ligne à l'horizon – Edgar crut un temps qu'il s'agissait du bleu plus foncé de l'atmosphère ou quelque explication physique du même tonneau –, mais maintenant le mur se dressait devant eux d'un bloc, du ciel à la mer. On n'aurait pas su dire qui avait engendré ce magma de nuages : une fosse sous l'Atlantique. Un trou dans le ciel ? La barrière s'étalait devant eux d'est en ouest et gardait le passage vers le Brésil.

– Nous y voilà, dit Salomé d'une voix atone.

– Le Pot-au-noir, hein ? Là où Mermoz est mort ?

Elle se contenta de hocher la tête.

– Que faisons-nous, maintenant ? demanda Edgar.

– Oh, eh bien, je vous propose d'atterrir et d'attendre que ça passe. Qu'en dites-vous… ?

– Atterrir ? Mais où ? fit Edgar effaré.

– Nulle part, Loiseau. Vous voyez bien qu'il n'y a rien autour de nous. Il y a le rocher Saõ Paulo, constitué d'un hérissement de roches volcaniques. Impossible de poser le coucou dessus. Il y a aussi l'îlet Fernando de Noronha, une colonie pénitentiaire appartenant au Brésil. Leur île du Diable. On aurait juste la place de tasser trois huttes dessus.

Edgar prit son carnet de notes et écrivit quelques mots, relevant parfois la tête pour fixer le mur noir devant eux.

Il se rapprochait de minute en minute, à 300 kilomètres/heure.

–Nous y serons dans combien de temps ?

–C'est l'affaire d'une demi-heure, maintenant, murmura Salomé. Puis une autre demi-heure plus tard, ce sera la nuit.

Edgar murmura : « La nuit… ? » Il regarda sa montre ; il était 5 heures du soir. Puis il regarda le soleil, qui brillait de façon étrange, verdâtre. Il se souvint des vagues leçons de géographie données par De Juin : aux abords de l'équateur, le soir tombe à 6 heures. *« Le soir tombe à 6 heures » !* On aurait cru un de ces romans policiers anglais – sauf qu'au soleil des loups, ces mots n'avaient plus rien d'un divertissement.

Il gratta deux lignes.

–D'où vient ce nom, le « Pot-au-noir » ?

–Vous tenez vraiment à le savoir ?

–Ça intéresse le lecteur, dit-il en brandissant son stylo.

–Il va en être pour ses frais, le lecteur. En France, le pot au noir désigne un pot de colle ou de peinture au goudron.

–C'est tout ? Ça n'est pas bien épatant, fit Edgar avec une moue.

–Attendez, je n'ai pas fini. En Angleterre, une autre version circule, c'est plus vicieux que le pot de goudron. À l'époque des mines d'argent, les bateaux négriers traversaient l'océan pour amener leur cargaison d'esclaves jusqu'au Brésil. Ils devaient passer par cet endroit. En réalité, le Pot-au-noir est un endroit où les courants de vent de l'hémisphère Nord se heurtent aux courants de vent de l'hémisphère Sud. Vous copiez ça ?

Edgar fit un signe affirmatif. Salomé reprit :

–Comme des aimants de même polarité, les courants de vent se repoussent. Alors vous vous retrouvez sur une eau lourde et immobile, et vous devez attendre pendant des jours qu'un coup de vent gonfle les voiles. Hannon le Navigateur parlait de « chaleur brûlante », à griller les hommes sur place : 40 °C régnant sur une aire plane, l'eau comme miroir pour le soleil, sans ombre, sans brise ! Les esclaves commençaient à crever de dysenterie, de fièvre, que sais-je, et les négriers les jetaient pardessus bord. Triple avantage : on évitait la contagion, ça allégeait le navire et ça distrayait le personnel de la croisière. Ils les jetaient dans l'océan, et ils s'accoudaient au bastingage pour les regarder se débattre, s'étrangler avec l'eau et couler. Il doit y en avoir des milliers là-dessous. Le Pot-au-noir.

Edgar releva la tête au bout de quelques lignes, stupéfié.

Pendant quelques minutes, un lourd silence régna dans le cockpit. Les nuages enflaient à vue d'œil, grignotant peu à peu la lumière du soleil. Alors Edgar, jetant presque son stylo, s'exclama :

– Bon sang… Nous étions presque arrivés ! On ne pourrait pas dérouter plus à l'ouest ?

Salomé essuya la sueur qui commençait à couler sur son front.

– Voyons, Edgar ; dites-moi ce que vous voyez plus à l'ouest.

– Il me semble qu'il y a un rayon de soleil, là-bas, entre les nuages. On pourrait passer par là ?

– Ces nuages sont des cumulonimbus de 10 kilomètres de haut. Ils ceinturent tout le globe. Nous n'avons pas le choix : pour passer dans l'hémisphère Sud, il faut traverser ce rideau de goudron.

Salomé conserva le cap. Au début, Edgar se trémoussa bien un peu ; mais à la longue, écrasé par la fatalité et une sorte de torpeur, il finit par ne plus bouger.

– Je vais devoir descendre, dit Salomé. Les cumulonimbus sont chargés de glace et d'électricité, essayer de passer dedans serait de la folie pure et simple. Il y a cependant un moyen de franchir le mur… c'est de contourner par-dessous – entre la mer et les nuages.

– Entre mer et nuages ? C'est joli. On dirait *Le Guide Michelin* !

– Nous allons voler à 150 ou 200 mètres au-dessus de la mer, répliqua Salomé avec un rictus. Compris, gros malin ? Ça risque de ne pas être drôle. Nous allons bientôt franchir l'équateur. Voyez si vous captez quelque chose à la radio. Vous me serez plus utile qu'ici.

Edgar se détacha et se leva. Salomé l'arrêta en posant sa main sur son avant-bras.

– N'utilisez que les longues fréquences – en espérant que ça fonctionne, maintenant. Ici, les basses fréquences ou les moyennes ne passent pas. Ah, et vous voulez un conseil ?

Edgar la regarda.

– Enlevez votre veste. Et votre pantalon.

Edgar prit l'air mi-amusé, mi-choqué, mais Salomé semblait sérieuse. Il descendit les quelques marches qui le séparaient du poste, chaussa les écouteurs et chercha une fréquence. Il y eut bien quelques bourdonnements plus aigus au milieu de toute la soupe hertzienne, mais il ne trouva rien. Jetant un œil à la liste de fréquences révisée par le mécanicien de cap Juby, il tâcha de se caler dessus. « Allô ? Allô ? » disait-il ; mais à chaque fois, sa voix semblait tomber dans un brouillard qui dévorait et mâchonnait ses mots, ne laissant plus que des timbres sans ossements de l'autre côté, dans les limbes radio.

Il revint à son poste de copilote, s'accrochant aux sangles car l'appareil plongeait vers la mer, et énonça simplement :

– Ça ne marche pas.

Elle ne répondit rien. Edgar écarquilla les yeux : Salomé s'était débarrassée de ses vêtements et pilotait en brassière et en culotte ! Au comble de la confusion, il détourna le regard – mais elle ne semblait pas se soucier de lui. Le mur de nuages semblait maintenant occuper tout l'espace devant eux.

Il comprit alors ce qu'elle voulait dire pour le pantalon. Le Catalina était descendu à 200 mètres d'altitude. Il n'y avait plus besoin de compter – 1 °C tous les 150 mètres ; s'il faisait 42 °C au sol, il faisait 41 °C dans la cabine. Edgar s'aperçut que la sueur coulait par tous ses pores à présent.

– Je suis désolé, dit-il avec une grimace, mais…

Et il déboucla sa ceinture, tricotant des jambes pour ôter son pantalon.

– Je vais devoir descendre plus bas, dit Salomé.

– Encore plus bas ?

– Oui. Les nuages sont presque au niveau de la mer, peut-être à 100 mètres, peut-être à 80. Je dois passer au-dessous.

– Nous allons frôler les vagues ?

– Cessez de chouiner, Loiseau, dit Salomé avec un sourire. Depuis le début de cette histoire, vous en rêviez !

Edgar eut un petit requiem intérieur pour le dernier degré de fraîcheur qui venait de s'envoler. Le thermomètre indiquait maintenant ses 42 °C pleins. Et le Catalina descendait encore. L'atmosphère dans le cockpit était moite et poissait de sel, d'une lourde odeur d'algue pourrie. Derrière eux, le crépuscule commençait à gagner le ciel, mais ici la lumière semblait maintenue, entourant les nuages immenses comme un nimbe. Quand la nuit tomberait, ce nimbe de lumière serait avalé par les nuages, et ils n'auraient plus rien pour se guider à 80 mètres de la mer – car comment faire confiance à l'altimètre dans cet endroit où les instruments débloquaient ?

Ils étaient maintenant au-dessous des nuages, un moutonnement noir chargé d'électricité dormante. Par intervalles, une flaque lumineuse tombait du haut, une lumière verdie, effarante. Respirer devint à la longue insupportable. L'air était saturé d'humidité. Edgar prêta l'oreille… et fut près de céder à l'affolement quand il s'aperçut qu'il n'entendait plus rien, ni bruit de moteur, ni battement d'hélices ! Salomé se tourna vers lui et lui dit quelque chose ; il ne comprit pas, mais il y eut un déclic sourd dans son oreille, et il s'aperçut qu'elles s'étaient bouchées à cause du changement de pression. Par signes, il le fit comprendre à Salomé, qui lui répondit de même, et lui montra comment se pincer le nez et souffler pour dépressuriser. C'est ce qu'il fit ; à l'intérieur, ses tympans claquèrent.

– Ça va mieux ? dit Salomé.

Il fit signe que oui ; mais les sons étaient malgré tout altérés.

– Allez chercher de l'eau, lui ordonna Salomé.

Il obéit, et s'aperçut qu'il tremblait de toutes ses cannes. Il dut se tenir aux sangles des deux mains, sous peine de tomber. Ses doigts glissèrent plusieurs fois à cause de la sueur, qui s'écrasait à grosses gouttes sur le sol métallique. Il fut tenté de se coucher à même l'acier pour rafraîchir sa peau nue, mais il se rappela sa mission – chercher de quoi boire. L'air était saturé d'humidité, les corps se desséchaient de minute en minute. Il remplit deux gourdes ; quand il revint au cockpit, il avait presque descendu la sienne. Il tendit l'autre à Salomé. Elle but tout.

– Retournez-y, dit-elle.

Il y retourna. Ils burent encore.

L'appareil filait en ligne droite au-dessus de la crête des vagues et Salomé contournait les nuages quand ceux-ci descendaient trop bas. Il n'y avait pas de vent. L'humidité striait la verrière du cockpit, rendant la navigation à vue difficile. Pourtant, il ne pleuvait pas.

Edgar s'abîma dans la contemplation de la mer, qui lui apparaissait entre les striures. La lumière faiblissait peu à peu ; la nuit tombait, teintant la bruine de traînées charbonneuses. Soudain, son cœur cogna. Il lui semblait avoir vu quelque chose en bas percer la surface plane de l'océan.

Il regarda à nouveau : il n'y avait plus rien. Ce devait être une branche. Une branche.

À cet instant, il entendit Salomé siffler entre ses dents :

– Accrochez-vous… À 2 heures…

À 2 heures ? Ah oui, à 2 heures… Le regard d'Edgar se porta vers le sud-ouest. Un voile noirâtre semblait se promener sur l'eau plate à lente vitesse, comme un immense rideau sur le carrelage d'un palais titanesque. Mais la lenteur n'était qu'une illusion ; 2 minutes plus tard, un coup de vent fit chavirer le Catalina. Salomé poussa les moteurs ; il fallait sortir d'ici, et vite !

La pluie vint aussitôt après, tombant en paquet sur la verrière du cockpit. Pendant un instant, il ne plut que d'un côté de l'appareil, puis d'un coup, l'avion entier bascula dans la tourmente. Le fracas subit donna à Edgar le sentiment atroce que toutes les vitres allaient se fendre et exploser. Son regard fiévreux se posa sur les jointures entre la verrière et le métal de la carlingue, et il fut saisi par une angoisse supérieure encore ; de l'eau filtrait par les joints en longs filets.

– La cabine se remplit d'eau, dit-il d'une voix étranglée.

– Oui, dit Salomé. Mais ça pourrait être pire.

Comment est-ce que ça pourrait être pire ? se demanda-t-il en regardant à ses pieds. Le gaufrage métallique du plancher était recouvert d'une pellicule d'eau, quelques millimètres. De l'eau venait encore par les joints. Il plaqua la main contre la jointure qui lui semblait fuir le plus. L'eau était chaude.

Ils passèrent le grain et purent respirer un peu.

– Allez voir les dégâts du côté des postes mitrailleurs, lui dit Salomé.

Edgar se releva et traversa les 15 mètres de couloir. Partout où il posait la main, des gouttelettes d'humidité suintaient. Il parvint aux mitrailleuses.

Les joints avaient mieux tenu ici. L'air était humide et lourd comme partout ailleurs, mais il n'y avait pas d'inondation. Il s'assit sur le siège et empoigna la Browning, vérifiant que la bande de munitions n'était pas bloquée dans le chargeur. Tout semblait en état de marche – mais tant qu'on ne se sert pas des objets, ils ont toujours l'air en état de marche.

Il demeura assis durant de longues minutes, abruti par le vol dans cette atmosphère atone. Par intervalles, des vents tournoyants secouaient l'appareil, puis tout retombait dans le marasme. Si on lui avait demandé son avis, jamais il ne serait retourné dans le cockpit ! Il aurait voulu s'endormir pour oublier, éviter de regarder les choses en face. Il ferma les yeux. Dormir et faire comme si ça n'existait pas... Ses paupières collaient, scellées par la sueur, et quand il voulut les rouvrir, il y eut un chuintement d'huître ouverte, du moins c'est ce qui lui traversa l'esprit.

Il regarda en contrebas, vers la mer, scrutant la surface à peine illuminée maintenant par les rayons traînants d'un soleil vert. Ciel noir. Mer noire. Il n'y avait rien, pas même un semblant d'écume. Parfois une lueur passait par un trou de nuages, vaguait sur l'eau comme un coup de projecteur, puis s'éteignait. Il referma les yeux. Il voulait oublier.

Oui, mais son cerveau rembobinait et lui repassait à présent les images. *Les branches ont-elles des doigts ?* Des mots bancals tapaient derrière une porte dans son cerveau. *Des branches doigtues. Tu sais bien que les branches n'ont pas de doigts. On parle de branchettes, de bourgeons, les branches n'ont pas de doigts, les branches ne sont pas* doigtues.

Il avait oublié l'eau dans le cockpit. Il ouvrit la bouche ; sa langue était sèche comme du carton. Il essaya de faire venir un peu de salive. Il n'y avait pas de salive. Il chercha du bout de la langue au fond de sa gorge, peut-être y trouverait-il une colle gluante mais cela vaudrait mieux que rien. Le fond de sa gorge était comme du papier abrasif. Il pencha la tête de côté, les yeux brûlants. En bas, il y eut un coup de projecteur puis un grondement. L'avion oscilla. La mer se souleva par pans entiers, arrondissant le dos. Ils avaient beau voler à 80 mètres d'altitude, Edgar sentit une eau froide lui couler le long des omoplates en pensant à ce qui se passerait si les vagues engloutissaient leur appareil. Il y aurait un bruit de mâchonnement, une rupture d'os de métal, et plus rien d'autre. Engloutis.

Il chassa ces pensées. Salomé connaissait ce coin, cela n'arriverait pas. Il s'essuya le front. L'orage déroula son tonnerre aussitôt après, et la mer se souleva à nouveau. Là : c'était bien apparu, cette fois.

La branche doigtue.

Ses yeux brûlaient mais il ne rêvait pas. Ça ne disparaissait pas, ça dépassait de l'eau ! Coup de projecteur. La branche dénudée, écorchée ; deux os qui se rejoignaient au poignet. Il faillit hurler à Salomé « Il y a quelqu'un là-dessous… ! », « Il faut lancer le canot de sauvetage ! » ou « Quelque chose à quoi s'accrocher ! ». (Un rire sauvage lui emplit toute la tête : *Avec les doigtus, on peut s'accrocher !*)

La mer se souleva, le bras réapparut, et maintenant il y avait quelque chose qui pendait au bras : une tête.

Une sonnerie de téléphone retentit, mais Edgar n'entendit rien, car une vague de lumière explosa au moment où la mer se soulevait à nouveau, de 10 ou 15 mètres d'un coup. Il se jeta sur la vitre, collant son œil au verre, retroussant les lèvres : à la surface de la mer, ce n'était pas seulement un bras auquel pendait une tête aux yeux dévorés par les poissons : la mer crevait maintenant, percée de *milliers* de bras qui se dressaient au sommet des vagues et se tendaient vers le ciel, les têtes sans yeux, les doigts crispés pour l'attraper par les roues, pour l'attirer dans l'eau, pour le faire venir au milieu des morts !

À la faveur d'une vague plus haute, ils pourraient y arriver, attraper l'avion et le tirer en bas. Alors l'abordage pourrait commencer, et avec lui la réparation des horreurs du passé. Les âmes mortes s'entasseraient pour retourner en Afrique d'où elles avaient été arrachées. Mais il n'y aurait pas de place pour tout le monde, les milliers de bras, pas de place pour toutes les âmes. Quand les premières d'entre elles grimperaient, une bouffée d'algues pourries envahirait la carlingue. « Que se passe-t-il ? dirait Salomé. Que se passe-t-il Edgar ? » Et sa voix résonnerait à travers le couloir comme dans un tube de métal, attirant l'attention des morts décharnés.

L'un d'eux tomberait sur le pantalon d'Edgar et l'enfilerait. Un autre lui faucherait sa veste. Puis ils se dirigeraient vers le cockpit et alors ce serait une charpie, ils commenceraient par dépecer celle qui pilote parce qu'ils la trouveraient la première, ils arracheraient sa brassière, planteraient leurs ongles dans sa chair, et ils ne la laisseraient tranquille que lorsqu'elle leur ressemblerait : un lambeau, une viande rougie, sans peau, sans visage, sans yeux, sans nerfs, clouée au siège pour la faire tenir et pour conduire l'appareil ; quant au mitrailleur, il ne leur serait pas utile ; les bras l'attraperaient, lui arracheraient les yeux pour remplacer les leurs, et ils le feraient tomber dans l'océan.

Et alors, l'homme blanc sans yeux *verrait*. Il verrait que les poissons ne laissent jamais remonter aucune proie, pas tant qu'un lambeau de chair tient encore aux os.

Edgar crut que son cœur allait éclater. Il se rejeta en arrière, les poings sur les paupières pour renfoncer les deux globes dans son crâne. Il se plia en deux, vomit toute son eau. Puis il attrapa la Browning par les poignées, visa les bras au-dessous et ouvrit le feu qui explosa, assourdissant.

Ça marchait bien… ! Il appuya sur la gâchette jusqu'à ce que la mitrailleuse s'enraie. Il avait vidé une moitié de chargeur, peut-être deux tiers. Il se jeta à nouveau sur la verrière et regarda.

Et quand il regarda, une vague souleva encore toute la mer – mais les branches doigtues et les têtes mortes étaient retournées là-dessous où tout s'égrène et se dissout à force de sel.

Cependant une autre angoisse le saisit. La vague était trop proche, ils allaient s'enfoncer dedans. Edgar hurla.

***

Il ne revenait pas. Pourquoi ne revenait-il pas ? Salomé tenait bon au milieu de la tourmente malgré toutes les heures de vol depuis la dernière escale, elle avait pris soin de récupérer un peu avant d'atteindre cette latitude, mais elle n'aurait pas dit non à une présence à côté d'elle… Edgar la rassurait, même s'il l'agaçait souvent. Ça tient éveillé.

– Bon sang, marmonna-t-elle.

Les vagues de pluie chaude frappaient l'appareil par intermittences et mettaient à mal les joints. Pourtant, elle leur avait dit de faire attention aux joints, de choisir le meilleur caoutchouc, mais il fallait croire que ça ne suffisait pas. Passer de –6 °C à 42 avait fini par les bousiller.

Edgar était dans le poste de mitrailleur, mais lequel ? droit ? gauche ? Elle ouvrit son microphone et appela le poste droit. Pas de réponse. Le poste gauche. Pas de réponse non plus. Elle se concentra sur la route à suivre, examina l'altimètre, le *speedmeter*, le baromètre, la boussole, les vagues de lumière qui flottaient sur l'eau et qu'elle suivait – car la lumière signifiait moins de nuages. Il y eut une autre ondée, et la mer se souleva trois ou quatre fois. L'altimètre indiquait tantôt 60 mètres, tantôt 110, mais elle savait qu'elle avait conservé une constante de 80 mètres, à plus ou moins 10 mètres, et ces écarts d'instruments l'inquiétaient.

Quant au baromètre, il indiquait des pressions cycloniques. Soit c'était vrai et dans ce cas ils n'allaient pas tarder à mourir, arrachés par un vent à 200 kilomètres/heure, soit c'était faux et il valait mieux oublier ce baromètre qui murmurait ses mensonges à petits clics toutes les dix secondes. Elle opta pour le faux. Elle fut cependant tentée de reprendre un peu d'altitude, car la base des nuages semblait s'être surélevée.

« Ce dont il faut se méfier, lui avait dit une fois Saint-Ex, c'est des fantômes. La fatigue. La mauvaise lumière sur le trajet, pas assez d'étoiles, pas assez de soleil. Le reflet des projecteurs sur les nuages. Les mirages. »

Elle s'essuya le front à pleines mains, dégageant la sueur qui lui coulait dans les yeux.

À travers le bruit ambiant, elle discerna le *krr*... de l'émetteur radio. Elle décrocha à nouveau le téléphone pour appeler Edgar aux postes mitrailleurs. Personne ne répondit.

Il y eut des secousses à un moment donné, mais, entre les flux de vent et le grondement de la mer, les moteurs, les ondées, la radio, elle ne pouvait pas savoir qu'il s'agissait de la mitrailleuse.

S'il était tombé en vol, se dit-elle, *je l'aurais su d'une manière ou d'une autre. Un voyant s'allume quand on ouvre les portes ou la soute. D'ailleurs, c'est stupide. Pourquoi aurait-il sauté ? Il s'est endormi, voilà. Mais comment se serait-il endormi ? Et pourquoi ? J'ai besoin de lui. Est-ce qu'il croit que deux séances de sommeil hypnotique remplacent une bonne nuit de sommeil ? Et si j'avais voulu dormir ? Lui laisser les commandes pour un somme d'une demi-heure ?*

Mon Dieu, ce *somme d'une demi-heure* envahit son esprit, et elle répéta ces mots en boucle, jusqu'à ce qu'ils ne signifient plus rien, que leur coquille soit creuse, curée par la répétition. *Somme d'une demi-heure, somme d'une demi-heure.*

Somme d'une demi-heure.

Somdunndemieure.

Somme. Dune. Demieure.

Elle choisit « demieure » et barra le i. L'image fugace d'une grande demeure envahit alors son esprit : l'orphelinat Steiner. Le jardin ouest, la balançoire, la brise, l'appentis aux petits carreaux brumeux. Elle se vit aller près de la fenêtre, regarder par le carreau. Elle n'y voyait rien et se pencha encore.

Toute la mer se souleva devant elle comme une dune. Elle voulut hurler et redressa. L'appareil vrombit au-dessus de la vague et toucha presque l'écume.

Elle s'était endormie pendant quelques secondes, peut-être dix.

Si Edgar avait été là, elle ne se serait pas endormie, elle n'aurait pas fermé les yeux en ayant l'impression de les garder ouverts. Mais, pendant un moment, l'image de la mer, du ciel noir et de leurs mouvements infimes s'était imprimée sur le fond de ses paupières. Elle avait fermé les yeux et, comme projetées par une lanterne magique, les images avaient commencé à bouger devant ses yeux d'aveugle.

Elle frappa contre le volant du plat de la main et rectifia aussitôt le cap. Sa main se mit à lui brûler après ça.

Loiseau vous êtes inutile Loiseau.
Jamais là quand on a besoin de vous.

Voilà ce qu'elle lui servirait.

–Il faut suivre la lumière.

La voix la fit sursauter. Elle tourna la tête.

Sur le siège à côté d'elle était assise une enfant. Une petite fille de 5 ans. Salomé déglutit. Elle l'avait déjà vue quelque part et son cœur se serra terriblement. Quelque chose semblait sourdre de ses cheveux blonds et luire sur la peau de la fillette.

Celle-ci la contempla en hochant la tête et en pointant le doigt au-delà de la verrière, en direction de l'ouest. Hypnotisée, Salomé regarda vers l'ouest.

À des dizaines de kilomètres de distance, un point de soleil oblique descendait des nuages. Il avait dû se frayer un chemin à travers les nuées noires et enflées.

– C'est ça, dit la petite fille. La lumière. C'est là-bas qu'ils nous attendent. C'est sûr, non ? Il faut bien qu'ils soient quelque part, qu'il n'y ait pas juste leurs os dans une boîte sous terre. Quelque chose d'eux qui est allé au ciel, un morceau d'âme, comme tu le croyais quand tu étais petite, comme je le crois, moi. Je t'en prie, va voir. Ils sont là-bas, Papa et Maman, en train de danser comme ils faisaient avant qu'on soit un bébé. Ils nous attendent, c'est sûr !

La fillette prit la main de Salomé et serra fort. Toutes deux fixèrent le point de lumière entre les nuages, à l'ouest. Mais au bout de quelques secondes (un temps infini), la lumière clignota puis disparut. « Oh non, non, non… ! » sanglota la fillette. « Non ! » Le cœur de Salomé se tordit. Puis la mer se souleva encore, et le Catalina, pris dans un tourbillon de vent, piqua du nez en plein dans la vague.

L'altimètre indiqua -10 mètres. Elle faillit vomir.

Elle redressa avec un cri de rage. Avec une plainte des moteurs, l'appareil se traîna sur le ventre, raclant le sommet de la montagne d'eau, un pan de mer entier qui venait de se hisser à près de 20 mètres de hauteur. Plusieurs voyants rouges se mirent à clignoter rapidement.

– *Que se passe-t-il… ?* éclata une voix venue du poste radio. *Que faites-vous… ?*

Salomé poussa un gémissement et redressa l'appareil. À côté d'elle, il n'y avait plus de fantôme dans le cockpit, plus de petite Salomé.

Ils entrèrent dans un nuage et ne virent plus rien d'autre qu'une brume opaque nervurée d'éclairs électriques. Tandis qu'Edgar gravissait à grand-peine les quelques marches qui menaient au cockpit, Salomé maintint le cap à travers le nuage. Si elle montait, elle se perdrait dans les nuages. Si elle descendait…

Elle pria pour déboucher à l'air libre le plus rapidement possible, et pas en plein dans un mur d'eau. Les moteurs tournaient à vitesse maximale. Un éclair frappa l'aile gauche, ce qui fit trembler l'appareil de toute sa tôle. *La revoilà, ta lumière…*

Edgar se tenait debout, sur la dernière marche, la regardant fiévreusement.

– C'est… C'est pas… moi, dit Salomé avec une voix d'enfant. C'est pas ma faute !

30

Rien d'inutile

Ils sortirent du nuage.

Ils finirent par quitter la zone du Pot-au-noir.

La traversée avait duré moins d'une heure.

Il faisait nuit.

Salomé remonta à 2000 mètres. Les étoiles couraient au-dessus d'eux.

Ils ne se dirent rien d'inutile. Ils se contentèrent de vérifier les instruments ou le cap sur la carte.

Le pilote automatique avait pris l'eau. Inutilisable, désormais.

Ils approchaient de Natal.

Ils allaient pouvoir se reposer.

31

Natal

Rien ne différenciait l'océan de la côte – mais soudain, il y eut les lumières.

– Regardez ! s'exclama Edgar.

– Je les vois aussi bien que vous, dit Salomé. La terre ferme.

Le cauchemar est terminé, pensa Edgar. Puis, à la lueur de sa lampe, il parcourut la carte : il restait la moitié du chemin à parcourir jusqu'à Puerto Montt. *Un demi-cauchemar*, corrigea-t-il.

Comment pouvait-on tenir encore 24 heures dans cet état ? Il examina Salomé à petits coups d'œil discrets. Elle avait remis son bombers par-dessus la brassière et elle frissonnait. La sueur avait creusé des sillons sur la poussière qui recouvrait la peau de son visage et collé ses cheveux par mèches. Il devait ressembler à ça, lui aussi. Il avait d'abord remis son pantalon, mais ça collait et ça ne séchait pas, alors il l'avait ôté à nouveau.

– Vous voulez que je pilote ? suggéra-t-il.

– Vous savez conduire de nuit en vous aidant uniquement des étoiles et des instruments ?

– Non. Mais je peux lire une boussole, calculer un cap, suivre les lumières de la côte.

– C'est gentil, Edgar, soupira Salomé, mais je préfère tenir le volant. Les lumières, il ne faut pas s'y fier. Ça peut être un phare, une piste d'atterrissage, un reflet sur un nuage, un fantôme. Des naufrageurs.

Ils survolèrent Natal une première fois, et atterrirent au second passage.

Une fois au sol, Salomé se mit en cheville avec les mécaniciens, une collaboration franco-brésilienne. Ils suivirent ses instructions à la lettre. Salomé chercha parmi eux un dénommé Marcel Doré, chef mécano, qui travaillait aux hangars depuis plus de 20 ans.

–Vous n'êtes pas encore rentré à Lyon ? lui dit-elle.

C'était son grand sujet, il en parlait depuis toujours.

–Comme vous voyez ! dit-il avec un petit rire. Il me manque seulement quelques milliers de *dineros*. Après ça, je retourne en France.

Puis ils se mirent à chuchoter.

–J'ai besoin de passer un coup de téléphone, Marcel. Il y a un endroit sûr ?

–Nous avons fait installer la ligne dans le hangar des Français, comme convenu. Vous serez tranquille.

Salomé hocha la tête. Quand Edgar essaya de la suivre :

–Restez ici. Et sur vos gardes. On ne sait jamais.

Elle s'éloigna dans la lumière des projecteurs qui illuminaient le Catalina.

***

–*Allô ? Allô ?*

–Mac Nabb ?

–*Salomé, c'est vous ? Dieu soit loué. Dites-moi que vous avez passé l'Atlantique, au moins. Cap Juby m'a transmis de vos nouvelles, on ne peut pas dire qu'elles étaient rassurantes.*

–Je suis à Natal, Mac Nabb.

–*Je ne vous entends pas bien.*

–À Natal ! Je suis à Natal !

–*Natal ? Vraiment… ? Bon ; c'est fantastique ! Comment allez-vous ? Ici au Club, nous tenons une veille. Argol grille tous nos cigares, et De Juin joue aux fléchettes avec des épingles sur une grande carte pour retracer votre vol au centimètre près !*

–Pas le temps pour les politesses, Mac. Je décolle dans une heure. Dites-moi où en est Blake !

–*Il a atterri à Panama, où l'attendait notre homme de confiance. L'opération « Escargot volant » a parfaitement réussi. Blake a été retardé de 5 heures.*

–5 heures ??

Salomé sentit un étourdissement la prendre. Un soupçon de soulagement dans l'enfer qu'elle avait traversé.

–*Oui. Apparemment*, ricana Mac Nabb, *son passeport n'était… disons, pas en règle. Et ils lui ont même fait vider la soute pour voir s'il ne transportait pas de l'opium !*

Salomé éclata de rire. L'écho résonna dans le hangar désert.

–Parfait, Mac. Nous rendons coup pour coup !

–*Nos informations*, reprit Mac, *ont confirmé que c'est bien Orville Blake qui a demandé aux Allemands de vous prendre en chasse au-dessus de l'Espagne. Je ne vous cache pas que nous n'aimons pas cette histoire de nazis, Salomé.*

–Mon cher Mac, qui aime les histoires de nazis ?

–*Du côté de Puerto Montt*, poursuivit Mac, *les nouvelles sont pires qu'auparavant. Des réfugiés ont réussi à franchir les landes et les montagnes, mais beaucoup sont restés piégés dans la ville. Ils affirment que le volcan s'est réveillé. S'il entre en éruption, la ville risque d'être détruite. Ce n'est qu'une question d'heures.*

–Mon arrivée aussi, Mac.

–*Nous vous faisons confiance, Salomé. Mais méfiez-vous : Blake a décollé de Panama il y a une heure, à 20 h 34 précisément. Son avion a le réservoir pour rallier Puerto Montt sans autre escale. Décollez dès que possible.*

–C'est ce que je vais faire, opina Salomé.

***

Pendant que Marcel Doré dirigeait la maintenance, Salomé se roula en boule sur le siège du radio et dormit une heure. Edgar montait la garde, étourdi de fatigue.

Puis le mécano toqua au cockpit. Salomé se leva d'un bond. Elle crut qu'elle allait vomir de fatigue. Elle passa la tête, échevelée, et reconnut Doré.

– C'est bon pour nous, dit le gaillard. On a changé votre pilote automatique, c'est un modèle allemand. Fiable. Vous pouvez repartir, mademoiselle Declercq.

– Merci pour les réparations, Marcel.

Doré cligna de l'œil et descendit l'échelle. Salomé le suivit, titubant encore de sommeil. Elle croisa le regard d'Edgar qui sursauta, ayant mis un moment à imprimer qu'elle était là. Avec un faible sourire, Salomé lui décocha une bourrade dans l'épaule. Edgar faillit perdre l'équilibre, elle le rattrapa en lui alpaguant le bras. Doré, pendant ce temps, allumait une cigarette. Il reprit d'une voix chaleureuse :

– Cap Juby nous avait prévenus de votre arrivée, on a fait au mieux. Oh, une dernière chose, il me faudrait votre plan de vol. Ordre de Paris… On ne sait jamais ce qui pourrait vous arriver. En cas de pépin, nous avons une unité de secours.

– « Ordre de Paris » ?

Doré opina :

– Mmh-mmh. Notre ami Mac.

Ils étalèrent la carte sur un bidon de pétrole et Salomé montra une ligne droite.

– Après Salvador de Bahia, nous traverserons la région du Planalto. Puis nous passerons Rio de Janeiro, São Paulo et Porto Alegre. Enfin, nous atterrirons à Montevideo, Uruguay. Ça représente 4000 kilomètres, 13 heures de vol.

Le mécano nota les informations sur une plaquette de bois où était pincé un papier à en-tête.

– C'est tout bon pour moi, dit-il.

– Il est plus que temps, dit Salomé. Nous décollons.

– Bonne chance, mademoiselle Declercq.

Elle le salua à la militaire, et ils tournèrent les talons. Le mécanicien Doré les regarda s'éloigner un moment, puis il plia soigneusement ses notes et les glissa dans sa poche. Le Catalina démarra ses moteurs et roula sur la piste, le ventre alourdi par l'essence. Dans un long crissement de pneus, l'appareil décolla. Alors Doré tourna les talons, se dirigeant d'un pas désinvolte vers les bureaux de l'aérodrome.

Il avait un coup de fil urgent à passer.

Un coup de fil à plusieurs milliers de *dineros*.

32

Rio de Janeiro

Salomé régla le cap au sud-ouest, 215°. Une ligne droite. Il était 22 h 27.

– On devrait être à Rio de Janeiro en début de matinée, calcula Edgar. Ça nous changera de la nuit.

Ils se relayèrent aux commandes toutes les 2 heures. Chacun en profitait pour s'écrouler sur la banquette du radio et dormir d'un sommeil de plomb. Salomé se familiarisa peu à peu avec le nouveau pilote automatique. Quand Edgar fut réveillé au deuxième tour, elle annonça :

– Blake a décollé de Panama à 20 h 34. Nous étions en train d'atterrir à Natal. Faisons le point, Loiseau.

– Comment le sais-tu, pour Blake ? Euh, je veux dire…

Salomé faillit lâcher le volant. Elle se tourna vers Edgar.

– On se tutoie ?

– Oh, fit ce dernier. Ça m'a échappé !

Il souriait. Salomé se racla la gorge.

– Le coup de fil que j'ai passé tout à l'heure… C'était Mac Nabb. À Paris.

– Je ne savais pas qu'on pouvait téléphoner à Paris depuis le Brésil !

– Ils ont posé la ligne sous l'océan il y a 8 ans. Bon, on le fait, ce point ?

Pendant qu'il notait ses calculs, Salomé le regardait du coin de l'œil. Après tout ce qu'ils avaient traversé, se tutoyer, pourquoi pas ? Edgar n'avait pas semblé gêné pour une fois, pas benêt ou écarlate. *C'est venu tout seul*, se dit-elle. *Spontanément, quoi*. Ayant recoupé les informations, Edgar jeta un coup d'œil à sa montre et indiqua les éléments suivants sur le journal de bord :

12 octobre
2h15

Le Boeing 314 « Clipper » de Blake a décollé de Panama le 11 octobre à 20h34. Il se dirige vers Puerto Montt, sans escale intermédiaire. Distance : 6200 kilomètres.

Arrivée prévue : le 12 octobre, à 17h00 approximativement.

Notre Consolidated PBY « Catalina » a décollé de Natal le 11 octobre à 22h27. Nous nous dirigeons vers Puerto Montt, via *Montevideo. Distance : 5520 kilomètres.*

Arrivée prévue (après escale à Montevideo) : 18h30 approximativement.

– Je le dis depuis le début, établit Salomé avec une colère froide, l'escale supplémentaire nous fout dedans ! Nous avons 1 h 30 de retard. Ce qui signifie que nous n'avons plus les cartes en main ; il faut compter avec le fait que Blake va être retardé d'une façon ou d'une autre.
– D'après mes calculs, fit Edgar, il a déjà pris du retard. C'est surprenant !
– Opération « Escargot volant », ricana Salomé. Blake a eu quelques problèmes à Panama.
– Ah, tiens ? Comment cela ?

– Mac Nabb a déclenché l'un de ses agents dormants à Panama.

– On croirait que vous parlez d'une bombe… Ce Mac Nabb a le bras long, on dirait !

Retour au « vous », nota Salomé.

– Mac Nabb fait partie de ces gens dont on ne sait jamais vraiment ce qu'ils font dans la vie. Et quand il vous en parle, il a l'art de vous faire oublier ce qu'il vient de vous raconter. Mais il connaît un tas de gens utiles.

– Donc, votre agent à Panama…

– Cet agent devait se rendre au terrain d'aviation et remplacer le douanier en charge du Clipper. Quelques dollars font l'affaire ; et ensuite, le faux douanier fait traîner les formalités, vérifie le passeport dix fois, et vide toute la soute du Clipper de Blake sous prétexte de suspicion de trafic de drogue. Seize tonnes de marchandises sur le tarmac, et Blake en train de bouffer sa moustache de rage ! Le temps de tout recharger, notre gentleman a perdu un temps précieux.

– D'où l'« Escargot » !

– Oui. Hélas, l'Escargot a redécollé plus tôt que prévu. Il aurait fallu qu'il perde 2 heures de plus.

Edgar digérait les informations et examinait ses notes. Il regarda soudain Salomé.

– Alors… nous avons perdu ?

Elle se tourna vers lui, et énonça lentement :

– Bien sûr que non. Qui peut dire « Nous avons perdu » avant d'avoir atteint la ligne d'arrivée… ?

***

L'aube se levait quand ils abordèrent Rio de Janeiro.

Edgar se frotta les yeux, encore bercé par la monotonie des moteurs. La chape sombre du ciel pesait encore sur la terre, brisée à l'est par la ligne claire qui s'élevait sur l'océan. Dans ce demi-jour, Edgar se redressa et vit d'abord le Pain de Sucre, puis la ville endormie dans la baie, près de 3 000 mètres en contrebas.

En bordure de l'océan, deux traits blancs au pinceau chinois : la plage. Il avait beau scruter l'atmosphère grise, il ne parvenait pas à distinguer le Christ Rédempteur perché sur sa montagne. Le vent soufflait à larges brassées dans ces environs, chassant des bancs de brume et de nuages en flocons. Edgar soupira, s'étala dans son fauteuil et tâcha de croiser ses pieds sur le tableau de bord.

– Détendu, Edgar ? sourit Salomé. Si vous teniez absolument à vous rendre utile, vous iriez nous chercher du café !

– Je profite. C'est tranquille, ici. Pas de Messerschmitt. Pas de nazis. C'est reposant, trouvez pas ?

– À propos de nazis, dit Salomé, vous avez eu le temps de réfléchir ?

– Euh, réfléchir, oui, mais pas spécialement aux nazis ! Vous voulez dire, cette agression au-dessus de l'Espagne ?

– *Jawohl*, dit Salomé.

– Peut-être que c'était un hasard. Il paraît que ces gens-là s'énervent facilement. On passait, ils étaient là, et ça les a énervés !

– Sauf que ce n'était pas un simple hasard. Mac Nabb me l'a confirmé.

– Vous voulez dire que Blake et les nazis sont liés ? Mais pourquoi ?

– Vous suivez un peu les affaires internationales ?

– Pas trop.

– Il va y avoir une guerre, Loiseau, dit doucement Salomé.

Edgar s'ébroua.

– Hein ? Avec les Allemands ? Mais il y en a déjà eu une !

– Franchement, Loiseau, appuya Salomé, il faudrait être aveugle pour ne pas voir que ça nous attend au tournant !

Edgar se gratta les cheveux un moment, puis ronchonna :

– Tout de même, Blake et les nazis, ça ne tient pas debout. L'Angleterre est de notre côté.

– Pas cette fois, on dirait, grommela Salomé. Imaginez : l'Angleterre veut transformer Puerto Montt en colonie britannique, et les nazis aident Blake dans sa mission. Du coup, les Anglais sont reconnaissants. Ils doivent quelque chose aux nazis.

– Ce qui voudrait dire, murmura Edgar, qu'en cas de guerre – de guerre contre la France –, l'Angleterre est muselée. L'Allemagne nous attaque, et personne ne vient nous aider. Mais ce serait diabolique, vous ne croyez pas ? Tout ça pour une colonie, et encore... un coin de terre ravagé...

– Puerto Montt n'est sans doute pas une simple colonie, Loiseau, mais la clef d'un continent. Si les Anglais y construisent un port de guerre, ils contrôleront tout le Pacifique Sud ! Au cours de l'Histoire, ça a toujours fonctionné comme ça : rien ne s'est jamais fait *raisonnablement*. L'Allemagne est dirigée par un cinglé. L'URSS également. Face à des cinglés, les démocraties n'ont jamais les bonnes réponses. On croit au dialogue, ils croient en l'acier. Nous ne parlons pas le même langage.

– Moi, je crois au café du matin, lança Edgar. Sans ça, j'ai le cerveau en compote !

– Au fait, dit-elle en riant, vous avez raison ! Je vais vous passer le volant et chercher le café. Ça me dégourdira les jambes.

Edgar prit les commandes. Bientôt, le fumet d'un café brûlant envahit l'habitacle. Il renifla, charmé.

– J'aurais bien pris le café au bord de la plage ! cria-t-il. Vous croyez qu'on peut atterrir sur le sable ?

– À défaut, dit Salomé qui revenait avec le café, ce sera dans les nuages. C'est bien aussi, vous ne trouvez pas ?

Edgar examina le ciel alentour et plissa les yeux, puis tapota du doigt contre la verrière.

–Oui. Mais je crois que nous allons avoir de la compagnie. À 8 heures, cap sud-ouest.

Salomé se pencha pour voir. Des points rouges flottaient au-dessous d'eux.

–C'est curieux, reprit Edgar. Quelles sont ces lumières ?

–Aucune idée, répondit Salomé. Je n'arrive pas à déterminer leur vitesse.

–Remarquez, nous n'allons pas tarder à savoir. Elles ont l'air de venir par ici.

–Oui. Peut-être des ballons-sondes, grommela Salomé.

–Des ballons-sondes ?

–Pour mesures atmosphériques.

–Attendez un peu... Un, deux, trois... cinq... j'en compte huit. Ça fait beaucoup de ballons-sondes d'un coup, non ? Un lâcher de ballons-sondes.

–Vous avez raison, rétorqua Salomé. Ça n'est pas normal.

Elle reprit les commandes. Comme les lumières approchaient, elle fit cliqueter une série d'interrupteurs devant elle. Les feux de position du Catalina s'éteignirent. Les ailes de l'appareil oscillèrent dans le vent, qui redoublait.

–On ne sait jamais, souligna-t-elle. Je n'aime pas ces lumières.

–On devrait s'en aller, croyez pas ? couina Edgar.

Mais il était trop tard. Bientôt, les lumières et les formes apparurent dans la brume matinale, piquant droit sur leur appareil.

–Des avions, s'étrangla Edgar. Qu'est-ce qu'ils font par ici ?

–Je vois bien que ce sont des avions, Loiseau. Des biplans. Un exercice de l'armée ?

–À l'aube ?

–Vous êtes devenu paranoïaque ?

Edgar frotta son bras en grimaçant.

–Après toutes ces heures dans une boîte de conserve, peut-être !

Des cliquètements rebondirent sur la carlingue.

– Bon, dit Salomé.

– Je reconnais ce bruit, déglutit Edgar.

– Le cirque recommence, Loiseau !

– On nous tire dessus !

Venus d'en face, les huit biplans passèrent en faisant rugir leurs moteurs autour du Catalina. Ils décrochèrent puis revinrent, mais ils devaient lutter contre le vent et n'avaient pas la puissance de moteurs du PBY Catalina ; Salomé voyait leurs ailes tanguer dans les airs alors qu'ils s'efforçaient de reprendre leur chasse. Quand ils eurent repris leur erre, dans le sillage du Catalina, ils gagnèrent peu à peu de la distance.

– Allez voir ce qui se passe à la radio. Ils doivent forcément communiquer. Trouvez la fréquence. Vite !

Edgar se précipita sur le poste radio et faillit se prendre les pieds dans son pantalon, qui traînait encore dans la coursive. Il s'affala sur la radio et fouilla les ondes. Des voix éclatèrent soudain au milieu des grésillements.

– *... werden... zerschlagen...*

– *Nicht einfach... diesem Wind !*

– *Pass auf... diese Schlampe untergeht... !*

– *... Unsere Maschinengewehre sind Scheiße... !*

– Ça n'a pas l'air d'être du brésilien, cria Edgar.

– Le brésilien, ça n'existe pas, cria Salomé. Ils parlent portugais.

– Bon, ça n'a pas l'air d'être du portugais !

– Bon Dieu, Edgar, venez voir ça... !

Loiseau se rua à nouveau dans le cockpit et écarquilla les yeux. Devant eux, à un détour de nuages, flottait une masse énorme qui avait la forme d'un obus.

– Qu'est-ce que c'est que ça ? Je croyais que ça n'existait plus... !

– Un zeppelin, murmura Salomé. Un zeppelin de guerre.

Telles des abeilles autour d'une ruche, deux autres biplans tournaient autour du dirigeable. Salomé et Edgar virent un troisième avion sortir de la soute du zeppelin au bout d'une perche, tomber dans les airs et se redresser. Le bruit des balles tinta sur les ailes du Catalina ; Salomé plongea brièvement puis remonta pour dérégler la mire des adversaires. Le dirigeable était encore loin, bien qu'ils se rapprochassent de lui à haute vitesse, mais à vue de nez il devait mesurer dans les 200 mètres de long. Il semblait en phase d'ascension, la proue légèrement relevée vers les cieux.

– Une forteresse volante ? vociféra Edgar.

Il fouilla fiévreusement dans ses affaires et brandit son Rolleiflex.

– Un zeppelin porte-avion, confirma Salomé. Prenez les commandes et conservez ce cap.

Edgar, l'œil vissé sur son capteur, venait de tirer le portrait du zeppelin, maintenant plus proche.

– Porte-avion ? s'exclama Edgar à retardement. Je ne savais pas que… Mais où allez-vous comme ça… ? Hé !

Salomé venait de s'engouffrer dans le couloir derrière le cockpit. Elle avait réglé le cap droit sur le zeppelin, mais de façon à le longer en transversale. Edgar se concentra sur les commandes, essayant d'oublier le *ting-ting-ting* des balles sur la carlingue. Ils étaient tout proches, à présent. Edgar vit avec effroi d'autres avions sortir du ventre du zeppelin. L'un d'eux, cependant, malmené par un puissant courant d'air, se décrocha de sa perche d'envol avant même d'avoir pu démarrer les moteurs ; il tomba comme une brique dans le vide.

Avant qu'il ne sorte de son champ de vision, Edgar vit les quatre ailes se briser comme du bois de cagette. Son cœur rebondit dans sa cage thoracique, comme si un perchiste avait sauté dessus en prenant appui sur les côtes. Il rebondit une seconde fois quand Edgar reporta ses yeux sur ce qui lui faisait face ; le zeppelin était en train de virer de bord, et faisait pivoter son immense fuselage à la perpendiculaire du Catalina. En des termes moins géométriques, le Catalina fonçait dessus.

***

Salomé s'installa sur le siège de gauche et empoigna la mitrailleuse. Il y eut d'autres *ting-ting-ting*, mais elle ne s'en inquiétait pas outre mesure, car les biplans utilisaient un calibre trop faible pour endommager le métal de la carlingue. Amateurs… ! Il fallait seulement prier pour qu'ils ne canardent pas les moteurs ou les verrières. Les avions étaient peints en rouge, ce qui lui sembla grotesque : des biplans qui se prétendaient de la même lignée que ceux du Baron Rouge, Manfred von Richthofen, et qui oscillaient à chaque coup de vent, ne tenaient pas leur visée, tiraient quasiment à blanc… Des avions de parade, pilotés par des clowns !

La priorité était de s'occuper de la maison mère – le zeppelin. Dès qu'elle l'avait vu, elle s'était souvenue de ces histoires qu'on racontait un an ou deux auparavant, comme quoi les Américains utilisaient des zeppelins pour servir de bases aériennes volantes. Un projet complètement fou, mais qu'ils avaient mis en œuvre. Elle ne se souvenait plus si, des deux dirigeables lancés dans ce but, un seul s'était écrasé ou les deux, mais elle se souvenait que, dans le milieu, cette idée avait soulevé des débats passionnés.

Salomé aligna l'un des biplans qui venait de fuser à côté du Catalina et tira. Il y eut un bruit de bouteilles crevées et de casseroles d'étain. Ça n'était pas normal. Elle sauta de son siège et tira la bande de munitions hors du chargeur de la Browning. Les cartouches étaient vides ; les munitions avaient été enlevées. Sabotage !

Sabotage… ? Mais qui… ? Elle n'eut pas le temps de réfléchir, le *ting-ting-ting* reprit – et, devant elle, le zeppelin devenait plus énorme de seconde en seconde. *Dans un film*, pensa fiévreusement Salomé, *ils auraient collé le son d'une baleine mugissant, comme dans King Kong*. Quelque chose d'irréaliste. Les zeppelins ne mugissent pas. *(Tiens, si Edgar avait été là, il aurait dit « C'est un bon titre de roman policier ».)* Irréaliste, mais qui aurait donné l'impression d'un Léviathan en train d'envahir tout le paysage.

Devant elle – en transversale –, le zeppelin continua de pivoter. Sur le pont inférieur de la plate-forme, elle vit clairement les servants arrimer deux canons antiaériens et s'apprêter à tirer.

Les biplans étaient à peu près inoffensifs, mais ça, c'était dangereux.

Une boule de feu explosa à quelques dizaines de mètres de l'aile gauche, puis une autre quelques instants plus tard. Salomé était empêtrée dans les munitions ; elle finit par trouver une bande chargée, et la fixa dans le chargeur de la Browning.

D'abord, elle se débarrassa du biplan qui était revenu à la charge ; une rafale dans le bloc-hélice fit sauter le moteur de l'avion. Une conduite de carburant devait avoir été rompue par les balles ; l'avant de l'avion fut noyé dans les flammes en quelques secondes, et le biplan dévissa aussitôt. (Dans le même film, il y aurait eu un cri perçant et ridicule.) Salomé éclata d'un rire dément. Le *ting-ting-ting* des biplans lui parut brusquement absurde ; des gouttelettes de pluie. Et elle venait de tirer une pluie d'acier dans les graves : *thug-thug-thug*. Elle pivota de quelques degrés et descendit un deuxième biplan au-dessus de l'aile, striant cette fois le poste de pilotage. L'un des types tenait une mitraillette, qu'il lâcha lorsque le pilote perdit le contrôle.

C'est alors que, de derrière le gigantesque cigare volant, cinq avions surgirent en formation de combat et ouvrirent le feu sur le Catalina ; Salomé pivota et lâcha une série de rafales. Le recul la plaquait contre le fauteuil, ses bras tremblaient encore quand les rafales cessaient, mais l'adrénaline courait dans ses veines, brûlant tout sur son passage, et elle tira à nouveau. Elle vit clairement l'une des rafales scier en deux la tête de l'un des pilotes.

Mais ce n'était que du menu fretin. Ils approchaient de la cible. Elle arracha le téléphone et hurla à Edgar :

– Gardez le cap !!

Puis elle donna un coup de pied pour se dégager de la bande de munitions qui s'était enroulée autour de sa cheville. La bande racla le sol et Salomé hurla un juron.

Ils approchaient.

L'enveloppe du zeppelin reflétait le soleil, les rayons métalliques s'étiolant dans l'air balafré par les coups de vent.

Il y eut une embardée, le Catalina fut comme soulevé brièvement et retomba. Un coup de canon avait explosé juste au-dessous ! L'appel d'air… Elle ne fit pas attention au rebond de l'appareil ; elle était entièrement concentrée sur la mire en forme de croix.

Salomé appuya sur la détente, le corps secoué par la décharge de métal. Les impacts déchirèrent l'enveloppe de caoutchouc en profondeur et de larges déchirures strièrent le flanc du zeppelin. Elle continua de tirer, espérant toucher les arceaux d'aluminium qui cerclaient l'enveloppe.

Le ballon fuyait, maintenant – et contrairement à ce qu'on aurait pu croire, il ne se dégonfla pas tout de suite, mais l'oxygène rentrait à flots. Salomé tira jusqu'à ce que la bande de munitions crache la dernière douille. Y eut-il une balle ou plusieurs qui frottèrent contre l'aluminium des arceaux ? Salomé ne vit pas l'étincelle qui venait de s'allumer dans le ventre du zeppelin, mais un souffle énorme et jaune remplaça soudain le paysage.

On va cramer, poulette.

Poulet grillé.

Fais quelque chose… !

Tombant du fauteuil, elle se précipita dans le couloir, se tenant des deux mains aux parois pour ne pas se casser la figure. Elle se jeta sur son siège à la place d'Edgar, qui regardait tout avec des yeux effarés, laissant choir son appareil photo. Salomé ne s'occupa même des commandes. Elle coupa les deux moteurs.

Entraîné par son propre poids, le Catalina plana d'abord, puis plongea vers le sol, 3 kilomètres plus bas. Le vent se mit à hurler autour du cockpit. Salomé compta jusqu'à cinq puis ralluma les moteurs, les poussant aux trois quarts de leur puissance. Si elle avait attendu deux secondes de plus, le Catalina aurait décroché. Ils venaient de perdre 300 mètres en quelques secondes et de sortir de la zone critique.

Mais ils étaient saufs.

Si Blake et ses copains nazis aiguisaient leurs couteaux, les saucisses à la française, ça n'était pas pour tout de suite.

33

Calme

–Un zeppelin… ! souffla Edgar pour la troisième fois. Des nazis !

–Des fantoches, oui, grommela Salomé. Je ne sais pas ce qu'ils croyaient bricoler avec leur ballon gonflable…

–Vous croyez qu'ils testent du matériel de guerre ?

Salomé haussa les épaules et contrôla l'altimètre. Il y avait de quoi être à bout de nerfs. Edgar se renfonça dans son fauteuil. Il avait l'impression d'avoir vieilli de 10 ans en 24 heures.

Brusquement, Salomé annonça :

–Je sais comment nous allons rattraper notre retard.

–Encore une entourloupe à la Mac Nabb ? répondit Edgar.

–Pas cette fois. Nous nous débrouillerons seuls.

–Et comment ?

–En supprimant la troisième étape.

Edgar haussa les sourcils.

–Vous voulez dire que nous n'allons pas atterrir à Montevideo ?

–Exactement.

Il examina la carte, évaluant les distances.

–Et l'essence ?

–Nous en avons.

–Suffisamment ?

–Je crois.

– Ça ne suffit pas, de croire !

Salomé eut un geste d'agacement.

– Bon. J'en suis certaine.

– Certaine ?

– … À peu près.

34

La rue argentine

Au passage de Buenos Aires, on les avertit que l'avion de Blake avait été vu au large de Huasco, un peu au sud du tropique du Capricorne – c'était à moins de 6 heures de Puerto Montt. Edgar étudia les cartes.

– Nous sommes maintenant à 1 633 kilomètres, dit-il. Si vous poussez les moteurs à fond, ça nous fait 5 h 44. Mais vous allez griller toute l'essence, non ?

– Eh bien, la victoire se jouera sur des détails, articula Salomé, les dents serrées.

Edgar se laissa emporter par ses pensées, repassant les 11 000 kilomètres qu'ils venaient de traverser en 40 heures.

Un vertige le prit. Salomé dut s'en apercevoir, car elle posa sa main sur son bras.

– Nous ne sommes pas encore dans les cordes, Loiseau, dit-elle doucement. Nous devons rester affûtés comme des couteaux. Nous avons rattrapé notre retard, nous ne sommes pas mal placés, mais il ne s'agit pas de ça ; il s'agit de *gagner*. Compris ?

– Compris, marmonna Edgar.

***

Au-dessus des plaines de l'Argentine, le silence les entoura comme un édredon de mousse. On n'entendait que les pas d'Edgar sur le plancher métallique de la coursive ; convaincu qu'ils étaient pourchassés ou qu'ils n'allaient pas tarder à l'être, il bourdonnait du cockpit aux postes de mitrailleurs.

– Tenez-vous tranquille à la fin, lui dit Salomé. Et parlez-moi. Quand on ne me parle pas pendant que je pilote, il y a un risque pour que je m'endorme.

– C'est vrai ? tressauta Edgar.

Salomé grimaça un sourire.

– À moitié. Vous savez que le premier à avoir traversé les Andes en avion n'est pas *un* premier, mais *une* première ?

Edgar feuilleta son carnet machinalement, cherchant dans ses souvenirs.

– Quel était son nom, déjà ? dit-il. Bonnard ? Bollard ?

– Bolland.

Il claqua des doigts.

– Adrienne Bolland, c'est ça.

– C'était un exploit, mais les gens, à l'époque – il y a 15 ans –, ont entouré cette histoire de tout un tas de détails stupides. Bolland était une femme, et il fallait donner à son exploit quelque chose de féminin. L'émotion au-dessus de la raison.

– Comment ça ? dit Edgar.

– Bolland arrive en Argentine pour présenter un appareil – un Caudron – à l'armée, et des journalistes parient qu'elle n'arriverait pas à franchir les Andes avec le Caudron. Elle relève le pari. Elle écrit un télégramme à Caudron lui-même, l'industriel, qui refuse de lui envoyer un autre avion. Celui-là, pourtant, n'est pas taillé pour voler au milieu des montagnes. Pas de pare-brise, un plafond maximal de 4500 mètres… Dans ce coin, les Andes comptent parmi les plus hauts sommets du monde.

– Et… c'est là que nous nous dirigeons ?

– Non-non. En comparaison, nous volerons au-dessus de collines. Souvenez-vous du Toubkal ; ça vous donnera une idée « modèle réduit » du trajet de Bolland. Elle décolle le 1er avril ; pas d'instruments, pas de carte, et elle ne connaît pas la région. « Il suffit, dit-elle, de jouer à saute-mouton par-dessus la montagne. »

– Une folie ! Mais il y a aussi, si je me souviens bien, une histoire de voyante ?

– Oui. La veille du départ, une Brésilienne lui confie qu'elle doit survoler un lac en forme d'huître. Arrivée là, elle doit se diriger vers la droite, droit sur une montagne en forme de chaise renversée. Si elle passe à gauche, elle est perdue. Cette femme n'a jamais vu un avion de sa vie, et affirme à Adrienne Bolland qu'elle a été envoyée par un médium. « Cet entretien dure le temps de griller une cigarette », dit-elle.

– Et pendant son vol, elle tombe sur ce lac en forme d'huître.

– C'est ça. Elle prend à droite et fonce sur la montagne.

– Alors la voyante avait raison… ?

– Oui ! Pourtant, elle est sur le point de s'écraser. « Quelle mort stupide ! » pense Bolland. Et à ce moment, un courant d'air ascendant la soulève au-dessus de la montagne et lui montre, à travers un défilé, les plaines du Chili. Elle a réussi. Elle est portée en triomphe. Mais le consul de France, qui a cru à un poisson d'avril, ne s'est pas déplacé.

Il y eut un silence. Le vent battait le cockpit à l'approche des montagnes.

– Une rue de Santiago du Chili porte son nom, maintenant, ajouta Salomé.

Edgar se tourna vers elle, le coude appuyé contre le cuir du fauteuil. Il essayait d'attraper le regard de Salomé, qui regardait droit devant.

– Vous voudriez qu'une rue porte votre nom ? Ce serait chouette. Je veux dire, tu… vous le mériteriez.

Salomé vérifia le réglage du pilote automatique et se rabattit dans son fauteuil avec un soupir de fatigue. Elle se frottait les yeux.

–Tiens, vous… tu pourrais aller me chercher de l'eau ?

Puis elle le regarda avec un demi-sourire, un peu gênée, un peu contente d'avoir elle aussi franchi le pas. Edgar avait l'air à la fois sonné et aux anges.

–Je veux bien. Si tu veux. Je veux dire, j'y vais !

Il apporta une gourde. Salomé but à longs traits puis s'essuya du revers de poignet.

–On a beau se donner toutes les raisons de penser le contraire, évoquer la tranquillité d'âme des vieux et ce genre de choses, personne ne veut qu'on l'oublie. Mais pour l'instant, Edgar, je n'ai encore rien fait de ma vie !

–C'est pour cette affaire de nom de rue que tu aimes l'histoire de Bolland ?

–Un nom de rue, les gens passent devant sans le regarder. Mais je n'aime pas la manière dont on raconte cet épisode. Il sent le mépris pour la femme.

–Explique-moi.

–La version qu'on a tirée de cette histoire est la suivante. Bolland accepte le pari : on dit qu'elle est impulsive. Elle vole sans instruments : elle est étourdie. Sous sa combinaison, elle porte un pyjama bourré de papier journal pour lutter contre le froid, et là-haut elle s'aperçoit que ce pyjama ne la protège de rien : elle est stupide. Le froid fait littéralement exploser ses lèvres, les vaisseaux sanguins de son nez : elle est enlaidie. Cette histoire de voyance, à laquelle elle croit : de la candeur féminine. Enfin, bien qu'étant impulsive, étourdie, stupide, laide, crédule, elle réussit son vol : on dit qu'elle a de la chance. Voilà comment on raconte ça. Tu te rends compte ? Il a fallu 2 ans avant qu'on lui colle la Légion d'honneur sur le sein gauche. Je parie que le vieux rabougri qui a épinglé la broche tremblotait d'excitation. Deux ans durant lesquels des messieurs à haut-de-forme ont collecté, recoupé, comparé tous les témoignages pour confirmer *enfin* qu'elle avait réussi. Si Bolland avait été un homme, l'idée de compiler des témoignages pour prouver son exploit n'aurait traversé la tête de *personne*. Et on aurait parlé de Courage, de Témérité, d'Excentricité, d'Acuité, de Foi, des marques de l'Héroïsme, de Volonté de fer.

Edgar haussa les épaules.

–C'est peut-être une manière de voir les choses un peu…

–Exagérée ? Ce qui est sûr, c'est que les gens ne sont pas prêts à l'entendre. Toi-même, tu comprends ce que je te raconte ? Que diront-ils de moi, à ton avis ?

–Quand tu m'as raconté cette histoire, je ne voyais pas les choses comme ça. Je trouve qu'elle a eu du courage, même si c'était insensé. Et (Edgar donna de la conviction à sa voix) je pense que tu as du courage.

–Bolland avait dû boire quand elle a accepté le pari, sourit Salomé.

–Boire ?

–Un peu avant cette histoire, la veille d'un vol au-dessus de la Manche, elle a rejoint des amis dans un club pour fêter son départ. Quand elle a décollé, on a mis un moment avant de retrouver sa trace en Angleterre. « Nous avons tous cru que vous aviez bu la tasse », lui ont dit les journalistes. « Bu, oui, mais pas la tasse », leur a-t-elle répondu.

Salomé tapota du doigt sur le cockpit.

–Nous sommes à 2 heures des Andes. Une fois que nous les aurons traversées, il n'y aura plus qu'à laisser glisser l'avion jusqu'à Puerto Montt. Nous arrivons bientôt, Edgar.

Il déplia la carte dans un froissement pour trouver le bon carré.

–Nous sommes au-dessus des pampas ?

–Nous en sortons. Nous venons de pénétrer en Patagonie.

–C'est marrant, fit Edgar, pensif. Dans « Patagonie », on retrouve « agonie »…

–Marrant, hein… ?

–Oui, marrant.

Il grommelait ça en trifouillant le tableau de bord.

– Qu'est-ce que tu fais ? dit Salomé. Enlève tes pattes de là !

– J'attache mon stylo à une ficelle. Il n'arrête pas de tomber !

Salomé lui grogna de se dépêcher, qu'il allait finir par déraper appuyer sur un bouton et couper un moteur. Enfin, Edgar satisfait contempla son œuvre : le stylo accroché à une ficelle trop courte, qui l'obligeait à se pencher quand il voulait faire ses calculs.

35

Les flûtes du malheur

Edgar s'était endormi. Il avait voulu essayer le sommeil hypnotique et s'était écroulé sur son fauteuil avant même d'avoir compté jusqu'à 5. Salomé le regardait de temps à autre du coin de l'œil. Il avait remonté ses genoux sur le siège et essayait de maintenir sa tête droite, mais elle tombait sans cesse sur le côté.

Un peu après le Rio Negro, ils avaient quitté les plaines et survolaient à présent les Basses Andes. Dans moins de 2 heures, ils largueraient la cargaison de médicaments sur la ville, puis atterriraient à Puerto Montt.

Quelque chose tordit le ventre de Salomé, un mélange d'exaltation et d'inquiétude.

Dans les brumes de l'horizon, il lui semblait distinguer de loin en loin le Pacifique. Son cœur se mit à battre plus rapidement.

Au cours de la dernière heure, ils franchirent les montagnes. Sous les nuages, ce devait être la plaine jusqu'au Pacifique. Salomé descendit à 2000 mètres. Le dernier pic apparut, entouré d'une chape de nuages grisâtres. Une colonne de fumée se dégageait de son sommet et perçait le ciel, 10 kilomètres plus haut.

–Est-ce ça, le Calbuco ? demanda Edgar.

–Oui.

Salomé, comme hypnotisée, fit pivoter le Catalina dans cette direction. Edgar se cramponna à son appareil photo et prit quelques clichés tremblants.

– Fais encore un passage, s'il te plaît. Plus près, murmura-t-il.

Salomé, sans répondre, décrivit une nouvelle courbe un peu au-dessous du volcan, puis remonta, portée par les courants chauds. Ils rasèrent la bouche du Calbuco, ouverte et dégorgeant de lave comme un cou saignant, surmontée d'échappées grises.

Edgar prit d'autres photos.

Puis ils descendirent le long de la pente et passèrent sous les nuages.

– C'est de la cendre, expliqua Salomé. Il faut sortir de là en vitesse.

Elle suivit une veine de lave rouge, qui avait dévalé la pente jusqu'à la mer. Elle striait la plaine en sillons immenses, qui paraissaient comme retournés par une charrue d'apocalypse. Sortis des profondeurs, des blocs de roche avaient percé la surface du sol, obliques, pointant vers le ciel aveugle, y dessinant des signes illisibles pour l'homme. Des bouffées de chaleur faisaient sauter le Catalina par à-coups.

– Appelle Puerto Montt, souffla Salomé à Edgar. Cherche la fréquence de la tour de contrôle.

Edgar s'installa au poste radio, feuilletant la liste des fréquences. Il tourna les potentiomètres, cherchant à travers le brouillard. De temps à autre, il appelait : « DC-X à Puerto Montt, DC-X à Puerto Montt, me recevez-vous… ? »

– Je ne les trouve pas, finit-il par dire, de retour dans le cockpit.

Salomé hocha la tête, l'air inquiet. Edgar se racla la gorge, désignant du pouce derrière lui.

– En fait, ce truc n'a jamais marché correctement…

– Quel truc ?

–Cette radio à la noix. À part grésiller comme une mouche ou parler allemand…

–C'est vrai, ricana Salomé.

Edgard grommela que c'était une sacrée place perdue, qu'on aurait mieux fait de stocker de la nourriture ou installer un billard pour se délasser, à la limite. Salomé fendit une traînée de nuages et se laissa glisser le long de la coulée de lave. Soudain, elle tendit le doigt vers l'horizon embrumé par les nuées de poussière. Edgar souleva ses lunettes de soleil, plissa les yeux.

La ligne de la côte se dessina peu à peu à travers les fumées. Et puis il y eut ce qu'il restait de la ville.

PUERTO MONTT

36

La terre de biais

À la faveur d'un courant favorable qui les porta comme sur un coussin d'air, ils s'engouffrèrent entre les collines où s'étageait Puerto Montt. Le sol s'était ouvert, écartant ses mâchoires de pierre et avalant la moitié de la ville. Le rift courait jusqu'à la mer. À cet endroit, l'océan semblait s'engouffrer comme dans un siphon – des centaines de milliers de litres par seconde.

La terre s'était fendue en deux.

Là où auparavant il y avait une ville, c'était un désastre de pans de murs jetés sur le dévers des collines comme un jeu de cartes par un tricheur en colère. Tout avait glissé lorsque la terre s'était soulevée. Salomé sentit la main d'Edgar se crisper sur son épaule. Quand, au premier survol, son regard se posa sur les maisons pendues au bord du gouffre, elle comprit que toutes les autres étaient tombées le long des pentes abruptes, se délitant planche à planche – ici, une fenêtre accrochée par un buisson à fleur de roche, là, une cheminée se confondant avec la pierre, le reste dans le trou sans fond.

Le rugissement des moteurs rebondit le long des parois, et s'effilocha en spirale à la suite de la cité disparue.

Salomé navigua d'un pan de colline à l'autre, jusqu'à l'endroit où l'océan tombait dans le rift. Edgar et elle cherchaient partout un campement d'hommes, un feu, un signe de vie, et les rues défilaient au-dessous, les troncs de palmiers cristallisés par la poussière, les morceaux de maisons encore debout ficelés dans les fils électriques, un navire de pêche au milieu d'un boulevard, la coupole d'une bibliothèque déposée au milieu d'un parc gris, sous la lumière de fin du jour…

– Où devons-nous parachuter les vivres ? dit soudain Edgar.

Salomé secoua la tête en pinçant les lèvres.

– Il n'y a personne pour ouvrir les colis...

Edgar se renfonça dans son siège et contempla le désastre sans parvenir à cligner des yeux. Au-dessous d'eux, l'océan déroula ses lames, puis l'appareil fit demi-tour, et ils revinrent vers ce qui avait été la ville. Il se redressa brusquement.

– Et Blake ?

– Quoi donc, Blake ?

– Où est-il ? Est-ce qu'il a gagné ?

– Gagné quoi ?

– Mais la course !

– Bon Dieu, Edgar… Regarde… Qu'y a-t-il à gagner ?

En bas, une silhouette fugace traversa un boulevard. Le soleil rouge entre les collines envoyait des flèches de sang sur le sol brisé.

– Je vais faire un vol de reconnaissance à basse altitude, dit Salomé. Ouvre l'œil.

***

Au deuxième passage au-dessus de la côte, Edgar poussa un cri.

– Blake !

Salomé regarda. En contrebas d'un pan de falaise, un avion était enfoncé jusqu'au ventre dans une bande de sable. Ce fut un choc. Salomé tressaillit devant cette impression de rorqual échoué – elle n'aurait su dire si c'était de plaisir sauvage ou de pitié. Elle obliqua et revint vers la plage, survolant le lieu où se trouvait l'épave. C'était bien le Clipper de Blake.

À première vue, la carlingue n'avait pas souffert. Les ailes étaient intactes. Un vol de goélands, attiré par l'éclat gris du métal, s'était posé à la ligne sur le toit du Clipper.

– Il a dû vouloir amerrir, et les courants l'ont rejeté sur la plage. Il ne pourra pas faire redécoller l'appareil.

– Techniquement, marmonna Edgar, nous avons gagné.

Il tenait le Clipper dans son objectif. Il prit quelques clichés.

– Tu y tiens absolument ? fit Salomé.

– Oui.

– Alors si tu y tiens, oui, techniquement nous avons gagné.

– On ne peut pas le laisser comme ça, tout de même, murmura Edgar.

– Il a dû quitter la carlingue, si c'est ce qui t'inquiète. Je ne vois personne. Si Blake était naufragé, crois-moi, on aurait vu apparaître *illico* le bout de sa vilaine moustache au premier bruit de moteur au-dessus de sa tête.

– Il paraît que les Anglais préfèrent crever confits dans leur orgueil plutôt que de lever le petit doigt quand on leur tend la main.

– En attendant, grogna Salomé, il n'y a pas plus de Blake ici que de beurre en broche.

Ils firent un dernier passage. Les vagues assaillaient la carlingue du Boeing, qui pivotait à chaque fois de quelques pieds sur son axe, puis reprenait sa position initiale avec le reflux.

– C'est une tôle bien sinistre, affirma Edgar.

– Un appareil abandonné a tout de suite l'air d'une épave, dit Salomé.

– Nous devons trouver un moyen d'aller voir ce qui s'est passé ici. Ce serait bien de savoir ce qui a mal tourné.

– Remarque de journaliste. Ça y est, alors, tu as pris le goût de tâter les cadavres ? Je ne sais pas, Edgar, franchement. Nous devons d'abord trouver quelque part où atterrir avant la nuit, et ce n'est pas ici que nous pouvons le faire. Regarde ces rochers. La terre n'est droite nulle part. Tout est de biais.

Ils mirent le cap vers ce qui restait de l'aérodrome.

Ils survolèrent la tour de contrôle, une carcasse aux fenêtres vides. Des pistes d'atterrissage, il ne restait plus qu'une plaque de ciment brisée en son milieu ; le reste avait disparu dans les profondeurs du rift.

– Je vais devoir me poser ici, dit Salomé. Pas le choix. La nuit tombe, dans 2 heures on ne verra plus rien.

Elle désignait le tronçon de ciment, posé comme en équilibre au bord du gouffre.

– Ce morceau de piste est assez long ?

– Nous le saurons bientôt.

Le Catalina rebondit dans les ornières en fin de piste et se mit à dévier de la ligne droite. Salomé accompagna le mouvement des commandes et ne chercha pas à redresser ; l'appareil aurait risqué le déséquilibre. Il acheva sa course en crabe, dans un nuage de poussière. Salomé souffla, les mains encore crispées sur le volant.

– Encore un miracle, dit-elle. Nous n'avons rien cassé.

Les ailes oscillèrent quelques secondes de plus.

Edgar devina tout ce qu'elle ne disait pas. « Si nous avions cassé le train d'atterrissage, impossible de redécoller. » Et comment repartir de cette terre détruite ?

Ils sautèrent à bas du cockpit et, contournant l'appareil, ils foulèrent la plaque de ciment.

Ce qui frappa Salomé en premier, ce fut l'odeur de poussière, une poussière légère et grillée qui rappelait un feu de charbon. Au loin, un grondement sourd et continu, courant sous toute la terre, leur rappelait la présence du Calbuco, terré à des kilomètres de là dans les Basses Andes.

– Tu parles d'un barbecue ! s'exclama Edgar. Qu'est-ce que nous allons faire ?

– Eh bien, ricana Salomé, on va réparer la ville ! Tu n'as pas l'adresse d'un bon charpentier ? Si tu veux prêter main-forte, il y a un peu de boulot !

– Peut-être que nous pouvons décharger le matériel ?...

– C'est ce qu'il y a de mieux à faire.

Ils s'y mirent, disposant les caisses et les sacs à un endroit stable du tarmac. Au bout de la centième caisse, Salomé ôta sa veste et la jeta par terre.

– C'est dérisoire, ça ne sert à rien. On a de quoi nourrir mille personnes, pas plus. C'est une goutte d'eau...

– De toute façon, remarqua Edgar, je ne vois personne à nourrir pour le moment. Que faire du matériel médical ?

– Plus sûr de le laisser dans la soute.

Edgar écarta les bras en signe d'impuissance.

– Qu'est-ce que je peux écrire à *Paris-Soir*... ?

– Qu'est-ce que tu pourrais écrire ? Que c'est pire que prévu ? De toute façon, est-ce qu'il reste seulement une ligne intacte pour leur téléphoner ?

– Bon, dit Edgar. Je verrai bien. Dis donc, il y a quelque chose que je n'avais pas remarqué, sous les caisses de nourriture...

– Ah. Tu as trouvé la tuyère d'Argol ?

– Tuyère ? Cette espèce de gros tube de métal ? Ça traverse tout le plancher, on dirait.

– C'est un réacteur. Une invention secrète. Mais comme il n'y a personne ici pour nous espionner, je peux t'en parler. En réalité, ce n'est pas tout à fait une invention. Les Allemands travaillent sur un prototype d'avion à réaction depuis quelques années, maintenant.

– À réaction ?

– Ce genre d'avion utiliserait un réacteur à essence pour se déplacer plutôt que des hélices. Argol correspond avec des cinglés du monde entier, des obsédés de la fusée. Il travaille sur un modèle de tuyère depuis des mois, et m'a demandé de monter ce réacteur sur le Catalina. J'ai accepté.

–Tu comptes t'en servir ?

–Franchement, Edgar ? Plutôt mourir ! C'est le genre de truc qui explose quand tu appuies sur la manette. Argol est un excellent technicien, il me garantit que tout fonctionne parfaitement, mais ses modèles-tests avaient la taille d'un crayon à papier géant. Tu vois le genre ?

–Oui, murmura Edgar. Donc, tu ne l'as jamais utilisé.

–Tu vois bien que non. Je n'en ai pas eu besoin. Allez... Au boulot ! À vue de nez, on a bien encore 50 000 caisses à décharger...

Un peu avant le crépuscule, ils achevèrent de vider la soute. Salomé s'assit sur une caisse, allumant une cigarette, contemplant la ville sur laquelle le tarmac offrait une vue plongeante. Le vent se leva, faisant voleter ses cheveux. Malgré l'arrivée de la nuit, aucune lumière ne s'alluma du côté de Puerto Montt. Le grondement de la mer, peu à peu, s'amplifia. Edgar s'assit à côté d'elle.

–Et maintenant ?

–Maintenant, dit Salomé, nous devons savoir s'il reste quelqu'un ici. Demain, nous descendrons dans la ville pour voir.

–N'est-ce pas un peu, euh... dangereux ?

Un grondement leur parvint. Ils tournèrent la tête ; du Calbuco qui surmontait tout le paysage, une gerbe de flammes haute de plusieurs dizaines de mètres jaillissait parfois pour s'évaporer dans les nuées de cendres. Salomé regarda Edgar de côté, tira une bouffée de cigarette et dit doucement :

–On en a vu d'autres, toi et moi, non ? Ce ne sera pas de tout repos. Mais nous devons le faire.

–Tu as sans doute raison, murmura Edgar. Salomé...

–Quoi ?

–Regarde ça.

À l'extrémité de la piste, au-delà du béton brisé et des armatures de ferraille tordue, des ombres remuaient.

– On dirait que nous allons avoir de la visite, souffla Salomé. Va chercher les fusils.

37

Los niños

Edgar se rua dans la soute et en tira les fusils. Il lança l'un à Salomé et chargea l'autre. Puis ils s'allongèrent derrière des sacs de denrées, visant l'endroit de la piste où ça remuait. Les silhouettes se précisèrent – Edgar tira. Ce n'est pas qu'il l'avait absolument voulu, mais son doigt s'était contracté de lui-même sur la gâchette. La balle passa bien au-dessus du petit groupe qui avançait dans l'ombre, mais elle suffit à les égailler comme une volée de merles.

– Mais qu'est-ce que tu trafiques !? hurla Salomé. Ce sont des enfants !

Edgar abaissa son fusil, tremblant.

– Merde ! lâcha-t-il.

Dans le silence crépusculaire, les enfants revinrent peu à peu, avançant avec prudence. Ils entourèrent bientôt Edgar et Salomé. Edgar alluma une lampe-tempête et passa en revue les visages. Les enfants ne reculèrent pas. Tous avaient les joues sales, des écorchures, des coupures. La peau basanée, les cheveux noirs, les yeux brillants.

– Je vais chercher de quoi désinfecter, décida Edgar. Vous parlez un peu d'espagnol ?

– Un peu...

Elle s'agenouilla devant une petite fille.

– *¿Cuál es tu nombre?*

–Luz.
–Qui est encore vivant ici ?
–Los niños.
Salomé traduisit pour Edgar :
–Elle dit que seuls les enfants sont restés ici. *¿Por qué ?*
–Porque no iban rápido.
–Rápido... Ils n'allaient pas assez vite, c'est ça ? intervint Edgar.
Salomé hocha la tête.
–Où sont-ils allés ?
–Dans la montagne, dit Luz. Ils ont dit qu'il fallait s'éloigner de la côte. D'autres sont partis au nord, ils voulaient retrouver l'ancienne route. Tout a été détruit. Mais nous les enfants on est restés ici.
Salomé posa la main sur le bras de la fillette.
–Pourquoi ?
–Je l'ai déjà dit, répéta la petite fille. Pas assez rapides.
–Ce n'est pas une vraie réponse, ça, gronda Salomé. On ne laisse pas les enfants derrière soi. On ne doit pas.
Les mots russes lui vinrent à la bouche. *C'est ça*, se dit-elle en tressaillant, *j'ai déjà entendu ça quelque part. Lisavéta*. Les larmes lui montèrent aux yeux. Lisavéta était arrivée en France seule, ses parents tués par les bolcheviks. Elle avait traversé l'Europe, passant de groupe en groupe comme un chiffon dont on ne sait pas vraiment quoi faire. Car, avait-elle expliqué en russe à Salomé, étant une enfant, elle n'était pas assez rapide.
–Vous avez trouvé de quoi manger ? demanda Salomé.
Luz détourna le regard. Puis elle articula :
–On mange comme on peut.
Salomé retint un frisson.
–Il y a d'autres gens que nous, dit la petite Luz. Il n'y a pas que les enfants. Mais ceux-là, ils ne peuvent pas remonter.
Salomé haussa les sourcils.
–Comment ça ?

–Quand il y a eu le tremblement de terre et que la plaine s'est ouverte en deux, un gros bout de la ville est tombé dans le trou. Le maire de la ville est tombé tout au fond, on l'a vu. Mais il y a encore des gens vivants, dans le trou.

–Vivants ?… Où ça ?

–Sur les pentes. Il y a des endroits où la pente n'est pas assez à pic pour que les maisons et les gens tombent. Mais elle est trop raide pour qu'ils remontent. Moi et d'autres enfants, on est descendus avec des cordes pour voir. On les entend se plaindre quand on est au bord, ça monte d'en bas. Parfois, on voit une moitié de maison restée accrochée à la roche, et ils vivent dedans, ils sont protégés du froid. La nuit, quand il fait assez clair, on voit des points jaunes, parce que les gens allument des bougies sur les pentes. Mais on peut rien faire pour eux. On attend les secours.

Elle voulut dire autre chose et s'arrêta. Salomé l'encouragea du regard.

–Ma mère, murmura Luz, ma mère et ma sœur sont en bas. Elles n'ont qu'une chandelle pour se réchauffer, et un briquet, parce que ma sœur avait chapardé celui de mon père avant tout ça. Le jour, le soleil nous éblouit et on n'arrive pas à voir dans le trou, mais maintenant c'est le soir, je peux te montrer. Tu viens avec moi ?

Salomé la prit par les épaules.

–Nous avons des cordes dans l'appareil, dit-elle. Vous avez besoin de cordes ?

–Oui, je veux bien. On n'a plus beaucoup d'espoir, mais il faut quand même essayer de faire quelque chose. Sinon c'est vraiment la fin.

–Nous pouvons au moins les sauver, elle et ses petits camarades, dit Edgar d'une voix étranglée en désignant la petite fille.

Salomé le regarda intensément.

–Tu as raison. Nous y allons, nous aussi. Va chercher les cordes. Et embarque les fusils, on ne sait jamais.

Edgar et Salomé ouvrirent quelques caisses de vivres. Les enfants refusaient d'approcher. Seule Luz était restée au côté de Salomé ; fallait-il craindre que les enfants ne la rejettent désormais, comme d'un oiseau tombé du nid ? Alors Edgar ouvrit l'une des caisses de bois, brandit une boîte de corned-beef et la tendit en offrande au petit groupe. Le plus grand fit un pas.

– Vas-y, Jorge ! railla Luz. Ils vont pas te mordre.

Sous les ailes du Catalina, ils donnèrent de quoi manger aux enfants. Edgar désinfecta les plus vilaines coupures, Salomé banda la cheville d'un petit garçon qui boitait.

– Et toi, qui es-tu ? lui demanda-t-elle.

– Martìn, répondit le petit garçon. Le frère du grand Jorge.

Luz avala trois boîtes de corned-beef sans prononcer un mot.

Quand elle eut fini :

– On ne peut pas rester là, décréta-t-elle. Je dois aller voir ma mère.

Ils préparèrent des vivres, de l'eau douce et des allumettes. Salomé rangea le tout dans un sac et rechargea le pistolet à fusées de détresse. La petite fille regardait attentivement, ouvrant ses grands yeux noirs.

– Est-ce que c'est profond ? demanda Edgar à Luz.

– J'ai déjà lancé des pierres dans le trou pour voir. Les autres aussi. On peut attendre aussi longtemps qu'on veut, on n'entend jamais le bruit quand ça arrive au fond.

38

Des profondeurs

Du tarmac, ils descendirent les pentes jusqu'à la faille. Edgar se retournait de temps à autre pour observer la silhouette du Catalina, qui découpait ses ailes dans le bleu nuit du ciel. Mais au bas de la pente, on ne voyait plus rien. Salomé allait devant, faisant balancer une grande lampe et guidée par Luz.

Elle nota bientôt que le vent soufflait plus fort ; près de la faille, il s'engouffrait entre les pans de roche et jouait une basse flûte qui envahissait tout le crâne. De loin en loin, l'océan grondait.

– On arrive, dit Luz gaiement. Tu vas y arriver, dis ? Fais attention quand tu marches ici, c'est étroit, tu pourrais tomber. Ne regarde pas en bas, ça vaut mieux… Tu as le vertige ?

Salomé se serra contre le pan de roche qui couvrait sa gauche. Si elle avait mis le pied plus à droite, elle serait tombée au fond. Elle regarda tout de même et aperçut, loin au-dessous, des points de lumière. Elle faillit tomber et se cramponna à la roche.

– Tu n'as pas pu t'empêcher, lui reprocha Luz. C'est dangereux ! Tu as vu les bougies, alors ? Les gens sont là. Ils nous attendent. Hé-oooh !

Son cri rebondit contre les parois et tomba en bas, comme un caillou. L'écho résonna, mais il sembla à Salomé qu'il y avait eu d'autres cris, venus du fond, en réponse. Luz s'accrocha à sa main et serra fort.

Elles descendirent encore, le long de l'étroit chemin. Derrière eux, le convoi d'enfants murmurait, discutant de la meilleure façon de s'y prendre avec les cordages ou évoquant ce qu'ils avaient fait de leur journée. Sans les comprendre, Edgar frissonnait de les entendre parler avec tant d'insouciance. Ils arrivèrent enfin à une sorte de plate-forme où on pouvait tenir à plusieurs sans tomber.

– C'est le bon endroit pour accrocher les cordes, dit Luz. Heureusement que vous êtes arrivés : on commençait à en manquer.

– De cordes ? fit Salomé.

– Oui. Beaucoup de choses ont brûlé ou disparu, et les adultes ont emporté tout ce qu'ils pouvaient avec eux.

– Les adultes, hein ? répéta Salomé.

– Les fuyards, corrigea la petite.

– Si les autres sont les fuyards, vous, qui êtes-vous ?

– Les survivants, affirma Luz, lèvres serrées. Attention, dit-elle à Salomé qui commençait à fixer un cordage à un piton de roche. L'autre jour, une corde s'est cassée et Ella est tombée.

Elle regarda Salomé droit dans les yeux.

– Pour retrouver ma mère et ma sœur, il faut quatre longueurs de corde. C'est loin. Ça ira ?

Une fois qu'ils eurent vérifié les filins, Salomé s'engagea dans la faille. La descente lui sembla durer un temps infini. Elle sentit peu à peu l'océan gronder davantage, et sa gorge s'assécher – l'impression qu'une vague l'attendait en bas pour la happer. Au fil de la descente, la corde se poissait de sel.

À la quatrième longueur de corde, elle balaya la paroi de sa lampe ; une nuée d'oiseaux noirs s'envola aussitôt.

Elle sentit son cœur se contracter. Sur une langue de roche, deux corps l'un contre l'autre étaient allongés au bord du vide, un morceau de chandelle éteinte à leurs côtés. La main de la petite fille serrait quelque chose qui brilla dans le cercle de la lampe. C'était le briquet du père. Les deux visages passèrent dans le cercle de lumière. Ils étaient hâves et sans couleur. Sans vie. Sous les robes, Salomé devina leurs côtes. *Elles ont espéré jusqu'à la fin.*

Un court instant, elle eut envie de couper le filin et de se laisser tomber au fond du gouffre, loin du cercle de lumière et des deux visages. Comment annoncer à Luz ce qui s'était passé ?

Le rugissement de l'océan envahit ses oreilles.

Elle prit pied sur la plate-forme étroite et se pencha sur les deux corps, approchant sa lampe des visages. Elle prit leur pouls, ne sentit rien ; posa la main sur leurs cœurs pour capter la respiration : elle ne sentit rien.

– C'est pas vrai, c'est pas vrai, murmura-t-elle.

Elle demeura immobile un instant, saisie par le froid qui régnait. Comment les deux malheureuses auraient-elles pu survivre ? Mais une autre idée lui traversa l'esprit ; de sa veste, elle tira un petit miroir de poche et l'approcha du nez et de la bouche de la petite sœur. Elle braqua dessus le rayon de la lampe et attendit.

Elle dut s'y reprendre à plusieurs fois pour accepter enfin qu'elle voyait ce qu'elle voyait : à longs intervalles, une fine buée se déposait sur le verre du miroir et disparaissait aussitôt.

Cela signifiait une chose claire : la petite respirait. Il fallait croire que l'organisme était tombé dans une sorte de coma, pour ralentir la circulation du sang et pomper le moins d'énergie possible en attendant les secours ou la mort.

Un autre grondement monta des profondeurs et secoua toute la faille. Salomé, par réflexe, s'agrippa à la petite sœur de Luz, dont le corps commençait à glisser. Elle dérapa. La secousse reprit, la faille pencha ; le corps de la mère glissa, Salomé essaya d'arrêter sa chute du bout du pied, en vain. La tête la première, sans un bruit, la mère tomba dans le gouffre.

–Non... ! hurla Salomé.

Aussitôt elle tomba à son tour. D'en haut, elle perçut des cris de panique.

Elle essaya de reprendre son souffle. Harnachée à la corde, elle serrait contre elle le petit corps de l'enfant. Elle ne l'avait pas lâchée dans sa chute. Attrapant la petite sous les bras, elle affermit sa prise et hurla au-dessus d'elle :

–Tirez !

Mais la terre tremblait de toute part, et elle se balançait dans le noir sans que personne répondît.

Le tremblement cessa peu à peu.

Salomé reprit son souffle. Sous le poids de la petite, ses bras commençaient à tirer. Un miracle que la corde n'ait pas été sciée par le frottement, là-haut. Au moment où elle commençait à perdre espoir, elle sentit qu'elle remontait. Bientôt, elle rejoignit les autres.

Edgar attendait avec la lampe-tempête, une horrible expression d'inquiétude sur le visage. *Ça va*, lui dit Salomé avec les yeux. *Moi, ça va*.

Avec un gémissement de douleur, à genoux sur la roche et entourée des enfants, elle relâcha le corps de la petite fille. Luz se précipita vers elle.

–Elle est morte ? cria-t-elle d'une voix aiguë.

Salomé fit non de la tête.

–Et Maman ? Où est Maman... ?

Salomé fit encore non de la tête, mais différemment. Alors, serrant sa sœur dans ses petits bras, Luz se mit à pleurer.

–Ta sœur est vivante, dit Salomé avec douceur. Ça ne se voit pas, mais je te promets qu'elle est vivante. Elle a besoin de soins, de chaleur, de repos. Il faut l'emmitoufler dans une couverture, lui donner à manger et à boire. Elle va s'en tirer. Tu vas voir.

39

Dôme

Cette nuit-là, il n'y eut pas d'autre tremblement de terre.

Ils remontèrent vingt-cinq naufragés.

Edgar, lors d'une descente, eut la vision horrible d'un corps réduit à l'état de demi-squelette, dévoré par les corbeaux. Il faillit relâcher la corde et descendit de 3 mètres d'un coup.

Ils s'arrêtèrent au moment où l'aube commençait à poindre, trop harassés pour continuer le sauvetage. Ils transportèrent la sœur de Luz, qui était incapable de marcher, sur une civière de cordes jusqu'à la sortie de la faille. Les autres survivants suivirent en silence, titubant le long du gouffre, aveuglés par le soleil levant qu'ils avaient cru ne jamais revoir.

De retour au Catalina, Luz tomba dans les bras de Salomé, s'y nichant comme un chaton. Edgar avait déjà chargé le corps inanimé de sa sœur dans la soute et s'employait à la réchauffer en la frictionnant d'alcool. La petite fille poussa un gémissement bref, et retomba en catalepsie ; mais déjà, c'était encourageant.

Quand Luz se réveilla, elle semblait avoir retrouvé de l'allant.

– Je vais rester là, déclara-t-elle. Ma sœur n'a que 5 ans. Isadora, elle s'appelle. Ma petite sœur. Tu imagines ? 5 ans, *señora*.

–Appelle-moi Salomé, murmura Salomé. Je suis si vieille que tu dises *señora* ?

Le sourire de Luz oscilla dans la lumière de la lampe-tempête.

–Je veux veiller sur elle, Salomé. J'espère que…

–Ça va aller, maintenant.

Ils installèrent un brasero dans un vieux bidon d'essence trouvé au bord du tarmac. Les enfants parlèrent de tour de garde, à cause des pillards ; Salomé montra à Jorge, le plus grand, comment charger un fusil Enfield. Puis elle s'installa avec Luz, une couverture sur les épaules, près du feu. Une odeur de haricots en conserve et de viande montait d'une poêle. Les enfants chargés du ravitaillement avaient trouvé de la bière et la faisaient goûter à Edgar. Salomé prépara du café et tendit une tasse fumante à Luz.

–J'ai quelque chose d'important à te demander. Est-ce que tu as vu un homme blanc, avec une grosse moustache ?

–Celui de l'avion ? dit Luz. Hier ?

Salomé but une gorgée de café brûlant et fixa Luz.

–Il y a eu un autre avion que le mien ?

–Oui.

–Alors c'est l'homme de l'avion qui m'intéresse. Quand est-ce arrivé ?

–Jorge et son groupe l'ont vu sur la plage en fin d'après-midi. Moi, j'étais dans la coupole avec Lola, une fille qui habitait dans ma rue. Bon, la rue est partie, mais Lola est restée… On ne peut pas dire que je m'entendais bien avec elle, mais maintenant on doit se serrer les coudes. On cherchait les reliures de cuir pour faire des boucliers. L'avion, je l'ai vu tomber dans l'eau, mais après Jorge m'a dit qu'il s'était mis à flotter.

–Et l'homme blanc, Luz ? Jorge l'a suivi ?

Sur un signe de Luz, Jorge vint, portant son fusil sur l'épaule.

–Je l'ai vu sortir de l'avion, déclara-t-il d'un air important.

– Seul ? demanda Salomé.

– Non, il y avait quelqu'un avec lui. Quelqu'un d'autre.

Salomé jeta un coup d'œil en direction d'Edgar. Les enfants étaient en train de lui apprendre une danse traditionnelle et s'étaient mis à jouer un rythme sur des pots vides ou frappaient des mains en cadence. Edgar trébuchait à chaque pas, et la petite fille qui le menait riait aux éclats. Salomé revint à Jorge.

– Tu les as vus de près ?

– *No*, murmura-t-il. L'homme blanc avait l'air furieux, et ils étaient armés. Ça, je l'ai bien vu. C'était dangereux de s'approcher.

– Furieux ? Pourquoi ?

Jorge plissa les yeux et réfléchit.

– Peut-être parce qu'ils ont eu un accident.

Salomé revit l'image du Clipper échoué sur la plage. Ça, on ne pouvait pas dire que Blake avait réussi un atterrissage propre… ! Jorge poursuivit :

– Il y a une aile qui s'est tordue quand ils ont touché l'eau. Ils sont sortis de l'avion par le côté et ont grimpé dans un bateau. Les vagues faisaient bouger l'avion, alors ce n'était pas facile. L'homme blanc a fait tomber son fusil dans l'eau, et avec le vent on a entendu qu'il criait. Nous, on n'a rien compris, mais ça n'avait pas l'air d'être des mots doux !

Il gloussa.

– Après ça, son coéquipier a rapporté d'autres armes, et ils ont ramé jusqu'à la plage. Derrière eux, l'avion a pivoté, ça a déplacé pas mal d'eau, le canot a failli chavirer. Mais ils sont arrivés en sécurité sur le sable.

– Et après ça, tu les as suivis ? dit Salomé.

– On ne voulait pas leur serrer la pince, ricana Jorge, mais on voulait quand même savoir ce qu'ils trafiquaient. Ils sont partis vers Puerto. On les a vus rentrer dans la ville, mais comme nous, on avait du travail, on a décidé de les laisser se débrouiller.

– Il y avait plus urgent à faire que de suivre des crétins de Blancs, opina Luz.

Edgar, en sueur, avait entendu les dernières phrases de la conversation. Il se laissa tomber lourdement au sol avec un « ouf » !

– Alors ils sont à Puerto Montt ? souffla-t-il.

– Tu sais, intervint Luz, il n'y a plus de port, et le tremblement de terre a brisé les collines. Ce n'est plus la peine de dire « Puerto Montt ».

Jorge reprit :

– Les deux Blancs sont allés dans les premières rues, ils sont entrés dans les maisons qui tenaient encore debout, ils ont exploré les cours… Ils avaient l'air de chercher quelque chose.

– Où ça ? Tu sais ?

– Non, dit Jorge. Je ne sais pas. Ils sont importants pour vous, ces types ?

– Peut-être que si vous allez à la coupole, intervint Luz, vous trouverez quelque chose.

Salomé regarda de l'autre côté des flammes, en direction de la ville plongée dans le noir.

– Qu'y a-t-il, dans cette coupole ? Tu parlais d'y chercher du cuir avec Lola.

– Des livres. Un tas de livres. La coupole est l'ancienne bibliothèque, elle est au centre de la ville. Aucun de nous ne sait lire, alors elle nous sert de tour de guet. Parfois, on joue à s'y cacher. Peut-être que ton homme blanc aussi joue à s'y cacher ?

***

À l'aube, pendant qu'Edgar et Luz achevaient de dormir, Salomé se rendit à l'extrémité du tarmac. Elle fit attention à ne pas se tordre les chevilles entre les blocs de béton brisé ou l'entrelacs de tiges de fer tordues. À la fin de la piste, c'était le vide. *Il faudra bien redécoller d'ici*

24 heures, se dit Salomé, *mais il n'y aura jamais assez de longueur pour prendre de la vitesse…*

En contrebas, Puerto Montt émergeait lentement des brumes. À la jumelle, elle examina la ville en miettes et tressaillit soudain : elle avait trouvé la coupole dont parlaient les enfants. Et dans les premiers rayons de soleil, impossible de s'y tromper : un éclat de lumière scintillait, venu d'une ouverture des plus hauts étages de la coupole. Elle régla la focale pour mieux y voir et tressaillit encore : l'éclat semblait maintenant fixé sur elle.

– C'est lui, murmura-t-elle.

– Qui ça ? fit une voix endormie derrière elle.

Edgar. Il tenait à la main un gobelet de café refroidi.

– T'en veux ? grommela-t-il.

– Donne-moi ça, dit Salomé, lui prenant le gobelet des mains. C'est Blake, j'en suis sûre. Il est dans la coupole. Il est en train d'observer le tarmac à la jumelle, le soleil se reflète sur les verres. Il nous regarde, Edgar.

– Qu'est-ce qu'on peut faire ?

– On ne va certainement pas rester plantés là à se fixer dans le blanc des yeux. Prépare les affaires : nous allons lui rendre une petite visite.

***

À première vue, pour gagner la coupole il fallait marcher tout droit. Mais les décombres monumentaux et les rues coupées en deux par des failles profondes les obligèrent à de nombreux détours. Le soleil passait dans les maisons par les fenêtres sans carreaux. Salomé avait mis ses lunettes d'aviatrice ; Edgar marchait la main en visière.

– Il a bien dû y avoir de vraies rues par ici, dit-il. Mais je ne vois nulle part d'endroit où accrocher une plaque à ton nom.

Salomé haussa les épaules avec un sourire.

– La vraie question, c'est de savoir si Blake nous attend.

Leur marche dura tout le jour.

Au fond d'une ruelle, un pan de maison écroulé leur barrait le chemin. Edgar fit un clin d'œil à Salomé.

– J'ai pris de quoi.

– De quoi quoi ? lui dit Salomé.

Il tira de son sac à dos plusieurs bâtons de dynamite. Salomé leva les yeux au ciel.

– On va contourner… Ce sera plus simple ! Range-moi ça.

– Pas question ! protesta Edgar. J'ai toujours rêvé de me servir de ce truc-là !

– Bon, soupira Salomé. Je vais te montrer comment on fait.

Elle bricola les fils, compta la distance réglementaire et laissa Edgar actionner le détonateur de poche : le pan de mur sauta.

– Tu es content ? rit Salomé.

– Très ! dit Edgar.

Le pan de mur réduit en miettes laissait passage, sur la droite, à l'intérieur d'une maison. Salomé s'y aventura.

Dans une petite pièce close, dont la haute porte de bois donnait à nouveau sur l'extérieur, se trouvait une motocyclette.

– Elle est presque neuve, nota Edgar.

– Tu as déjà conduit ça ? lui dit Salomé.

– Un peu, dit Edgar. Et toi ?

– Bien sûr, ricana Salomé.

Il tournait autour, caressant le guidon, essayant les freins. Enfin, il l'enfourcha d'un bond souple, agrippant les poignées.

– Si on grimpait tous les deux sur cette bécane, on irait plus vite !

Salomé poussa la porte de bois qui s'écroula dans un nuage de poussière, laissant passer un flot de soleil et de paysage.

– Pas besoin de bécane, gros malin. Regarde : nous sommes arrivés.

– Dommage ! murmura Edgar avec un dernier regard pour la moto.

Ils escaladèrent un dernier monceau de ruines et se trouvèrent soudain en vue du dôme, scié de sa base par la catastrophe. C'était une architecture immense, qui engloutissait tout le paysage.

– C'est haut, commenta Edgar.

– D'après toi, combien de piscines olympiques ?

– Deux, évalua Edgar en se redressant, les poings sur les hanches. Ça doit faire dans les 40 mètres de hauteur, non ?

– Couché, bon sang ! le tança Salomé. Tu vas nous faire repérer !

Edgar la rejoignit derrière un énorme bloc de marbre jeté en travers de l'avenue principale.

– Le soir ne va pas tarder, souffla Salomé. Nous devons attendre la nuit si nous voulons rentrer là-dedans à couvert.

Ils s'assirent là, attendant, grignotant des vivres pour faire passer le temps. À certains moments, Edgar passait la tête pour examiner le dôme.

– Va savoir comment ils ont fait pour ne pas le casser en le posant là, grommela Edgar. Cette grosse coupole aurait pu rouler ou tomber à l'envers.

– « Ils » ? dit Salomé, haussant un sourcil.

Edgar se contenta de désigner la terre, les montagnes et le ciel d'un vague cercle du bras.

Durant les dernières heures, ils ne virent pas de trace de Blake ou de son acolyte : ni éclat de jumelles, ni allées et venues.

– J'espère simplement que cet Anglais de malheur n'a pas fait le chemin inverse, grommela Salomé.

– Tu veux dire que pendant que nous sommes là à le guetter dans sa coupole, il se soit décidé à filer en direction du tarmac ?

– Exactement. Son avion est en panne, incapable de redécoller. Le nôtre n'est pas en bonne posture sur le tarmac, mais au moins il est intact. Imagine qu'il file à notre barbe !

Edgar s'amusait à faire sauter une pièce d'argent trouvée sur le chemin, pour faire passer le temps. L'idée de Salomé stoppa net son petit jeu.

– Mais les enfants défendent le terrain !

– Oui. Mais ce sont des enfants.

– Ils en ont vu de dures, fit Edgar. Ils sauront se défendre.

Salomé chaparda la pièce dans les mains d'Edgar et la fit tournoyer à son tour, réfléchissant quelques secondes.

– Tu as raison, conclut-elle. Il faut probablement avoir confiance.

Une secousse venue de loin sous leurs pieds fit soudain trembler le sol. La coupole oscilla, des blocs de pierre tombèrent d'une bâtisse non loin, s'écroulant sur le bitume des rues. Le vent apporta une odeur de charbon qui leur grilla l'intérieur des narines. Edgar crispa les mains sur son fusil ; ils se turent.

Puis tout revint au calme.

***

Quand la nuit tomba sur Puerto Montt, Edgar et Salomé se redressèrent, harnachant leurs sacs, vérifiant leurs armes. Salomé avait pris un pistolet, Edgar le second fusil Enfield.

Le ciel rougeoyait par intervalles.

– Le Calbuco ? s'enquit Edgar.

Il vit la lueur inquiète dans les yeux de Salomé. L'atmosphère était traversée par le double grondement de la haute marée qui s'engouffrait dans la faille et de l'éruption en cours. À la faveur de cette demi-obscurité, prenant soin de se dissimuler derrière chaque obstacle rencontré sur le chemin, ils traversèrent l'avenue qui menait à la coupole. Enfin, ils parvinrent au pied du dôme et passèrent entre les poutrelles de métal et les effondrements de plâtre pour y pénétrer.

À chaque instant, Salomé faisait cligner sa lampe pour voir où ils mettaient les pieds.

Le dallage était parcouru de fractures. Ils durent marcher sur des livres déchirés. De hautes bibliothèques s'étaient effondrées, décollées des murs par le choc, et les pages que plus personne ne lirait tapissaient le sol. Venues d'en haut, les lueurs rouges frappaient le sol, filtrant à travers les fenêtres étroites pour éclairer le massacre. Une fine poussière tournoyait dans les rayons de lampe, comme si les lettres avaient réussi à se détacher du papier pour échapper au tombeau. À plusieurs reprises, Edgar s'agenouilla, tendant la main vers une reliure de cuir rouge ou brune, renfermant des pages détrempées de pluie, lavées de leurs mots. Ils se dirigeaient avec précaution vers le cœur du dôme, d'où leur semblait provenir une sorte de grésillement.

Au détour d'un pilier, Salomé agrippa soudain l'épaule d'Edgar et, d'un coup de lampe, montra ce qui se trouvait au milieu de la rotonde.

40

Le coup à trois bandes

Surmonté d'une lampe verte, un poste de radio clignotait et crachotait. Le microphone était posé sur une table de fortune, soutenue par des piles de livres. Un tabouret vide.

Personne.

Salomé leva la tête pour examiner les étages supérieurs de la rotonde, dont elle discernait les balustrades dans la lumière rougie. Elles semblaient désertes, mais de menus bruits de galopades leur parvenaient. Les rats, probablement.

Ils enjambèrent le monceau de pierres et de livres et se trouvèrent devant le poste radio. Des grésillements explosaient toutes les cinq secondes.

– Peut-être que tu avais raison, chuchota Edgar. Si Blake n'est pas ici, il doit être en route pour le tarmac.

Salomé attrapa le micro et appuya sur la gâchette.

– Allô ? lança-t-elle.

Elle relâcha la gâchette. Les grésillements s'étaient tus. À l'autre bout du récepteur, quelqu'un respirait. Son souffle résonna dans le vide du dôme. Puis :

– *Hallo ?*

– Allô, allô, répéta Salomé d'une voix exagérément rauque.

– *Hallo, Blake ?* dit la voix à l'autre bout.

– *Yes*, dit Salomé. *Where are you?*

Comment ça, « Où êtes-vous » ? demanda Edgar avec un tas de gestes à l'attention de Salomé. Qu'est-ce qu'elle racontait ? Puis il songea que c'était sans doute la meilleure question à poser quand on ne sait pas qui est au bout du fil…

– *Mein lieber Blake*, dit la voix, *warum sprechen sie Englisch ? Ist alles in Ordnung mit der kleinen Französin ?*

– *Nicht jetzt*, souffla Salomé. *Aber bald.*

– *Na gut*, ricana la voix. *Beeil dich. Wir kommen im Moment an.*

De l'autre côté, il y eut un clic. Les grésillements reprirent. Salomé était en sueur.

– Ils arrivent, dit-elle. Dès que Blake aura eu notre peau, ils arrivent.

– Mais qui !? explosa Edgar. Qui était ce type à l'autre bout du fil ? Encore des nazis ? Depuis quand parles-tu allemand ?

– Lisavéta nous a appris. Edgar, nous devons repartir d'ici. On embarque les enfants et on file.

Un cliquetis leur fit lever la tête, mais il était trop tard.

CRACK !

Le coup de feu partit de la balustrade et Salomé vit Edgar s'effondrer comme une masse. Il tomba sur les fesses, jambes écartées, puis s'abattit sur le côté avec un grognement. Une voix glaciale retentit, tombée d'en haut comme un couperet de guillotine :

– Les mains en l'air ! La partie est terminée, Declercq.

Salomé leva les mains, le pistolet encore accroché à la droite. Une voix sensiblement plus grave, venue elle aussi des balustrades, résonna à son tour :

– Déposez ce joujou à terre, et doucement. Si vous faites le moindre geste suspect, Emma vous réglera votre compte.

Salomé, sous le choc, posa son pistolet à terre. Edgar ne bougeait plus, ne respirait plus. *Il est mort*, se dit-elle, et ces trois mots envahirent tout son crâne, tapant contre les parois. Dégorgeant des orifices du dôme, un vent chaud parcourut tout l'espace, brûlant son visage. Elle se redressa lentement, les mains toujours en l'air. La radio crachotait des ricanements.

– Tiens-moi cette petite demoiselle en joue, Emma, fit la voix grave. Je vais lui régler son compte personnellement.

Des pas retentirent, une descente d'escalier. Salomé bougea le pied pour toucher la tête d'Edgar, juste à côté d'elle, et vérifier s'il n'était qu'inconscient. La réponse ne se fit pas attendre : un claquement stria l'air, et la balle frôla sa joue. Emma venait de tirer à nouveau, et elle visait bien.

– Bouge pas ! hurla-t-elle.

– Vous n'êtes pas raisonnable, grinça la voix grave. Elle pourrait vous descendre à 300 mètres.

Blake sortit de l'ombre, son pistolet Luger pointé vers le ventre de Salomé. Il se posta à quelques pas de distance et jeta un regard négligent à terre.

– On dirait que *Paris-Soir* vient de perdre son plus frétillant gratte-papier. Nous n'avons pas beaucoup de temps avant qu'ils n'arrivent, alors autant faire vite.

– Je ne comprends pas, cracha Salomé. Que faites-vous ici ?

– Oh, vous ne comprenez pas ? dit Blake calmement. Dommage pour vous. Vous croyez vraiment que, comme dans tous ces romans ou ces films, je compte prendre le temps de vous expliquer ce qui se passe ici avant de vous abattre ?

– Je suis à votre merci, souffla Salomé. Vous avez failli me faire descendre au-dessus de l'Espagne, puis du Brésil. Alors vous me devez sans doute quelques explications avant d'en finir.

– Certains condamnés réclament un cigare avant de mourir, ricana Blake, d'autres un steak frites. Vous voulez des explications ? Pourquoi pas. Mais (il consulta sa montre) je vais devoir faire vite, mes amis sont du genre ponctuel et je n'ai pas beaucoup de temps à perdre.

– Vous travaillez pour les nazis, lui lança Salomé.

– Vous avez découvert ça ? Bravo, répliqua Blake. Je suis curieux de voir ce que vos petits copains espions ont trouvé d'autre.

– Vous avez vendu Puerto Montt au gouvernement britannique pour 2 millions de livres.

– Également vrai, nota Blake.

– Combien vous paient les nazis ? Vous êtes au service des Anglais et des Allemands à la fois ? C'est ça que je ne comprends pas, haleta Salomé. Vous trahissez votre pays.

Blake prit le temps d'allumer une cigarette.

– Vous en voulez une ? Non ? Dommage, ç'aurait été votre dernière.

Il tira une bouffée. De là-haut résonna la voix d'Emma :

– Dépêchez-vous, Orville. Ils arrivent.

Blake n'avait pas quitté Salomé du canon.

– Votre expression « au service de » me chiffonne, Miss Declercq. Et même, elle me déçoit. Voyez-vous, je suis un homme moderne. Une patrie, qu'est-ce que c'est ? J'y suis né par hasard. Une patrie vous envoie vous faire tuer au front, par caprice. Je sais de quoi je parle. Quand j'étais dans la boue de la Somme, écrasé sous ma carcasse d'avion en feu, personne n'est venu à mon secours. Personne. Quand je suis rentré au pays, ça a été pour apprendre que ma mère était morte de chagrin : l'armée britannique lui avait transmis mon avis de décès. Sur qui compter ? La patrie ? Je préfère prendre ma liberté. Quant à votre histoire de services, les services, moi, je ne m'y soumets pas : je les vends. Ainsi, la reine me paie 2 millions de livres, le chancelier Hitler 3 millions de dollars.

– De dollars ?

La grosse moustache de Blake esquissa une grimace.

– Les Reichsmarks ne valent pas grand-chose. Le Führer paie en dollars-or. C'est plus sûr.

– Toute cette course n'était qu'un prétexte, éructa Salomé.

Blake éclata de rire.

– La course vers Puerto Montt aurait pu n'être qu'une amusante couverture, en effet. Mais ce n'est pas tout à fait le cas. Reculez de trois pas, je vous prie.

Salomé recula. Sans la voir, elle pouvait sentir Emma pivoter au-dessus de sa tête, à l'autre bout du fusil. Blake s'approcha et retourna le corps d'Edgar du bout du pied. Le sang maculait la moitié de son visage, couvrant l'œil droit. Un filet noir coulait au bord de ses lèvres.

– Bien, fit-il. Maintenant, marchez devant. Nous allons à l'étage. Vous pourrez y prendre le thé avec Emma, faire plus ample connaissance. Pensez, deux jeunes femmes de votre trempe ! Et gardez les mains en l'air.

D'une poigne brutale, il attrapa Salomé par le bras et la fit passer devant lui. Au premier étage, Emma adressa à Salomé un rictus ironique en guise de bienvenue. Salomé s'arrêta net pour la toiser, mais Blake enfonça le canon de son Luger entre ses omoplates. Emma, quant à elle, visait son plexus. Salomé frissonna, rentra le ventre.

Ils escaladèrent encore deux étages et atteignirent le haut du dôme. Blake prit Salomé par le poignet et la traîna jusqu'à une ouverture qui donnait vers l'est.

– Regardez par la fenêtre. Si vous faites le moindre geste pour vous enfuir, je tire. Votre dos sera percé, vous vous viderez de votre sang, et vous aurez regretté que je ne vous aie pas cassé le crâne.

Salomé regarda.

À l'est, le Calbuco crachait ses geysers de flammes, teintant tout le ciel en rouge. Les nuages réverbéraient la lueur, la transmettaient jusqu'à l'horizon. Au-dessus du volcan, entre les nuées de fumerolles, elle vit trois formes noires se détacher lentement de l'horizon. Elles se dirigeaient vers Puerto Montt. Une coulée acide descendit du fond de la gorge de Salomé jusqu'à ses entrailles, elle écarquilla les yeux d'horreur : elle venait de reconnaître trois zeppelins.

– Voilà, dit sobrement Blake. Vous sentez ?

Les trois formes noires pivotaient lentement sur le fond rouge, pointant leur proue vers la ville. Une odeur de soufre et de fumée flottait dans les airs.

– C'est l'odeur de la guerre. Ils seront au tarmac d'ici 2 heures.

Salomé se retourna, fixant Blake.

– Au tarmac… pour prendre livraison du Catalina ? C'est pour ça que…

La moustache de Blake étouffa son petit rire.

– C'est fou comme vous autres, Français, vous mettez du temps à comprendre, même quand tout est sous votre nez. Cette course aura permis de vous faire apporter ici un beau matériel de guerre, que les Allemands auront tout le loisir d'étudier. Oui : *c'est pour ça que*. Je dois vous avouer qu'au début, j'étais assez contrarié que vous entriez dans le jeu. Le grain de sable dans le rouage. Et puis un bon ami à moi, von Ribbentropp…

– L'envoyé d'Hitler à Londres ?

– Lui-même, Miss Je-Sais-Tout. Jusqu'au Brésil, j'ai demandé aux Allemands de, disons, vous ralentir. Après tout, il s'agissait pour moi de gagner la course. Mais après Rio, Ribbentropp m'a démontré que vous pouviez nous être utile. Enfin, votre appareil. Et à votre insu, bien sûr, sans quoi l'aventure aurait manqué de sel. Dans 2 heures, les Sturmtruppen d'Hermann Goering prendront possession de votre Catalina au nom du IIIe Reich.

Salomé déglutit avec difficulté.

– Il y a des enfants, là-bas. Ils n'ont rien fait de mal.

– Ne vous inquiétez pas, dit doucement Blake. Dans quelques minutes (il jeta un nouveau coup d'œil à sa montre) – précisément deux –, vous n'aurez plus à vous soucier de qui que ce soit.

– Que vont-ils faire de l'avion ?

– Bombardier ? Transport à long rayon d'action ? Hydravion ? Cafetière ? Que sais-je. Et franchement, ça n'est pas mon problème. Mais au fait, je ne vous ai pas encore remerciée d'avoir joué les convoyeurs de luxe ! Voilà qui est fait.

– Remerciée d'une balle dans la tête, souffla Salomé. 2 millions par-ci, 3 millions par-là, ce qui fait 5…

– On dirait que les Français savent aussi compter, Orville, nota Emma avec un sourire glacial.

Salomé ne lui accorda pas un regard, poursuivant :

– … et mon appareil en guise de cerise sur le gâteau ? Vous n'avez pas perdu votre temps.

Les mains en l'air, elle ne pouvait s'essuyer les yeux. Blake alluma une autre cigarette. La flamme du briquet illumina ses prunelles d'acier, deux billes noires, durant deux secondes.

– Quant à vous, répondit-il, je me suis toujours demandé dans quel monde vous viviez. Pourquoi ce raid sans récompense ? La gloire ? Ridicule. Allons ; la balle n'est pas encore dans votre tête. (Il regarda à nouveau sa montre et vérifia le chargeur de son pistolet.) Il vous reste cinquante secondes. Vous avez d'autres questions ? Vous êtes sûre que vous ne voulez pas de cette dernière cigarette ? Profitez-en.

– J'aimerais dire au revoir à quelqu'un pour la dernière fois, murmura Salomé.

Blake haussa les épaules.

– Ce petit journaliste ? Comme vous voudrez. Vous serez gentille de me raconter ce que ça fait d'embrasser un cadavre ?

Il éclata de rire et pointa à nouveau le Luger entre les épaules de Salomé. Emma ouvrit le chemin ; ils descendirent. Arrivés au bas du dôme :

– Il n'est plus là, énonça Emma d'une voix blanche. Le cadavre a disparu.

41

Blitzkrieg

Le coup de feu partit de derrière le poste radio, et Salomé vit Emma s'effondrer.

Derrière Salomé, Blake cria – aussitôt, elle se coucha à terre.

Bien lui en prit : le coup de feu tiré par Blake passa au-dessus d'elle. Si elle était restée debout, hagarde, à contempler le trou dans la tête d'Emma d'où s'échappait un filet de sang, la balle serait passée entre ses côtes, perçant le poumon droit.

Elle roula au bas des trois dernières marches, se redressa malgré la douleur des contusions. Sous le poste radio, elle vit la flamme jaune sortir du Browning d'Edgar, et le son explosa soudain. Blake s'était jeté de côté pour se mettre à l'abri. Salomé courut et se réfugia derrière le poste.

Edgar était allongé sous la table de fortune en position de tir, du sang plein la joue et l'épaule droite. Salomé se serra à ses côtés. Du coude, il poussa le fusil Enfield vers elle ; elle s'en saisit et visa le bas de l'escalier. Rien ne bougeait, on n'entendait plus rien.

– Tu es vivant, dit-elle.

Les pensées fusaient dans son crâne, impossible de fixer autre chose que ces trois mots.

– Tu crois ? dit Edgar d'une voix trop grave. La balle m'a coupé la joue et a traversé mon épaule. Ça m'a assommé sur le coup. Je crois… Je crois qu'elle est plantée dans l'os.

Je ne sens presque plus rien. Quand je me suis réveillé, j'ai entendu des voix venir d'en haut… C'est un miracle que j'aie pu ajuster la fille et tirer. Tu crois que je vais perdre mon bras ?

– Je ne sais pas, murmura Salomé. Il faut sortir d'ici, regagner l'avion. Des renforts arrivent pour aider Blake à prendre possession des lieux. Les zeppelins, Loiseau… Les Sturmtruppen.

– Voilà un nom qui ne me dit rien qui vaille, grimaça Edgar. Avant ça, il faut lui faire la peau à ce salopard.

– Nous ne pouvons pas perdre plus de…

Juste au-dessus de leurs têtes, le cadran du poste radio vola en éclats. Edgar répliqua aussitôt en direction du Luger.

– Il est encore dans l'escalier, il nous tient en joue, grogna-t-il. Si nous sortons d'ici, ce sera comme au tir de foire.

– Où est ton sac à dos ? chuchota Salomé dans le noir.

– Sur mon dos, chuchota Edgar.

– Bouge pas. Surveille ce maléfique coco.

Et pendant qu'Edgar guettait, perdant peu à peu le contrôle de son bras droit, Salomé fouilla brutalement dans le sac. Elle mit sous le nez d'Edgar les bâtons de dynamite ; il sursauta.

– Je vais créer une diversion. Tu peux courir ?

– Je vais essayer !

Elle tira le briquet de sa poche, alluma le premier bâton et le lança à travers le dôme. Il atterrit à proximité de l'escalier. Juste avant l'explosion, Salomé entendit Blake pousser un violent juron, et la dynamite sauta. Salomé lança aussitôt deux autres bâtons, qui décrivirent un arc de cercle dans les airs. Les flashes aveuglants envahirent la pièce et, creusant de larges ornières dans le dallage, propulsèrent des fusées de poussière jusqu'au plafond de la coupole. La fumée redescendit, s'épanouissant en de larges corolles de champignons.

Blake toussait à en cracher ses poumons. Quand il sortit de son refuge, bien décidé à dégommer les deux rats qui se planquaient sous le poste radio, il n'y avait plus personne.

Il regarda sa montre et se rua au bas de l'escalier – sans un regard de pitié pour Emma, partie souper avec les anges.

***

– À gauche ! chuchota Salomé.

– Non, à droite… !

– Ça ne peut pas être bien loin, pesta Salomé. Là !

Elle saisit Edgar par le bras. Il hurla de douleur.

– Tais-toi ! lui intima Salomé. Tu vas nous faire repérer !

Edgar se retourna. Derrière eux, le dôme se dressait au milieu de la place, ombre noire ramassée sur elle-même. Là-haut, parmi les nuages rouges, flottaient les zeppelins. Ils approchaient.

Ils avaient couru à perdre haleine dans la fumée des dynamites ; et maintenant, Salomé les avait menés dans la maison à la motocyclette. Elle était bien là, intacte. Le sol grondait maintenant sans discontinuer ; il semblait à Salomé qu'une éruption dévastatrice était proche. Elle eut une pensée pour les gens dans la faille – un regret aussi pointu que fugace. Elle vérifia le réservoir ; il y avait de l'essence.

– Grimpe !

Avec force grimaces, Edgar se hissa derrière elle. Salomé démarra au quart de tour et fit vrombir le moteur. Au poil ; mais les phares ne fonctionnaient pas. Elle passa la lampe torche à son passager.

– Éclaire le chemin. Ça va zigzaguer !

Salomé conduisit la moto hors de son garage à basse vitesse, puis elle s'engagea dans les rues encore à peu près droites. À chaque seconde, elle devait éviter une fissure dans le sol ou un bloc de pierre. La moto crachait des vapeurs d'essence. Elle prit par les rues qui montaient ;

il fallait atteindre le tarmac, et vite. La lampe tremblait et Edgar devait se retenir pour ne pas s'évanouir de douleur. Une pétarade éclata soudain dans les airs, puis un crissement de pneus ; Salomé regarda dans le rétroviseur et vit des phares apparaître au coin de la rue. La tête de Blake se pencha par la fenêtre du conducteur ; il conduisait d'une main, et de l'autre pointait son Luger.

– Merde ! jura-t-elle. Il nous suit en voiture ! Pire qu'une tique !

– Accélère, grogna Edgar. J'en peux plus.

– J'aimerais bien ! cracha Salomé.

Deux balles sifflèrent aussitôt au-dessus de leurs têtes. Salomé mit les gaz ; la moto rugit, la rue défila. Dans le rétroviseur, les quatre pneus menaçant de se débiner de leur axe, la voiture tenait le rythme. Ils escaladèrent ainsi plusieurs rues dégagées ; puis Salomé, prenant à gauche, aboutit dans une rue plus étroite, barrée par des détritus.

– Accroche-toi ! hurla-t-elle, et, dirigeant la moto vers un tas de planches disposées en auvent contre les détritus, elle fit grogner le moteur plusieurs fois, puis embraya à fond.

La moto fonça, les pneus frappèrent la planche.

L'engin décolla brièvement ; Salomé pria pour retomber à peu près droit. Dans les airs, elle serra les dents et oscilla des hanches pour équilibrer le poids. La moto frappa soudain la route, et repartit en hoquetant. Salomé poussa un grand cri de rage, serrant le poing. Derrière eux, Blake était bloqué. Il n'avait pas d'autre choix que de lâcher l'affaire. *Hein… ? Essaie de faire du tremplin à ton tour… Cette course-ci, mon petit pote, c'est encore moi qui l'ai gagnée !* exulta-t-elle intérieurement.

Puis elle leva la tête et son cœur se tordit ; l'ombre immense des trois zeppelins se profilait maintenant au-dessus de la ville.

Ils manœuvraient pour descendre.

Un souffle chaud comme une bouche de fournaise baignait à présent la cuvette où avait glissé Puerto Montt. Le sol tremblait à courtes secousses, faisant tressauter la moto. Quand ils arrivèrent en haut, parvenant au seuil du tarmac, une colonne rouge sortait du Calbuco, zébrée d'éclairs par intermittences. Salomé stoppa la motocyclette non loin du Catalina. Elle vit tout de suite Luz et Jorge courir vers eux et le soulagement l'envahit : Blake ne les avait pas doublés par une voie de secours, un souterrain ou similaire entourloupe de son invention. Elle aida Edgar, qui grommelait des choses incompréhensibles, à descendre. Salomé prit Jorge à part.

– Dis-leur à tous de charger des caisses de vivres et de grimper dans l'avion.

Elle montra le zeppelin le plus proche, qui avait entamé sa descente.

– Nous décollons dans 5 minutes, pas une de plus… !

Jorge hurla des ordres, secondé par Luz qui rameutait les gamins sous les ailes du Catalina. Les zeppelins les terrifiaient, mais ils ne pouvaient s'empêcher de s'arrêter à chaque seconde pour les regarder.

Salomé installa Edgar dans le cockpit, le couvrit de sa veste jaune et lui donna de l'eau.

– La piste… trop courte, grogna Edgar. Va… se casser la gueule…

– La tuyère d'Argol, souffla Salomé. On n'a pas le choix. Tu vas devoir t'occuper des commandes… Je vais lancer les moteurs et courir jusqu'à la soute. Je n'ai besoin que d'une chose : que tu appuies sur cette manette rouge quand je te le dirai, dans le téléphone. Tu penses pouvoir faire ça ? Tu peux… ?

Elle l'attrapa par les épaules et le secoua brutalement. Edgar ne répondit rien. *La morphine, vite !* pensa Salomé. Elle se rua vers la trousse de secours et en tira une seringue, qu'elle planta dans la cuisse d'Edgar. Il ne poussa pas même un gémissement.

– Ça va te faire du bien. Bois ça.

Elle lui fourra de force une lampée d'alcool dans le gosier ; Edgar toussa, manquant s'étouffer. Mais il était réveillé.

–J’ai moins mal, nota-t-il. Où sommes-nous… ? Bon Dieu… Ce cockpit… J’espérais ne jamais le revoir… Enfin, je veux dire, je ne pensais pas !

Salomé s’essuya le front d’un revers de bras et retint un sanglot. Au moins, il retrouvait son sang-froid ! Elle héla le chef des gamins qui passait en trottant dans la coursive.

–Jorge ! Où en sont les préparatifs ?

–Des vieux refusent de partir, d’autres sont retournés en ville pendant que vous étiez dans la coupole… On doit être quarante, pas plus.

–Quarante enfants, ça tient dans la soute. Dis-leur de s’asseoir en repliant les genoux.

Jorge fila donner les ordres.

Elle démarra les moteurs pour les faire chauffer. Dans la coursive, elle se cogna à Luz qui fonçait en direction du cockpit.

–Tout le monde est à bord, capitaine ! lança-t-elle avec un salut militaire.

Salomé lui ébouriffa les cheveux.

–Alors c’est parti.

–Viens voir ça, fit la voix rauque d’Edgar.

Salomé se précipita dans le cockpit ; par la verrière, elle vit le zeppelin, positionné à l’extrémité du tarmac. Des filins descendaient de son ventre, et le long de ces filins des fourmis.

–Les Sturmtruppen, s’étrangla-t-elle. S’ils arrivent à terre, ils se précipiteront sur nous… !

–On est foutus ! gémit Edgar.

Pour toute réponse, Salomé mit les gaz. La carlingue trembla.

–Mais nous allons tomber comme une brique au bout de la piste ! cria Edgar.

Salomé commanda la fermeture des portes et de la soute. Le Catalina crissa de toute sa tôle et commença à rouler.

–Quand je te le dirai. La manette rouge, Edgar. Puis tu redresseras lentement. Lentement, hein ! Compris ? En attendant, garde-moi ce paquebot droit sur sa ligne !

Se frayant un chemin à travers les enfants, Salomé courut jusqu'à l'arrière de l'appareil. Au fond de la soute, elle déverrouilla une trappe. Les instructions d'Argol étaient écrites en majuscules :

OUVRIR VANNE 1 POUR FLUX ESSENCE.
VANNE 2 : MÉLANGE POUDRE/PROPERGOL.
VANNE 3 : REFROIDISSEMENT ALCOOL.

Elle décrocha le téléphone.

–Loiseau !!! hurla-t-elle. Vous m'entendez… ?

Grésillements. Elle ouvrit les trois vannes. Le Catalina prenait de la vitesse ; pas assez pour décoller. Dans trois secondes, la chute dans le gouffre en bout de piste. Puis :

–*Pardon, je ramassais mes tympans. Je vous écoute, Salomé Declercq.*

–La foutue manette, Loiseau… Maintenant !!

Elle tremblait de tous ses membres. Puis un souffle explosa sous ses pieds et la température monta subitement de plusieurs dizaines de degrés. Le Catalina rebondit et piqua du nez. Salomé lâcha le téléphone, où Edgar beuglait :

–*Nous tombons ! Nous tomb…*

La force centrifuge la plaqua contre la paroi de métal de la soute ; elle sentit les rivets lui rentrer dans le dos, lui heurter les vertèbres. S'arrachant à la pression, elle courut dans le couloir. Les enfants criaient. Elle fut projetée violemment contre le poste radio et eut toutes les peines du monde à gravir les marches qui menaient au cockpit. Enfin, elle bondit à sa place.

Par la verrière du cockpit, un spectacle de cauchemar s'offrit à elle : le Catalina plongeait vers la ville, piquant en direction des toits et des rues. Salomé vit la coupole leur foncer dessus. Elle tira de toutes ses forces sur les commandes. Le souffle vrombit derrière eux, enfla, et l'appareil se redressa.

– Euh, dit Edgar, tu avais dit « lentement » !

Tous moteurs hurlants, l'appareil passa à quelques mètres du dôme. La faille dégringolait sous leurs ailes ; Salomé vira et suivit la saignée creusée entre les collines.

Le rift défila, les menant jusqu'à l'océan. Là, elle trouverait de quoi reprendre son souffle – de meilleures pressions, une atmosphère plus stable.

Au-dessous d'eux, maintenant, la mer se brisait sur le rivage par vagues de 8 mètres, rendue folle par le tremblement de terre. Salomé fit descendre l'avion, suivit la plage. Elle crut voir la carcasse du Clipper de Blake se fracasser sur les brisants.

– Qu'est-ce que tu as fait, là-bas ? souffla Edgar. Comment ça se fait que nous ne soyons pas morts ? Et regarde ça...

Il tapota du doigt le *speedmeter*, qui plafonnait à vitesse maximale.

– On fait plus de 314 bornes à l'heure. À vue de nez, 350 ? 400 ?

– Aucune idée, reconnut Salomé. En théorie, la tuyère pourrait nous faire passer les 500, mais je ne sais pas si la structure le supporterait... « En cas d'urgence ! » me répétait Argol, « seulement en cas d'urgence ! » Dis... C'était bien un cas d'urgence, non ?

Salomé vira encore, revenant vers Puerto Montt. Edgar contempla le paysage noir et rouge par la fenêtre.

– On dirait bien, murmura Edgar. Mais, euh, on est en train de revenir vers la ville, là. Qu'est-ce que tu...

– Pure curiosité, grimaça Salomé.

Elle se dirigea vers le tarmac. Ils y furent en une minute. Au premier passage, ils virent que les zeppelins avaient été arrimés au sol, prêts à décharger leur matériel. Les

Allemands s'agitaient au-dessous et se hâtaient au montage d'une pièce d'artillerie.

–C'est pour notre pomme si nous restons plus longtemps ! s'exclama Salomé. Mais je voudrais bien savoir…

Elle fit un second passage et ils aperçurent alors la berline arrêtée au bord du tarmac. Blake en était sorti. Quand il vit le Catalina passer au-dessus de sa tête, il leva un poing rageur et épaula son fusil. Une flammèche scintilla ; la balle se perdit dans la nuit avant d'avoir atteint la carlingue de l'appareil.

–Vas-y, sale moustique ! cria Edgar. Tire encore pour voir ! Je t'en supplie, laisse-moi arroser ce vilain personnage, Salomé ! C'est l'affaire d'un petit coup de mitrailleuse…

–Pas question, dit-elle. Nous n'avons plus de temps à perdre. La turbine d'Argol est en train de consommer le peu d'essence qui nous reste. Nous devons filer loin d'ici, couper le réacteur, et compter sur nos hélices pour atteindre un endroit sûr. Cette fois-ci, je te garantis un lit et des draps propres !

–Et Blake ? Et les nazis ?

–Il n'y a plus rien ici. Laissons-les crier leur victoire dans le désert. Nous aussi, d'une certaine façon, nous avons gagné. Nous sommes vivants. Et puis, au moins, nous ne repartons pas d'ici sans avoir tenté quelque chose.

Edgar se rongeait les ongles de regret, jetant des coups d'œil vers le tarmac qui s'éloignait. La sulfateuse le démangeait, mais les derniers mots de Salomé le firent redresser les épaules.

–Quelque chose ? Les enfants ? dit-il.

Salomé se contenta d'un hochement de tête.

***

Derrière eux, les enfants dormaient. Edgar resserra le bandage qui soutenait son bras droit et alluma la première cigarette de sa nouvelle vie en les regardant dormir. Luz s'était roulée en boule sur le siège du radio. Il se dit qu'il était déniaisé et regarda sa main gauche. Faite pour manier un stylo, elle avait tenu un pistolet, un manche de mitrailleuse, des bâtons de dynamite, un volant de bimoteur. Et pendant un instant il crut qu'elle était devenue de bois, qu'il ne parviendrait plus à plier les doigts. À tenir un stylo. Mais ses doigts se plièrent.

Il ôta sa veste jaune et la posa sur Luz. Il se dit que toutes les choses mouraient quelque part, mais que la vie continuait ailleurs. Il acheva sa cigarette et regagna le cockpit. Salomé, le visage gris de poussière, vérifiait ses instruments.

– Tu as calculé le cap ? dit-elle.

– Il y a une minute, dit Edgar.

Il montra du menton l'arrière de l'appareil.

– Tu sais, dit-il, dans tous les romans d'espionnage, il y a ce moment où les héros rentrent chez eux et croient que tout va bien se passer désormais.

– Oui, eh bien ?

– À cet instant, il y a toujours un sale type qui surgit de la soute avec un fort accent allemand, et qui détourne l'appareil. Ou alors, c'est une panne de carburant.

– Nous avons assez de carburant pour regagner Bahia Blanca, dit Salomé. C'est de l'autre côté de la montagne… De là, nous décollerons pour Montevideo. Quant à notre ami Blake…

– Oui, dit Edgar après un silence. Nous ne risquons probablement plus rien avec lui. Pour le moment. Qu'est-ce qu'il va advenir des enfants ?

– Je ne me vois pas les confier à l'assistance publique, dit Salomé. On ne met pas des chats sauvages dans une boîte où on plante des barreaux au bord des fenêtres ; il y aurait du dégât. Mais je connais un endroit où ils seraient en sécurité. Quelque part dans une forêt, à l'ouest de Paris.

– Lisavéta ?

– Mais oui. Elle prendra soin d'eux comme de ses propres enfants. Entre ses mains, ils ont un avenir. Et tu sais quoi ?

Au-dessus des Basses Andes, l'avion traçait son arc vers Montevideo. Son vrombissement se fondait presque dans le silence de la nuit. Edgar tâcha de s'étirer et grimaça de douleur.

– Quoi donc ?

Les yeux de Salomé se perdaient dans la nuit, jusqu'à l'horizon où le liseré blanc de l'aube ne manquerait pas d'apparaître. En actionnant le pilote automatique, sa main toucha celle d'Edgar qui cherchait son stylo accroché par la ficelle au tableau de bord. Leurs doigts s'emmêlèrent un court instant, d'abord ils crurent que c'était à cause de la ficelle. Mais au bout de quelques secondes, ils durent reconnaître l'un et l'autre qu'ils se tenaient la main. Ils se regardèrent, le souffle court, les yeux pleins de fatigue et de tout ce qu'ils avaient affronté sur la route du ciel. Il y avait autre chose en plus, qui compensait la fatigue et l'angoisse de mourir dans les nuages, quelque chose qui n'avait rien à voir avec la mécanique, une jauge ou un manomètre, impossible à calculer – inestimable. Ça liait leurs yeux, leur souffle et leurs mains. *C'est quoi ?* se dit Edgar. *De l'amitié ? Est-ce que c'est comme ça, l'amitié ?* Quand on est amis, on se donne de grandes claques dans le dos, on rit fort, on se coupe la parole, et là, juste sa main dans la mienne et le silence, ça suffit. Salomé serra fort ses doigts entre les siens et dit avec douceur :

– Ce serait si bien de croire que tout va bien se passer maintenant, comme dans les histoires où les héros rentrent chez eux. Voilà, nous rentrons chez nous. Nous sommes sur le chemin de la maison, notre bonne vieille Europe. J'ai hâte de repasser l'équateur. Et ni toi ni moi ne sommes des héros de roman, mais (Edgar serra sa main en retour et la regarda droit dans les yeux) j'ai la ferme intention de croire que tout va bien se passer, désormais.

Remerciements

L'idée de ce roman m'est venue par hasard, au détour d'une courte séance de scrolling sur Facebook. Alex W. Inker évoquait la BD d'aviation dans un commentaire de deux lignes, où il disait que ça lui ferait plaisir un jour d'illustrer une histoire d'avions. Comme je venais de boucler *Fraternidad*, le moteur était encore frais et les premières idées me sont venues tout de suite. Écrire *La Course* m'a pris 2 ans, entre plages de documentation, d'écriture, et longues pauses de maturation.

Je remercie chaleureusement Frédéric Lavabre pour m'avoir envoyé *L'Enragé du ciel* dès l'automne 2019, alors même que *La Course* n'était qu'à l'état d'ébauche. Ça signifiait que tu croyais en mon histoire… Précieux coup de pouce !

Je remercie Nathalie, Manon et Alexandra, qui ont pris le temps de lire mon manuscrit à diverses étapes de l'écriture, et qui m'ont toujours encouragé à aller plus loin.

Je remercie également le major Laurent S. pour sa lecture enthousiaste et ses conseils au point de vue technique.

Je remercie encore et toujours Tibo, mon éditeur, qui tient le cap pour moi quand j'ai moins de courage. Merci pour le post-it « Ligne claire », qui m'a guidé pendant ces deux années d'écriture ! On avance ensemble au fil des ans, et on reconnaît mutuellement la valeur de notre travail. Ça n'a pas de prix, en réalité.

Quand on me demande pourquoi j'ai commencé à écrire, je parle toujours de ma mère qui s'est lancée dans son premier roman tout en s'occupant de quatre enfants. Tes histoires ont toujours été des histoires de courage, avant même *Le Chemin de Clara*… C'est ce qui te porte, te définit et nous soutient, aujourd'hui en particulier. Mes livres, d'une autre manière que les tiens, portent cette marque en étendard. Elle nous est commune, et pour longtemps encore.

Je remercie Julia d'avoir repris le flambeau.

Juin 2019 – décembre 2021.

À découvrir aussi
DANS LA COLLECTION EXPRIM'

Fanny ABADIE, *Les Insoumis du blizzard*
Philippe ARNAUD, *Indomptables*
Philippe ARNAUD, *La Peau d'un autre*
Philippe ARNAUD, *Jungle Park*
Philippe ARNAUD, *La Proie*
Philippe ARNAUD, *Terre Promise*
Rolland AUDA, *L'Équipée volage*
Rolland AUDA, *Le Dévastateur*
Rolland AUDA, *Le Gouffre*
Anne-Gaëlle BALPE, *La Boîte*
Clémentine BEAUVAIS, *La Pouilleuse*
Clémentine BEAUVAIS, *Comme des images*
Clémentine BEAUVAIS, *Les Petites Reines*
Clémentine BEAUVAIS, *Songe à la douceur*
Clémentine BEAUVAIS, *Brexit romance*
Clémentine BEAUVAIS, *Âge tendre*
Aurélie BENATTAR, *Luna Viva – Le tournoi des voyantes*
Sabrina BENSALAH, *Vers le bleu*
Sabrina BENSALAH, *Appuyez sur étoile*
Sabrina BENSALAH, *Diabolo fraise*
Estelle BILLON-SPAGNOL, *Amour, vengeance et tentes Quechua*
Estelle BILLON-SPAGNOL, *Y a pas que la vie*
Jérôme BOURGINE, *Bras de fer*
Jérôme BOURGINE, *Le Voyage impossible*
Jérôme BOURGINE, *Toute la vie*
Alexis BROCAS, *La mort, j'adore ! – Saison 1*
Alexis BROCAS, *La Honte de la galaxie*
Marion BRUNET, *Frangine*
Marion BRUNET, *La Gueule du loup*
Marion BRUNET, *Dans le désordre*
Thomas CARRERAS, *100 000 Canards par un doux soir d'orage*
Thomas CARRERAS, *50 Cents*
Axl CENDRES, *Aimez-moi maintenant*
Axl CENDRES, *Échecs et but !*
Axl CENDRES, *Mes idées folles*
Axl CENDRES, *La Drôle de vie de Bibow Bradley*
Axl CENDRES, *Dysfonctionnelle*
Axl CENDRES, *Cœur battant*
Élodie CHAN, *Et dans nos cœurs, un incendie*
Émilie CHAZERAND, *La Fourmi rouge*

À découvrir aussi
DANS LA COLLECTION EXPRIM'

Émilie CHAZERAND, *Falalalala*
Émilie CHAZERAND, *Annie au milieu*
Stephen CHBOSKY, *Le Monde de Charlie*
Emmanuelle COSSO, *Passé minuit*
Antoine DOLE, *Je reviens de mourir*
Samira EL AYACHI, *La Vie rêvée de Mademoiselle S.*
Gaspard FLAMANT, *Shorba – L'appel de la révolte*
Gaspard FLAMANT, *Justice sauvage*
Célia GARINO, *Les Enfants des feuillantines*
Mélanie GEORGELIN, *Soleil jusqu'à la fin*
Chrysostome GOURIO, *La Brigade des chasseurs d'ombres – Wendigo*
Flo JALLIER, *Les Déchaînés*
Flo JALLIER, *Mon plus grand combat*
Hamid JEMAÏ, *2 Jours pour faire des thunes*
Hamid JEMAÏ, *Dans la peau d'un youv*
Julia KINO, *Adieu la chair*
Lucie LAND, *Gadji !*
Lucie LAND, *Good Morning, Mr Paprika !*
Boris LANNEAU, *Sur la tête de l'amour*
Boris LANNEAU, *La Fille de la ville*
Loïc LE PALLEC, *No man's land*
Loïc LE PALLEC, *Fréquence Oregon*
H. LENOIR, *Félicratie*
Bruno LONCHAMPT, *Bloc de haine*
Bruno LONCHAMPT, *Les Évadés du bocal*
Bruno LONCHAMPT, *Mon vieux*
François-Guillaume LORRAIN, *Le Garçon qui courait*
Karim MADANI, *Le « journal infirme »* de Clara Muller
Karim MADANI, *Hip-hop connexion*
Aylin MANÇO, *Ogresse*
Benoît MINVILLE, *Je suis sa fille*
Benoît MINVILLE, *Les Géants*
Benoît MINVILLE, *Les Belles Vies*
Benoît MINVILLE, *Héros – Livre 1 : Le réveil*
Benoît MINVILLE, *Héros – Livre 2 : Générations*
Benoît MINVILLE, *Mauvaises Graines*
Vincent MONDIOT, *Tifenn : 1. Punk : 0*
Anne MULPAS, *La Fille du papillon*
Lorris MURAIL, *Rien ni personne*

À découvrir aussi
DANS LA COLLECTION EXPRIM'

Martine POUCHAIN, *Chevalier B.*
Martine POUCHAIN, *Traverser la nuit*
Martine POUCHAIN, *La Ballade de Sean Hopper*
Martine POUCHAIN, *Zelda la rouge*
Martine POUCHAIN, *Dylan Dubois*
Martine POUCHAIN, *Gloria*
Martine POUCHAIN, *Sous-Sol*
Claire RENAUD, *Les Quatre Gars*
Claire RENAUD, *Une fille de perdue c'est... une fille de perdue*
Stéphanie RICHARD, *Jeux jaloux*
Joanne RICHOUX, *Marquise*
Joanne RICHOUX, *Les Collisions*
Joanne RICHOUX, *Toffee Darling*
Cécile ROUMIGUIÈRE, *Les Fragiles*
Insa SANÉ, *Sarcelles-Dakar*
Insa SANÉ, *Daddy est mort (retour à Sarcelles)*
Insa SANÉ, *Gueule de bois*
Insa SANÉ, *Du plomb dans le crâne*
Insa SANÉ, *Tu seras partout chez toi*
Insa SANÉ, *Les Cancres de Rousseau*
Anne SCHMAUCH, *La Sauvageonne*
Anne SCHMAUCH, *Gorilla Girl*
Edgar SEKLOKA, *Adulte à présent*
Edgar SEKLOKA, *Coffee*
Jean-François SÉNÉCHAL, *Imbécile Heureux*
Julia THÉVENOT, *Bordeterre*
Julia THÉVENOT, *Lettre à toi qui m'aimes*
Marine VEITH, *Ceux qui traversent la mer reviennent toujours à pied*
Marie VERMANDE-LHERM, *London Panic*
Thibault VERMOT, *Colorado train*
Thibault VERMOT, *Fraternidad*
Séverine VIDAL, *Quelqu'un qu'on aime*
Séverine VIDAL, *Des astres*
Vincent VILLEMINOT, *Samedi 14 novembre*

Directeur de publication : Frédéric Lavabre
Collection créée par Tibo Bérard
Collection dirigée par Julia Robert-Thévenot
Maquettistes : Claudine Devey, Morgane Flodrops et Nord Compo
Conception de couverture : Claudine Devey

Achevé d'imprimer en janvier 2022
sur les presses de l'imprimerie Grafica Veneta S.p.A.
N° d'édition : 0141
Dépôt légal : 1er semestre 2022
ISBN : 978-2-37731-724-0

Imprimé en Italie